Sonderappell

Sybil Gräfin Schönfeldt

Sonderappell

Roman

ebersbach & simon

Sie fror. Es war morgens zwischen vier und fünf Uhr, und es regnete. Der Bahnhof war verdunkelt, und die Menschen, die auf dem Bahnsteig standen, bewegten sich kaum. Sie warteten vor dem Zug, die Türen waren noch offen, und die Mädchen standen neben den Eltern, klapperten vor Müdigkeit und Kälte und wussten nichts mehr zu sagen.

Charlotte stand neben den Großeltern. Der Großvater hatte den Kragen hochgeschlagen und die Mütze tief ins Gesicht gezogen. Seine Nase über dem grauen Schnurrbart war rot vor Kälte.

»Denk immer daran: Du trägst jetzt das Kleid des Führers«, sagte er, »du bist ein Soldat. Ein Soldat harrt dort aus, wohin ihn die Pflicht stellt.«

»Hast du auch die warme Wollunterhose angezogen?«, fragte die Großmutter, und als Charlotte nickte, hob sie ihr misstrauisch den Rocksaum hoch. Blaue Wolle, dick und warm, rechts gestrickt, mit einem Bündchen aus rechten und linken Maschen. Früher einmal ein Pullover, der Charlottes Onkel gehört hatte. Als die Großmutter erfuhr, dass Charlotte nach Oberschlesien fahren musste, hatte sie gesagt: »Ach was, bis der Junge aus dem Krieg zurück ist, braucht er den Pullover sowieso nicht. Und dann können wir immer noch weitersehen.« Daraufhin hatte sie den Pullover vorsichtig aufgeribbelt, die Wolle auf ein Holzbrett gewickelt, so lange in warmem Wasser geweicht, bis die krisselige Wolle wieder glatt aussah, und den Wickel trocknen lassen. Sie strickte schnell, und es machte ihr nichts aus, dass abends Stromsperre war. Sie konnte im Dunkeln stricken, und sie saß am grünen Kachelofen im Wohnzimmer in der Dämmerung, saß im Luftschutzkeller und strickte. Aus dem einen Pullover entstanden zwei Unterhosen, eine mit kurzen Beinen und eine mit langen. »Die wirst du schon noch brauchen«, hatte die Großmutter gesagt, und eine, die mit den kurzen Beinen, hatte Charlotte jetzt an. Die andere lag im Koffer, dem alten Schulkoffer des Onkels (»Der ist für diese Reise noch gut genug!«), und Charlotte hatte ihn schon im Abteil verstaut.

Alle Mädchen hatten wider Erwarten Sitzplätze erwischt, was im sechsten Kriegsjahr auch bei Nacht- und Nahverkehrszügen nicht selbstverständlich war. Sie würden quer durch Deutschland fahren in den Arbeitsdienst. Charlotte fuhr am weitesten. Andere Mädchen aus ihrer Klasse hatten Glück gehabt, wie die Eltern sagten: Sie kamen nur in Lager in der näheren Umgebung oder nach Sachsen. Das Ziel von Charlotte und einer anderen Klassenkameradin war ein Lager in Oberschlesien.

Charlotte war noch nie in Oberschlesien gewesen. Sie war ohnehin nicht viel gereist. Vor dem Krieg war sie noch zu klein gewesen, außerdem fuhr man höchstens zu einer Tante oder Großmutter aufs Land, und im Krieg konnte man kaum reisen, weil die meisten Hotels und Pensionen zu Genesungsheimen für Verwundete oder Heimen für die Kinderlandverschickung geworden waren. Und außerdem: Vier von den sechs Wochen Sommerferien mussten sie sich für den Ferieneinsatz verpflichten. Brombeerblätter sammeln (Wozu? Angeblich für Tee, aber Charlotte hatte die mühsam gesammelten Blätter immer nur in einem Holzschuppen hinter einem BDM-Lager auf dem Dachboden dampfend und stinkend verfaulen gesehen), Rüben verziehen, Spielzeug für den VDN basteln, in der Fabrik aushelfen. Ein Mädchen aus ihrer Klasse hatte einmal seinen Vater besucht, der als Soldat in Oberitalien stationiert war, und nach den Ferien hielt sie ein Referat über ihre Erlebnisse. Aber Charlottes Großvater kannte Oberschlesien. »Kalte Gegend!«, hatte er als einzigen Kommentar gesagt und die Herstellung der blauen Wollhosen mit Wohlwollen verfolgt.

Charlottes Großvater war fast 70. Er trug Uniform, Mütze und graugrünen Wehrmachtsmantel, Mützenrand gelb gesäumt, was bedeutete, dass er Kavallerist war, und Achselstücke geflochten, was bedeutete, dass er Major war. Er war Berufsoffizier und nach dem Ersten Weltkrieg viel zu früh pensioniert worden, weil es damals kein deutsches Heer mehr gab. Da er, wie viele, in der Inflation sein ganzes Vermögen verloren hatte, aber auch weil er sich langweilte, mit gerade 40 Jahren nichts als Major a.D. zu sein, hatte er zuerst versucht, als Kurdirektor in einer Stadt an der Ostsee, als Vertreter für Damenwäsche und als Bankangestellter zu arbeiten. Aber da er nur gelernt hatte, zu reiten und Soldaten auszubilden, endeten all diese Versuche in Pleiten, in seiner eigenen oder in der Pleite derjenigen, die so leichtsinnig gewesen waren, ihn zu beschäftigen.

Danach gab er es auf und lebte nur von seiner Pension, und da er hart und karg erzogen war, machte es ihm nichts aus, knapp und sparsam zu leben. Luxus und Wohlleben waren für ihn ohnehin Charakterschwäche, er ließ nie die Schlafzimmer heizen, und den großen kupfernen Ofen im Badezimmer brachte er selbst nur für das traditionelle Bad am Samstagabend in Glut. Er badete zuerst, dann kam die Großmutter, und wenn die Kinder an der Reihe waren, sein Sohn und Charlotte, tröpfelte das Wasser nur noch lau aus dem Hahn. Für Charlotte war es schön, dass der Großvater pensioniert war, denn er hatte immer Zeit für sie, und er brachte ihr bei, wie man jeut, wie man reitet und dass das Büchsenfett für Flinten und Gewehre auch gut gegen Rheumatismus ist. Als der Krieg ausbrach, zogen das Kind und der alte Mann los, um Holz und Kienzapfen für den Kachelofen zu sammeln, die Eier und die Äpfel, die die Bauern früher mit Pferd und Wagen in die Stadt gebracht hatten, im Rucksack zu holen und beim Briefträger, der einen großen Garten besaß, Johannis- und Himbeeren zu pflücken, die die Großmutter dann einmachte. Charlotte ging gern mit dem Großvater. Er sprach nie viel, aber er sprach jeden Menschen an, der ihn interessierte. Er unterhielt sich mit ihnen, und da er immer nur das fragte, was er wissen wollte, und das sagte, was ihm wichtig erschien, konnte Charlotte fast immer verstehen, um was es ging, und langweilte sich beim Zuhören nie.

Der Großvater war es nicht gewohnt, mit Kindern umzugehen. Selbst in der Kadettenschule groß geworden, hatte er auch seinen Sohn in ein Internat gesteckt. Seine Tochter war jedoch bei Charlottes Geburt gestorben, und so geriet er zum ersten Mal in die Gesellschaft eines Kindes. Er wäre gar nicht imstande gewesen, Charlotte anders als eine Erwachsene zu behandeln. Er erzählte ihr von seinem Elternhaus, von den Diners bei S.M. – so nannte er den letzten deutschen Kaiser –, bei dem die jungen Gardeleutnants immer leer ausgingen, weil sofort abserviert wurde, sowie S.M. den betreffenden Gang verzehrt hatte, und da er stets sehr hastig und wenig aß, wurde der nächste Gang aufgetragen, ehe die jungen Leutnants am Ende der Tafel überhaupt etwas auf die Teller bekommen hatten. Er erzählte ihr von seiner Liebschaft mit einer Soubrette und wie er es geschafft hatte, sie trotz Dienst nach Wien zu begleiten und im Varieté Ronacher zu bewundern. Er erzählte ihr, wie er und sein Bruder heimlich Hasen geschossen und an die eigene Köchin verkauft hatten, um ihr spartanisches Taschengeld aufzubessern.

Der Großvater nahm nie Rücksicht auf Charlotte, er war nicht sonderlich klug, er war auch strenger als die Väter ihrer Freundinnen, er verlangte absolute Pünktlichkeit und Ehrlichkeit, aber Charlotte wusste instinktiv, dass er der zuverlässigste Mensch auf Erden war.

Er freute sich fast, als er im Laufe des Krieges reaktiviert wurde, was bedeutete: Alle jungen und kriegstauglichen Offiziere waren entweder an der Front oder gefallen, man brauchte jedoch Männer für die Verwaltung und in den Kasernen, und deshalb holte man die alten, längst pensionierten Offiziere, so, wie man die längst pensionierten alten Lehrer und Lehrerinnen wieder geholt hatte. Mit dem bandagierten Arthritisbein auf einem Hocker oder dem Krückstock am Lehrerpult brachten diese Lehrerinnen Charlotte Französisch oder Erdkunde oder Geschichte bei und kümmerten sich nicht im Geringsten darum, dass man in der Nazizeit Geschichte anders beurteilte und interpretierte als in den Anfangsjahren der Emanzipation, in denen sie selbst studiert hatten.

Charlottes Geschichtslehrerin hatte gelassen erklärt: »Ich verstehe nichts von den Themen, die auf euren Lehrplänen stehen, und ich glaube, über den Lebenslauf des Führers und die Geschichte der Partei erfahrt ihr genügend in euren Dienstnachmittagen im BDM. Wir wollen uns stattdessen lieber um das kümmern, was bei euch offenbar bisher vernachlässigt worden ist: um das Zeitalter der Aufklärung.«

Der Großvater war stellvertretender Standortältester und Luftschutzoffizier der Stadt geworden. Er reiste auf Tagungen und erzählte Charlotte danach, wie weit man von einem Flugzeug aus selbst den Strahl einer abgeblendeten Autolaterne sehen könne. Er arbeitete Luftschutzübungen aus und hielt vor der NS-Frauenschaft Vorträge über Notwendigkeit und Art des Luftschutzes. Er fand es am sichersten, wenn man nach Einbruch der Dunkelheit überhaupt kein Licht mehr anzündete, und wachte streng darüber, dass jeder zweite Straßenbaum ein breites Band aus weißer Leuchtfarbe um den Stamm gemalt bekam, das nachts schwach schimmerte und ebenso wie die weißen Ränder an den Straßenkanten und Häuserecken die Fußgänger warnte. Als er einmal des Nachts vom Dämmerschoppen heimmarschierte und gegen einen Baum ohne weißes Band geknallt war, schimpfte er zwar wie ein Rohrspatz über diese Unzulänglichkeit, aber als sein blaues Auge wieder abgeklungen war, hatte bei ihm abermals das gesiegt, was er als Vernunft bezeichnete – »Wir müssen für den Endsieg sparen!« –, und er rannte in den Nächten ohne Mond nicht mehr so schnell und so blindlings drauflos.

Auch jetzt, auf dem verdunkelten Bahnhof, war sein Erstes gewesen, einen Beamten darauf hinzuweisen, dass an der Tür zur Fahrdienstleitung offenbar die Lichtschleuse fehlte: Das war ein dicker, schwarzer Vorhang, der hinter den Türen hing und verhinderte, dass Licht nach draußen fiel, wenn man den Raum verließ.

»Hast du auch genug zu essen mit?«, fragte die Großmutter.

»Ach Liebchen, mehr als genug!«

Die Großeltern hatten ihre gesamten Fleischmarken geopfert, damit »das Kind was Ordentliches auf dem Butterbrot hat«, wie die Großmutter zufrieden gesagt hatte, als sie den Stapel mit den Klappstullen in Butterbrotpapier einwickelte und auf jedes Päckchen mit ihrer feinen, ordentlichen Schrift schrieb: Leberwurst. Käse. Schmierwurst. Wie früher, wenn wir das erste Picknick im Wald gemacht haben, dachte Charlotte, und sie hatte plötzlich das Gefühl, dass etwas zu Ende ging.

Dann war noch die Nachbarin gekommen und hatte Äpfel und hart gekochte Eier gebracht. Sie stammten von Hühnern, die samt zwei Schafen in der ohnehin nicht mehr gebrauchten Garage lebten. Die privaten Autos waren gleich nach Kriegsbeginn beschlagnahmt worden: zuerst die Reifen, und als die Autos ein Jahr lang traurig und aufgebockt dagestanden und Staub gesammelt hatten, auch der Rest. Charlottes Großvater hatte seine Garage ganz aufgegeben.

»Wenn wir diesen Krieg gewinnen sollten, dann können wir immer noch sehen, was wir machen. Wenn wir ihn verlieren, dann gibt's für uns sowieso kein Auto mehr.«

Äpfel von dem Baum, unter dem sich Charlotte mit den Nachbarskindern ein Zelt aus alten Decken gebaut hatte. Den sie im Blütenfrühling gezeichnet und dabei zum ersten Mal entdeckt hatte, wie gut helle Pastellkreide auf grauem Tonpapier wirkt. Der Kletterbaum. Der Baum, um den sie beim Kindergeburtstag Ringelreihen und Fangen gespielt hatten. Äpfel aus dem Paradies, blank gerieben und oben auf den Beutel mit all den Butterbroten gepackt, die sie sofort mit ihrem sanften, frischen Aroma durchdrangen.

Endlich ein Signal, Unruhe und lauter letzte Sätze: Hast du auch ein Taschentuch? Denk immer daran: anständig bleiben! Und schreib uns gleich, wenn du angekommen bist!

Die Mädchen stolperten in die Abteile. Die Brotbeutel prallten dumpf gegen die Holzwand. Wo sitzt du? Ist das mein Koffer? Mach doch noch mal ein Fenster auf!

Schemenhaft weiße Taschentücher, auf und ab. Tränen? Vielleicht, aber die meisten waren zu müde und hatten zu lange auf dem Bahnsteig gestanden. Sie waren froh, dass die Wartezeit vorbei war, und sie waren es gewohnt, irgendwohin transportiert zu werden: Fahrten mit dem BDM, Kriegseinsatz, Schulungen, Aufmärsche, Laienspiel vor Verwundeten, Ferieneinsatz.

Sie waren auch darin geübt, sich überall einzurichten. Auf Heuböden, Luftschutzmatratzen, in Wartesälen. Sie machten es sich auf den harten Holzbrettern so gemütlich wie möglich. Die Waggons waren nicht geheizt und nicht verdunkelt: Die Zugbeleuchtung wurde überhaupt nicht mehr angeschaltet, und ein milchiges Dämmerlicht drang durch die Scheiben, manchmal stoben rote Funken aus der Lokomotive vorbei. Langsam rappelte und klapperte der Zug durch die Nacht. Es war der 9. November 1944, und Charlotte und ihre Klassenkameradinnen waren 17 Jahre alt.

100 Kilometer weiter, dreimal umsteigen. Später verließen sie in einer Stadt am Rande des Harzes endgültig die fahrplanmäßigen Züge und mussten sich in einer leeren Schule melden, wo sich alle Mädchen des Jahrganges sammelten. Suppe aus dem Kochgeschirr. Ein paar Stunden warten. Bummel durch die Stadt mit den sechs anderen Klassenkameradinnen.

»Hoffentlich«, schrieb Charlotte auf der ersten Postkarte nach Hause, »werden wir in der Schule nicht schon in Lager eingeteilt, dann können wir sieben nicht mehr zusammen reisen. Ich schreibe Euch so bald wie möglich wieder …«

Unten auf der Karte unter »Absender …« stand im gleichen Violett wie die Sechspfennig-Führerbriefmarke gedruckt: »Der Führer kennt nur Kampf, Arbeit und Sorge. Wir wollen ihm den Teil abnehmen, den wir ihm abnehmen können.« Darunter quetschte Charlotte noch mit Bleistift: »Mit tausend Küssen, Eure Charlotte.«

Am Spätnachmittag wurden sie lagerweise eingeteilt und marschierten mit ihrem Gepäck wieder zum Bahnhof. Erste Trennung. Adressenaustausch. »Schreib, aber bestimmt!« Sonderzug Sammeltransport. Ungeheizt. Jedes Mädchen hatte seinen Sitzplatz, aber die Fensterscheibe in Charlottes Abteil war entzwei. Sie wickelten sich zuerst in Mäntel und in Schals. Charlottes Großmutter hatte ihr im letzten Moment noch die alte Schuldecke ihres Onkels oben an den Koffer gebunden. Charlotte löste jetzt den Bindfaden, und sie deckten sich die graue Wolldecke über die Knie. Als der Zug jedoch losfuhr, pfiffen Wind und Regen so durch das Loch, dass die Mädchen Alarm schlugen. Irgendwann kam ein Bahnangestellter und klemmte dicke Pappe vors Fenster. Es zog immer noch, aber es war nicht mehr so schlimm. Sie rückten dicht zusammen, damit eine die andere wärmte.

Als sie sich gerade eingerichtet hatten, hielt der Zug noch einmal, fast auf freiem Feld. Ein Trupp Mädchen stand im Nieselregen und kletterte herein. Eines kämpfte sich durch den Gang hindurch und hielt erschöpft vor ihrem Abteil.

»Ist hier noch Platz?«

Die Mädchen schauten sich um und lachten. Sie hockten dicht gedrängt, zu fünft auf den Holzbänken, die für vier Personen gedacht waren.

»Wirklich nicht?«, fragte das fremde Mädchen.

»Nicht mal im Gepäcknetz!«, antwortete eine.

»Was?«, fragte eine kleine Schwarzhaarige neben Charlotte. »Daran haben wir ja noch gar nicht gedacht!« Sie stand auf, sagte zu dem fremden Mädchen: »Warte mal!«, stieg auf die Bank und begann, die Koffer und Rucksäcke so umzuschichten, dass sie sich in dem einen Gepäcknetz gerade noch hielten, ohne beim nächsten Ruck des Zuges herauszufallen, während sie das leere Netz mit ihrer Wolldecke auspolsterte. »So!«, sagte sie stolz. »Schlafwagen erster Klasse! Wenn wir da umschichtig schlafen, ist immer ein Sitzplatz für dich frei!«

Das fremde Mädchen lächelte zögernd.

»Mensch«, protestierte ein anderes Mädchen, »das Netz kracht doch durch!«

»Na gut, dann lieg' ich mal Probe!« Die Schwarzhaarige turnte, von den anderen gestützt und geschoben, ins Gepäcknetz, legte sich vorsichtig hin und stöhnte begeistert: »Herrlich, sag' ich euch. Wie in Abrahams Schoß!«

»Das war ein Jude!«

»Na und?«, fragte die Schwarzhaarige unbekümmert. »Auf Blut und Boden kann ich nicht pennen!«

Eins der Mädchen begann nach der Melodie von *Frère Jacques* zu summen:

»Blut und Boden, Blut und Boden –
Erbhof, Erbhof –
viele, viele Kinder, viele, viele Kinder,
Mutterkreuz, Mutterkreuz!«

Ein anderes Mädchen fiel in den Kanon ein, und die Schwarzhaarige übernahm eine Terz tiefer die dritte Stimme.

»Seid ihr verrückt?«, fragte das fremde Mädchen. »Damit könnt ihr euch doch um Kopf und Kragen singen!«

»Wieso?«, fragte die Schwarzhaarige von oben und schaute zu, wie sich die Neue auf ihrem alten Platz einrichtete. »Singt ihr das denn nicht? Das ist doch nur Spaß!«

»Ich komme aus Berlin«, antwortete die Neue, »da nimmt man so was nicht als Spaß.«

Die andern schwiegen und schauten die Neue an. Niemand sagte etwas, und Charlotte war das Schweigen unbehaglich. War das eine Hundertfünfzigprozentige, wie der Großvater die fanatischen Nazis nannte? Oder hatte sie Angst? Hing das mit dem 20. Juli zusammen, mit dem Attentat auf den Führer? Sie erinnerte sich, wie irgendeiner von den Offizieren, die den Großvater manchmal besuchten, davon erzählt hatte, dass in Berlin Leute verschwunden seien und dass sich »das Klima verändert hatte«, worunter sich Charlotte nichts hatte vorstellen können.

Sie musterte das fremde Mädchen nachdenklich. Was mochte in Berlin wirklich anders sein als in der kleinen Stadt, aus der sie kam?

Da drehte sich die andre um und erwiderte Charlottes Blick. Einen Augenblick lang schauten sie sich stumm an. Das andere Mädchen hatte blonde Zöpfe, die mit zwei verschiedenen Zopfspangen zusammengehalten wurden. Charlotte lachte unterdrückt.

»Warum lachst du?«, fragte das andere Mädchen misstrauisch.

»Ich hatte mal eine Freundin«, Charlotte kicherte, »die verlor auch immer ihre Zopfspangen!«

Die andere lächelte zögernd. »Ja, und in Berlin kriegt man auch keine mehr.«

»Das ist bei uns genauso«, antwortete Charlotte.

Sie schauten sich wieder an, und Charlotte dachte: Nee, ‘ne Nazisse ist die bestimmt nicht, aber anders ist sie doch.

»Ich heiße übrigens Ruth«, sagte das fremde Mädchen.

Sie rollten durch Nacht und Tag, und abermals durch Nacht und Tag. Sie rollten, und sie hielten. Trupps von Mädchen stiegen aus, andere stiegen zu. Sie rollten und standen auf Abstellgleisen, und sie sahen, wie die fahrplanmäßigen Züge, wie Truppentransporte und Lazarettzüge an ihnen vorüberfuhren. Sie hielten des Nachts auf offenem Feld, und über ihnen brummten die Pulks von eigenen oder feindlichen Bombern vorbei. Sie standen in der Nacht, und die Gegend war taghell erleuchtet von Tannenbäumen, die langsam zur Erde segelten und den englischen und amerikanischen Bombern zeigten, wo ihre Ziele lagen. Flakscheinwerfer huschten wie weiße Lichtfinger durch das Dunkel, die Mädchen hörten die Detonation von Bomben, oder sie spürten nur, wie die Erde von unsichtbaren Einschlägen bebte. Sie sahen das ferne rot-düstere Flackerlicht am Horizont. Sie schliefen. Sie aßen ihre Butterbrote. Sie unterhielten sich. Sie bekamen auf leeren, verstaubten Bahnhöfen von NS-Schwestern in Kriegsuniform oder von der Frauenschaft aus den immer gleichen großen Aluminiumtöpfen den immer gleichen dünnen heißen Ersatzkaffee, manchmal mit Magermilch, in den Blechdeckel vom Kochgeschirr oder in die Feldflasche gekippt, und sie gingen auf dem Bahnsteig hin und her, die klammen Hände um die Becher gelegt, um die steifen Glieder zu bewegen. Sie steckten den Kopf unter die Pumpe, wenn es eine Pumpe mit Wasser gab, wuschen sich die Hände, putzten sich die Zähne und trockneten sich mit ihren Taschentüchern ab. Dann stiegen sie wieder ein und setzten sich wieder auf ihre Holzbänke. Sie konnten im Sitzen schlafen, ohne umzukippen, und sie schliefen oft. Sie verloren das Gefühl für Zeit und Ort. Sie froren nachts mehr als am Tag, und sie sprachen kaum noch miteinander. Manchmal hatten sie einen Anfall von Lustigkeit, neckten sich gegenseitig, kreischten und kicherten, erzählten von der Schule, spielten Kinderspiele wie »Ich sehe was, was du nicht siehst«, gerieten sich in die Haare und keiften, dann war es wieder vorbei, und sie fuhren und hielten und hielten und fuhren. Der Zug wurde geteilt, Waggons an andere Züge gekoppelt, es gab Abschiede und immer wieder den Satz: »Mach's gut. Schreib mal.«

Der Beutel mit den Butterbroten wurde dünner, aber die Äpfel dufteten immer noch, und Charlotte hütete sie und aß nur dann einen, wenn ihr Durst zu groß wurde.

Irgendwann am dritten Tag waren sie fast am Ziel. RAD-Führerinnen drängelten sich durch den Zug, riefen die Namen der Lager auf und kündigten an, wer in Oppeln und in Breslau den Sammeltransport verlassen müsse und wer sich dann wo, bei wem zu melden habe. Charlotte kam mit ihrer Klassenkameradin und ein paar anderen Mädchen zusammen in ein Abteil und fragte: »Ist unser Lager so klein?«

»Nein«, sagte eins von den anderen Mädchen, »die meisten hier aus der Umgebung sind aber sicher schon da.«

»Schon lange?«

»Ach wo. Und du brauchst keine Angst zu haben. Wir haben nicht viel versäumt.«

Charlotte schaute aus dem Fenster: flach, flach, flach. Nur Kiefernwälder und Wiesen, wenig Dörfer, manchmal ein rauchender Schornstein, der Zwiebelturm einer Kirche. Es schneite dünn und staubig, aber der Schnee blieb nur in den tiefsten Furchen liegen.

Und dann waren sie da. Sie sammelten ihr Gepäck zusammen. Der Zug hielt an. Sie stiegen aus und standen wieder auf einem Bahnhof. Wie betäubt vom langen Sitzen und Fahren, stolperten sie mit ihren Koffern hinter der Führerin her. Es war fünf Uhr nachmittags, es begann gerade dunkel zu werden, und das graue Licht, das den Horizont schon verschluckt hatte, ließ alles noch trübseliger erscheinen. Der stumme Bahnhof stand einsam und verlassen zwischen schwarzen Feldern. Kein Baum und kein Strauch, keine Straße, nur ein von Radspuren aufgeweichter Lehmweg, der über einen Hügel führte.

Charlotte hatte braune Halbschuhe an, und nach den ersten Schritten war nichts mehr davon zu sehen. Sie hatte Mühe, die Füße aus dem schmatzenden Lehm zu ziehen, ohne die Schuhe zu verlieren. Selbst ihre Baumwollstrümpfe, zwei-rechts-zwei-links, waren lehmbespritzt, als sie den Hügel erklommen hatten. Dahinter senkte sich das Land zu einem flachen Tal, gleich vor ihnen ein altmodisches, großes Haus inmitten von Bäumen, dahinter erstreckte sich ein Dorf, von dem man nur die Dächer und den Kirchturm sah, der Rest verlor sich in bewaldeten Hügeln.

»Das ist unser Lager«, sagte die Führerin.

»Das große Haus?«, fragte Charlotte, freudig erstaunt, weil sie auf die üblichen verkommenen Baracken gefasst gewesen war.

»Ja. Früher ist es ein Gutshaus gewesen. Sehr geeignet für unsere Zwecke.«

Das Haus hatte ein gemauertes Fundament, der erste und der zweite Stock waren aus Holz, und die Balkone, die nach der Manier des ausgehenden 19. Jahrhunderts überall angebaut waren, hatten Geländer, die im gleichen grauen verwitterten Holzton schimmerten.

Im Park konnte man ein Rondell aus Buchshecken erkennen, und wo früher vielleicht ein Marmorputto oder eine Urne zwischen Rosen gestanden haben mochte, erhob sich die Fahnenstange.

Sie betraten das Haus durch den Hintereingang. Die Tür zur Küche stand offen, und Charlotte sah einen großen Raum, der nur trüb durch eine schwache Birne erleuchtet wurde, die hoch oben von der Decke pendelte. Links war ein riesiger Kohlenherd eingemauert, auf dem drei oder vier gewaltige Aluminiumtöpfe standen. Die Mitte des Raumes nahm ein langer Holztisch ein, an dem zwei Mädchen in blauen Leinenkleidern und mit roten Kopftüchern saßen und Weißkraut klein schnitten. Sie schauten stumm auf und erwiderten Charlottes Lächeln nicht. Sie schnitten weiter, und eine von ihnen streute eine Handvoll Kümmelkörner auf das geschnittene Kraut.

Die Führerin rief: »Bitte Beeilung! Ihr könnt vor dem Abendessen noch eure Spinde einräumen!«

Die Mädchen liefen hinter ihr her die Treppe hinauf. Im ersten Stock öffnete sich eine Halle, um die herum eine Reihe von Zimmern lag. Die meisten Türen standen offen, und in einer Tür lehnte ein großes, stattliches Mädchen mit roten Haaren und schrie: »Los, los, die Neuen sind da!«

»Platz gemacht«, sagte die Führerin, »in diese Kameradschaft kommen auch noch zwei.« Sie deutete auf Charlotte und ein anderes, dünnes Mädchen, das in Breslau zugestiegen war und seitdem noch kein einziges Mal den Mund aufgemacht hatte, und sagte: »Da hinein. Und danach gleich in die Kleiderkammer zum Einkleiden!«

Charlotte schaute sich nach Ruth um, konnte sie jedoch nirgends erblicken. Dann warf sie ihrer Klassenkameradin einen Blick zu, beide zuckten die Achseln, und Charlotte nahm ihren Koffer und trat in den kleinen Raum, an dem an jeder Längswand drei Betten standen. Ein Bett, das in der linken Ecke, war ein Doppelbett, eins über dem anderen, und ihm gegenüber stand ein großer Kachelofen. An einer Schmalseite war die Tür, an der gegenüberliegenden zwei Fenster. Neben jedem Bett stand ein Küchenschemel, und jedes Bett war adrett mit blau und weiß karierten Überzügen gemacht.

»Hast du das andere Mädchen gekannt?«, fragte die Rothaarige und verkündete gleich: »Ick heiße Hertha.«

»Ja. Wir sind in eine Klasse gegangen.«

»Oberschule?«

»Ja. Turnabitur haben wir schon gemacht.«

»Na, dann ist ja alles klar. Oberschülerinnen werden immer getrennt. Du wirst schon noch sehen.«

Die beiden Neuen standen unschlüssig zwischen den Bettenreihen.

»Was ist hier denn noch frei?«, fragte Charlotte. Hertha zeigte auf zwei von den ordentlichen Betten und erklärte: »Natürlich die mit den dünnsten Strohsäcken. Aber keine Sorge, in den nächsten Tagen sollen wir frisches Stroh kriegen.«

»Wieso?«

»Na, die hier sind noch von der vorigen Belegschaft, und wenn man ein halbes Jahr lang auf einem Strohsack geschlafen hat, dann ist da nur noch Häcksel drin.«

»Und wo schläfst du?«

Hertha kicherte und zeigte auf das Bett neben dem Kachelofen. »Da. In der Hoffnung, dass wir mal 'ne Kohlenzuteilung für den Ofen bekommen und das Ding geheizt werden kann.«

»Hier wird nie geheizt?«, flüsterte die Dünne mit entsetzter Piepsstimme. »Dann geh' ich ein!«

»Ach was«, sagte Charlotte, gelernte Kaltschläferin, und wollte sich probeweise auf ihr Bett, das mittlere, neben Hertha, niederlassen. Da schrie Hertha: »Mensch, pass doch auf!«

Charlotte schnellte erschrocken wieder hoch und fragte: »Was ist denn?«

»Also erstens«, sagte Hertha, »ist sonst die ganze Schönheit hin. Und zweitens: Guck erst mal nach, ob du auch genug Holzlatten hast.«

»Wo?«

»Unterm Strohsack natürlich! Also ick weiß wirklich nicht, was ihr ohne mich machen würdet! Das ist doch ganz klar, dass man zuerst mal nach den Latten guckt.«

Charlotte schaute das andere Mädchen an, das das Bett neben ihr, am Fenster, belegt hatte, und beide brachen in hysterisches Gelächter aus. Dann griff Charlotte Laken und Strohsack mit beiden Händen und hob sie hoch. Hertha und das andere Mädchen stellten sich neben sie. Schweigend betrachteten sie die rohen Holzlatten, die dicht nebeneinander quer im Bettgestell lagen.

»Da haste ja Glück gehabt«, stellte Hertha fest.

»Wieso Glück?«

»Weil sie einem immer die Holzlatten klauen. Wenn du nämlich Küchendienst hast, dann musst du sehen, wie du das Feuer in Gang kriegst, damit der Kaffee oder die Suppe rechtzeitig fertig ist, und Holz gibt's hier im Lager nicht, deshalb organisiert man sich die Latten als Anmachholz.«

Schweigend ließ Charlotte Strohsack, Laken und Decke wieder fallen und ging mit den anderen zum Bett am Fenster.

»Bei mir fehlen sicher zwei. Oder drei? Was meinst du?«, jammerte das dünne Mädchen.

»Drei«, stellte Hertha fest. »Wie heißt ihr eigentlich?«

»Ich heiße Charlotte«, sagte Charlotte.

»Und ich Ingrid.«

»Na gut, Ingrid, wein man nich, ick beschaff' dir schon deine Latten.« Sie nahm Charlotte und Ingrid gleich mit, um ihnen den Raum mit den Spinden zu zeigen. »Und die Kleiderkammer ist ganz unten. Macht schnell, sonst müsst ihr Schlange stehen!«

Charlotte und Ingrid trappelten nach unten in den Keller, und Hertha hatte recht gehabt: Die anderen Mädchen standen schon vor ihnen und warteten.

»Seit 1939 hat's hier keine Neuanschaffungen gegeben«, murmelte eins der Mädchen. »Wenn wir Pech haben, erwischen wir nur abgetragenes Zeug!«

»Ach, nun unk man nicht immer«, sagte ihre Nachbarin, »dafür ist alles frisch gewaschen und gereinigt.«

»Und geflickt«, sagte das erste Mädchen, und dann waren die beiden an der Reihe.

Die Einkleidung ging schnell. Eine große, dicke Führerin, die Charlotte noch nicht gesehen hatte, stand in der Kleiderkammer hinter einer langen Theke, eine bereits eingekleidete Maid half ihr, und dann bekam Charlotte, ebenso wie die anderen, ein sandbraunes Kostüm, einen sandbraunen langen Wollmantel, einen Hut, eine Bluse mit langen Ärmeln, eine Bluse mit kurzen Ärmeln, ein rotes Kopftuch, Stiefel mit Metallnägeln auf der Sohle, Halbschuhe, Holzpantinen, eine Strickjacke, braun mit rot-grünem Rand, eine Umhängetasche, ein blaues Kleid, das mit Weiß und Schwarz sehr stark geflickt war, eine Schürze, eine Windjacke, zwei lange braune Unterhosen, so weit, dass Charlotte sie sich zweimal um den Bauch hätte wickeln können, außen glatt und kunstseidig, innen aufgeraut – »Stukas«, sagte Hertha später. »Sturzkampfflieger: gehen ganz bis nach unten!« –, dazu zwei Unterröcke, einen Trainingsanzug von ebensolchen Ausmaßen wie die Unterhosen, zwei Paar Wollstrümpfe, ein Paar Rechts-Links-Strümpfe (Ackerfurchenstrümpfe, wie sie in Charlottes Schule hießen), Hemden und ein wollenes Unterziehjäckchen. Das Nachthemd, kleinste Militärnummer, wurde Charlotte wieder vom Stapel genommen, weil es ganz zerschlissen war.

»Wird morgen nachgeliefert«, sagte die Dicke, »muss ich vom Ersatz holen.« Sie hatte Charlotte genau wie die anderen mit einem Blick gemustert, dann nach den Kleidern gegriffen und »Passt!« und »Die Nächste!« gesagt, und wer fertig war, stolperte mit seinem Stapel vorwärts.

»Gleich in die Spinde einräumen!«, sagte die Führerin, und die andere Maid setzte hinzu: »Erst anprobieren: Wenn's nicht passt, gleich wiederkommen und umtauschen!«

Die Mädchen schwankten nach oben, packten die Hälfte in die Spinde und probierten die anderen Sachen zwischen den Schränken an. Charlotte passte alles bis auf das Kostüm, das zu weit war. Sie rannte wieder hinunter, und als sie ein anderes Kostüm auf dem Arm hatte, fragte sie: »Kann ich vielleicht noch eine Wolldecke haben?«

Die Führerin warf ihr einen prüfenden Blick zu.

»Sind oben zu wenig?«

Charlotte nickte. »Nur zwei in jedem Bezug.«

»Wollen die anderen auch noch welche?«

»Ich glaube schon.«

»Na ja«, seufzte die Führerin, »die Sache ist nur die, wir haben die Wintersachen noch nicht. Da muss was dazwischengekommen sein. Oder der Transport ist bombardiert worden, was weiß ich. Wir haben auch keinen Bindennachschub gekriegt. Und keine Marmelade.«

Charlotte blieb abwartend stehen. Die andere Maid hatte das zu weite Kostüm wieder weggeräumt und schaute die Führerin ebenfalls an.

»Ich weiß auch nicht«, sagte die Dicke wie zur Verteidigung, und dann rappelte sie herunter: »Es ist unsere Pflicht, in Treue zu unserem Führer Opfer zu bringen.« Sie stieß die Luft aus und setzte hinzu: »Also, wir haben keine Decken.«

»Ja«, antwortete Charlotte, »danke schön.«

Die beiden hinter der Theke schauten ihr nach, wie sie aus der Kleiderkammer lief, und die Dicke seufzte. »Und die Fleischrationen sind auch noch nicht da.«

Im ersten Stock waren die Mädchen noch dabei, ihre Sachen zu probieren und einzuräumen. Charlotte hängte das Kostüm auf den Bügel und fragte: »Muss man die Stukas eigentlich auch anziehen?«

»Ich behalte meine eigenen Unterhosen drunter«, sagte Ingrid, »aber die Stukas finde ich gut. Die halten einem wenigstens den Podex warm.«

Charlotte faltete ihre blaue Strickhose ordentlich zusammen und legte sie auf den Stapel mit der Unterwäsche. Zur Not, dachte sie, kann ich die nachts anziehen. Wenn sie nur nicht so kratzen würde.

Als Ingrid und sie mit Waschsachen und Nachthemden wieder in ihre Kameradschaft kamen, stand Hertha mit drei Latten unterm Arm da.

»Woher hast du die denn so schnell?«, fragte Ingrid und baute die Bretter sofort ein.

»Organisiert«, erwiderte Hertha.

»Was heißt das?«, fragte Charlotte.

Ingrid kicherte. »Ist doch klar: Aus einem Bett geklaut, in dem noch keiner schläft. Nicht?«

»Genau«, sagte Hertha.

»Aber ...«, begann Charlotte, »das ist doch ...«

»Halt bloß keine Moralpredigten!«, warnte Hertha. »Besonders du nicht!«

»Was hat das mit mir zu tun?«, fragte Charlotte aufgebracht. »Geklaut ist geklaut.«

»Ach, misch dich da doch nicht ein«, sagte Ingrid.

»Und was das mit dir zu tun hat, wirst du schon noch merken«, erwiderte Hertha freundlich, »und außerdem: Organisieren ist nicht klauen. Alles ist hier für alle da. Ein Volk, ein Reich, ein Führer. Bloß: Es reicht nicht für alle, und da haben wir selber dran schuld, sagt mein Vater, aber nun wär's nicht mehr zu ändern, und du musst nur schnell sein, wenn's ans Verteilen geht. Und außerdem: Wo kommst du denn eigentlich her, dass du nicht weißt, was organisieren ist?«

»Ich –«, antwortete Charlotte, »also: Bei uns, da war so was nicht nötig.«

»Na, dann kommst du wohl aus dem Paradies! Hat's denn bei euch immer alles gegeben?«, fragte Hertha ungläubig.

Charlotte dachte nach. Alles gegeben? Nein, alles gegeben hatte es nicht. Die Großmutter schnitt jedes Mal, wenn sie ein frisches Brot gekauft hatte, Kerben in die Rinde, etwa zwei Finger breit für jeden Tag. Sie kochte Marmelade aus Hagebutten und Schlehen. Sie stampfte fein gewiegte Küchenkräuter mit Salz und Selleriekraut und Lauch und Salbei als Fleischwürzenersatz ein. Sie kochte zu Weihnachten steifen Grießbrei, würzte ihn mit Bittermandelaroma und rollte kleine Kugeln daraus – »Wie Marzipan! Man schmeckt den Unterschied fast gar nicht!« – Nein, schon im letzten Sommer vor dem Krieg hatte es keine Schokolade mehr gegeben, daran konnte sich Charlotte noch genau erinnern. Aber: Man hatte sich beholfen, hatte sich auch gegenseitig ausgeholfen, hatte gehungert und verzichtet, aber dieser Hunger und diese Verzichte waren nie bis an die Grenze des Unerträglichen gegangen. Sie hatten gehungert, aber nicht gedarbt. Und organisieren: Nichts hätte der Großvater verächtlicher gefunden. Er duldete es, dass sich die Großmutter plötzlich mit dem Kolonialwarenhändler gutstellte, damit er ihr die Haferflocken oder die Grütze auf die aufgerufenen Abschnitte der Lebensmittelkarten auch wirklich verkaufte. Er duldete es auch, dass sie einen alten kleinen Teppich bei ihrem ehemaligen Gemüsebauern gegen einen Sack Kartoffeln eintauschte. Aber er hätte keiner Unredlichkeit, keinem Organisieren zugestimmt, und wenn es ihn und seine Familie das Leben gekostet hätte.

»Bei uns war's sicher besser als bei euch in der Großstadt«, sagte Charlotte schließlich, »aber wieso weißt du hier so gut Bescheid?«

»Ick war als Erste hier, und da wohnten noch die Letzten von der vorigen Belegschaft im Haus. Na, da hab' ick schön die Ohren aufgeknöpft.«

In der offenen Tür zur Halle hatten sich ein paar andere Mädchen angesammelt. »Icke hält Volksreden«, stellte eins von ihnen fest.

»Aber wenn's stimmt«, erwiderte Hertha kriegerisch.

»Icke?«, fragte Charlotte.

»Weil ick aus Berlin bin«, antwortete Hertha.

»Und weil sie immer sagt: icke, icke, icke! Immer weiß sie alles am besten, immer hat sie recht!«

Hertha zuckte die Schultern. »Lass man«, sagte sie friedlich, »also und: Icke geh' jetzt essen!« Traudel, Charlottes Klassenkameradin, schob sich zwischen den anderen Mädchen durch und musterte Charlottes Bett.

»Du hast auch einen platten Sack erwischt«, sagte sie.

»Ja«, erwiderte Charlotte, »Pech mit den Zimmern. Icke behauptet, das wäre Absicht.«

»Die gibt an wie zehn nackte Neger. Essen wir erst mal.«

Unten ertönte ein Gong.

»Das heißt: futtern!«, schrie Hertha und stürmte davon. Die anderen Mädchen folgten ihr, und die Treppe erdröhnte vom allgemeinen Getrampel.

»Komm«, sagte Traudel schon in der Tür.

Charlotte schüttelte den Kopf. »Ich hab' noch zwei belegte Brote. Das reicht mir.«

»Na gut«, sagte Traudel, »guten Appetit!«

Als die anderen fort waren, setzte sich Charlotte auf ihr Bett und holte das letzte Paket aus dem Brotbeutel. »Salami« stand in der ordentlichen Schrift auf dem Butterbrotpapier. Salami gab's auch auf Zuteilung nur noch selten. Vielleicht war das der Rest von einer Urlauberwurst, von der die Großmutter ein Stück dafür bekommen hatte, dass sie jemandem aus der Nachbarschaft aus alten aufgetrennten Kleidern oder Gardinen etwas Neues genäht hatte. Die Großmutter konnte so gut nähen wie eine Schneiderin, und da die Kleiderpunkte, für die man Stoff oder Kleider bekam, niemals ausreichten, und die Kriegsstoffe außerdem immer schlechter geworden waren, wenn man überhaupt welche ergatterte, waren die meisten Familien dazu übergegangen, aus alt neu zu machen. Und wer selbst nicht nähen konnte, war gern bereit, etwas für das Nähen einzutauschen: echten Tee oder Kaffeebohnen aus den spärlich zugeteilten Rationen, Obst oder Gemüse aus dem eigenen Garten, einen Eimer Schafsmist für die Tomatenplantage, die die Großmutter mit Erfolg auf dem Balkon begonnen hatte.

Charlotte legte sich lang ausgestreckt auf das Bett und kaute langsam und genussvoll. Wie hier das Essen wohl sein würde? Kohl mit Kümmel zum Abendessen. Der Geruch zog durchs ganze Haus, und Charlotte stand auf und machte die Tür zu und das Fenster auf. Draußen war es fast dunkel. Sie konnte gerade noch erkennen, dass unter dem Fenster ein Teil des alten Gemüsegartens lag. Verunkrautete Beete, ein gemauerter Komposthaufen, um den sich offensichtlich seit Jahren niemand gekümmert hatte, zwei, drei niedrige Hütten oder Schuppen, dann ein Zaun und dahinter eine Zeile Katen, eine wie die andere, einstöckig, zwei Fenster, eine Tür, die in die kleinen Gärten führte, die musterhaft und bis an die Zaungrenzen ausgenutzt waren, dazu noch ein kleiner Stall. Dahinter streckte sich das Land endlos ins Grau, ganz fern am Horizont ein dunkler Streifen Wald.

Charlotte lehnte das Fenster etwas an. Es war kalt geworden, aber die frische Luft tat gut. Sie legte sich wieder auf ihr Bett und holte den letzten Apfel heraus. Er hatte ein paar Druckstellen bekommen, aber er duftete unverändert.

Charlotte rieb ihn mit einem Zipfel des Bettlakens und biss kräftig in das saftige Fleisch. Im Zimmer konnte man fast nichts mehr sehen, aber sie hatte keine Lust, die Verdunkelung herabzurollen und Licht anzumachen. Sie blieb im Dunkeln liegen und aß den Apfel samt Stumpf und Kernen langsam auf. Draußen auf der Treppe erklangen

Schritte. Eine Tür nach der anderen wurde aufgerissen und wieder zugeklappt. Dann ging die Tür von Charlottes Kameradschaft auf. Charlotte sah nur die Silhouette im Türrahmen.

»Was ist denn hier los?«

Charlotte erkannte die Stimme der Führerin, die sie abgeholt hatte. »Gar nichts«, erwiderte sie.

»Es hat ja wohl laut und deutlich genug zum Abendessen gegongt«, sagte die Führerin.

»Ja, das hab' ich gehört. Aber ich hatte noch einen Rest Brote von der Fahrt.«

»Hier gibt es keine Privatmätzchen«, sagte die Führerin eisig. »Wenn es gongt, versammeln sich immer sofort alle unten in der Halle.«

»Tut mir leid«, antwortete Charlotte, »das hast du uns aber nicht gesagt.«

»Im Reichsarbeitsdienst«, sagte die Führerin und wurde noch eisiger, »sagt man zu den Führerinnen Sie.«

»Oh«, murmelte Charlotte, »entschuldigen Sie, das hat uns auch noch niemand gesagt.«

»Machen Sie die Verdunklung zu und kommen Sie herunter«, befahl die Führerin, »allgemeine Begrüßung.«

Charlotte erhob sich steifbeinig, rollte die Verdunklung herunter, tappte im Dunkeln durch das Zimmer und ging nach unten. Die Halle schwirrte von Mädchen. Manche trugen schon die blauen Kleider, manche hatten noch ihre eigenen Sachen an. Die Mädchen vom Küchendienst schleppten Schüsseln und Tellerstapel in die Küche, der Kohlgeruch hing noch wie eine Wolke in der Luft, und alle redeten oder schrien durcheinander.

»Wo ist eigentlich das Klo?«, fragte Charlotte eins der Mädchen im blauen Kleid.

Die schaute sich flüchtig um und sagte: »Die Villa? Ach, du bist neu! Draußen, das erste Haus links um die Ecke. Aber pass auf! Da gibt's kein Licht!«

Ehe Charlotte fragen konnte, um welche Ecke, war das Mädchen in der Küche verschwunden. Aber dann entdeckte Charlotte Traudel und zupfte sie am Ärmel. »Warst du schon auf dem Klo?«, flüsterte sie.

»Nee«, sagte Traudel, »ich wollte aber auch gerade hin.«

»Man hat mir gesagt: Das erste Haus links um die Ecke. Gibt's denn hier im Lager keins?«

»Das ist, glaube ich, nicht für uns«, antwortete Traudel, »los, komm, wir suchen es einfach.«

Zwei andere Mädchen rannten auch die Treppe zum Hintereingang hinunter und meinten: »Sucht ihr die Villa?«

Charlotte und Traudel nickten.

»Dann kommt mit. Allein dürft ihr nach Einbruch der Dunkelheit sowieso nicht rüber.«

»Sollen wir's durch die Rippen ausdünsten?«, fragte Charlotte.

Ein Mädchen lachte. »Ach Quatsch. Das ist wegen der Jungen aus dem Dorf und wegen der polnischen Arbeiter. Die lauern uns immer auf.«

»Die Kerle!«, sagte Hertha, die sich zu ihnen gesellte, verächtlich. »Die sollen das mal bei mir versuchen! Da kriegen sie eine von meinen Pantinen an den Kopf!«

Sie schlüpften durch die Tür, deren Glaseinsatz schwarz gestrichen war, und konnten zuerst gar nichts sehen, weil sie selbst von dem trüben Licht im Haus wie geblendet waren. Sie folgten dem Geräusch der Tritte, tappten durch nassen Lehm, prallten nach 20 Schritten fast gegen eine Wand, tasteten nach der Tür, und als sie sie aufklappten, schrien die Mädchen von drinnen: »Vorsicht! Wir haben Licht!«

Charlotte und Traudel schoben sich schnell durch die Tür. Der Raum war lang und schmal. Auf der einen Seite ein helles Holzbrett mit sieben oder acht kreisrunden Löchern. Die anderen drei Mädchen hatten sich einen Kerzenstummel auf den Fußboden geklebt und hockten auf dem Brett je über einem Loch. Charlotte und Traudel blieben unschlüssig stehen.

»Los«, sagte eins von den anderen Mädchen, »macht schnell. Ich kann meine Kerze nicht ewig brennen lassen.«

Schweigend schob Traudel die Hose runter und setzte sich neben die beiden.

Charlotte murmelte: »Ich komme später noch mal her.«

»Leer ist es hier nie«, stellte eins von den Mädchen fest, »daran musst du dich gewöhnen.«

»Ihr habt ja kein Papier!«, sagte Hertha. »Da, nimm ein Stück von mir!« Sie hielt Charlotte und Traudel ein Bündel mit zurechtgeschnittenem Zeitungspapier hin.

Anmachholz, Kerzen und Klopapier, dachte Charlotte, ob mir die Großeltern das schicken können? Aber was mach' ich bis dahin?

Das erste Mädchen war fertig und sagte: »Los, los, die fangen gleich an!« Das Letzte pustete die Kerze aus, und gemeinsam tasteten sie sich durch die Dunkelheit zum Lager zurück.

Die Mädchen hatten sich schon fast vollzählig in dem großen Raum versammelt, der als Einziger durch eine Hängelampe aus hellem Holz etwas besser erleuchtet war. Auf dem Weg durch die Halle kam Charlotte an einem Zimmer vorbei, in dem offenbar eine der Führerinnen wohnte. Der Raum war ganz anders eingerichtet, als es Charlotte von zu Hause kannte: helle Möbel aus Naturholz, schafswollene Decken und Kissen auf dem schmalen Holzsofa, ein unglasierter Tonkrug mit einem Kiefernzweig auf einem Anbauregal. An den Wänden Holzschnitte und ein großes Bild aus gepressten Blumen.

In dem großen Raum hatten sich alle auf die Stühle gesetzt, die in einem großen Kreis standen, und Charlotte rutschte neben Traudel. Dann ging die Tür auf, und die Führerinnen kamen herein. Zuerst eine kleine dunkelhaarige Frau mit kurzen Haaren, die Lagerführerin, dann die beiden anderen. Charlotte erkannte die dicke Führerin aus der Kleiderkammer wieder, deren sandbrauner Rock über dem Bauch spannte und die sie an eine Bekannte der Großmutter erinnerte, die alle Führerreden aus der Zeitung mit großen steifen Buchstaben in Schulkladden abschrieb. Die Dicke sah gutmütig aus, aber sie hatte den gleichen gläubigen Glanz in den Augen wie die Nenntante zu Hause. Als Letzte folgte hastig die Führerin, die die Mädchen von der Bahn abgeholt hatte. Charlotte sah jetzt, als diese Führerin neben den beiden anderen stand, dass sie das war, was man eine nordische Schönheit nannte: schmales Gesicht, gerade Nase, aschblonde Haare, die im Nacken zu einem Knoten zusammengeschlungen waren.

Die Führerinnen hatten zu den üblichen sandbraunen Röcken verschiedene Blusen an, private Blusen für festliche oder inoffizielle Gelegenheiten, ein Privileg, das nur ihnen zustand. Die Mädchen standen auf, dass die Stuhlbeine scharrten.

»Heil Hitler, Maiden«, begrüßte sie die Lagerführerin, und dann lief das ab, was Charlotte seit ihrem zehnten Lebensjahr, seit dem JM, kannte: Schulungsabend. Ansprache, Lied, Erklärung, dass die gemeinsame Aufgabe für die

Erhaltung des nationalsozialistischen Staates wichtig sei, dass sie, die Maiden, jetzt mitten im totalen Krieg andere Pflichten hätten als in den Jahren davor. Dass der Feind, »der vor all unseren Grenzen steht«, zurückgeworfen werden müsse. Dass sie die verantwortungsvolle Aufgabe hätten, den tapferen kämpfenden Truppen »hinter der Front so beizustehen, dass …«

Charlotte erfuhr, dass geschlossene weibliche RAD-Einheiten zu Wehrmachtseinsätzen herangezogen worden waren, dass sie bei der Luftwaffe als Nachrichtenhelferinnen arbeiteten, Scheinwerferbatterien bedienten, dass sie in den bombardierten Städten Trümmer räumten, und zwischendurch immer wieder die wohlvertrauten Redensarten: »Erziehung zur Volksgemeinschaft«, »Nationalsozialistische Erziehung zur richtigen Arbeitsauffassung und Volksverbundenheit im Geiste unseres Führers«, »Gemeinsame Weltanschauung, die die Volksgemeinschaft verbindet«, »Vorbildung zur künftigen deutschen Frau und Mutter«, »Hilfe in Siedlungs-, Bauern- und Notstandsgebieten …«, »… Segen, den diese gemeinsame Volksschule Ihnen für Ihr ganzes späteres Leben spendet …«, »Bevorzugung der arbeitenden Jugend: mehr Zuteilungen auf den Lebensmittelabschnitten als die Zivilbevölkerung …«. Und dann: »Dank an unseren geliebten Führer, dem wir helfen müssen, die Ordnung hinter der Front zu halten.«

Dann die Erläuterung, dass ein weibliches RAD-Lager von einer Lagerführerin mit zwei oder drei Führerinnen als Gehilfinnen geleitet würde, einer Gehilfin der Lagerführerin – eine kurze Geste zu der blonden Führerin, die, wie die Maiden erfuhren, auch Ärztin war –, eine Wirtschaftsgehilfin – eine kurze Geste zur Dicken – und Verwalterin und, wenn genügend Führerinnen zur Verfügung stünden, eine außerplanmäßige Lagergehilfin. Weiter: dass eine Lagereinheit aus 32 oder 41 Arbeitsmaiden bestehe – hier seien es 32 –, dass diese Maiden in Kameradschaften eingeteilt seien, denen je eine Kameradschaftsälteste vorstehe, die noch bestimmt würden, und dass aus einer KÄ eine Führerin werden könne: sie käme dann auf eine RAD-Schule, arbeitete als Lagergehilfin und Jungführerin, käme nochmals auf eine RAD-Schule und könne dann als Maidenunterführerin oder Maidenführerin im Lager arbeiten, als Maidenoberführerin selbst ein Lager leiten oder in die Verwaltung gehen. Weitere Dienstränge : Maidenhauptführerin, Stabsführerin ...

Charlotte riss die Augen auf und merkte, dass die anderen Mädchen ebenfalls mit dem Schlaf zu kämpfen hatten. Unerbittlich ging die Schulung weiter. Dienstdauer: 26 Wochen. Vereidigung: in 14 Tagen. Pflicht: absoluter Gehorsam den Führerinnen gegenüber ... Ganze Kraft einsetzen, um an der ihr zugewiesenen Stelle am Aufbau des nationalsozialistischen Staates mitzuarbeiten ... Den Anweisungen ihrer Führerinnen zu gehorchen und die ihr übertragenen Aufgaben gewissenhaft und nach besten Kräften auszuführen ... Eine treue Kameradin sein ... Durch gesittetes Betragen und tadellose Führung in und außer Dienst sich der Ehre würdig zu erweisen, dem deutschen Frauenarbeitsdienst anzugehören und seine Tracht als Ehrenkleid zu tragen. Wieder ein Lied, dann die Beschreibung ihrer zukünftigen Arbeiten: 14 Tage Grundschulung, Außendienst bei Bauern und Umsiedlern im Wechsel mit Heimdienst. Tagesordnung, die hier Dienstplan hieß: Wecken, Frühsport, Waschen, Kameradschaft reinigen, Bettenbau, Stubenrevision, Frühstück, Antreten, Flaggenhissung, Schulung, Singen, nach der Grundschulung: Abmarsch zu den Arbeitsstellen, 16 Uhr zurückmelden im Lager, Freizeit, Singen, Schulung, Singen, Flaggeneinholen, Küchendienst, Abendbrot, Putz- und Flickstunde, Licht aus. Sonntags: kein Außendienst. Nachmittags: Freistunde.

Charlotte wusste aus Erfahrung, dass Freizeit keine Freizeit war, sondern bedeutete: Basteln, Leibesübungen, Mädeltanz. Aber vielleicht war der Sonntagnachmittag wirklich frei. Man würde es ja sehen.

Sie versuchte wieder genauer zuzuhören, aber sie sah das Gesicht der Lagerführerin, die freundlich und geduldig und langsam sprach, sie sah die Hinterköpfe der Mädchen, die meistens noch Zöpfe trugen, in einem Nebel verschwimmen, und sie fror.

»Morgen früh«, schloss die Lagerführerin, »werden zuerst einmal alle diejenigen, die heute eingekleidet worden sind, Gelegenheit haben, ihre Sachen zu richten.«

Dann noch ein Lied, ein ›Heil auf unseren geliebten Führer‹ und: ›Freizeit bis neun!‹

»Ich muss baden oder duschen, und dann nichts als pennen«, sagte Charlotte.

»Badewannen gibt's hier nicht«, sagte das Mädchen neben ihr, »und Dusche abends nur kalt. Hast du Seife?«

Charlotte nickte. Die Großmutter hatte ihr eins von den eisern gehüteten Stücken mitgegeben, die noch aus der Zeit vor dem Krieg stammten. »Dann pass bloß auf, dass sie dir keiner wegorganisiert.«

Charlotte trappelte mit den anderen die Treppe zu der Kameradschaft hinauf. »Wie sieht's bei dir aus?«, fragte sie Traudel.

»Genauso wie in deiner K«, antwortete sie.

»Na, dann bis morgen«, sagte Charlotte. In ihrem Schlafraum hatten sich alle Mädchen versammelt, und

Hertha erklärte ihnen gerade, woher Ingrid und Charlotte stammten. Hertha, Charlotte und das Mädchen gegenüber von Ingrid waren die Einzigen, die so lange Anreisen gehabt hatten. Die anderen Maiden stammten aus Schlesien. Charlottes Nachbarin kam aus Breslau, ihr Vater war Heizer, sie hatte 13 Geschwister und sagte: »Schlimmer als zu Hause kann's nirgends sein. Ich bin die Älteste.«

Charlotte war in dieser Kameradschaft die einzige Oberschülerin, aber das Mädchen gegenüber von Ingrid war Studentin. Sie kam aus Posen und studierte Sprachen, Englisch, Französisch und Deutsch. Sie wollte Dolmetscherin werden, und Charlotte verstand nicht genau, weshalb sie jetzt erst zum RAD eingezogen worden war. Vielleicht hing das mit Posen zusammen.

Charlotte hatte unterdessen ihre Waschsachen zusammengesammelt und fragte: »Wo ist denn das Badezimmer?«

»Badezimmer!«, sagte Hertha und lachte. »Das heißt hier Waschräume. Unten im Keller.«

»Kommt ihr nicht mit?«, fragte Charlotte.

»Nur wenn's sein muss«, antwortete Hertha, »hier hat sowieso schon jemand das Fenster aufgemacht. Das reicht mir.«

»Das war ich«, sagte Charlotte, »es war so miefig hier drin.«

»Bist du vom Wahnsinn umzingelt?«, fragte Icke. »Erstunken ist noch keiner, erfroren schon viele. Die K wird doch überhaupt nicht geheizt! Da müssen wir das bisschen warmen Mief doch halten, verstehst du?«

»Aber wir sind doch sieben Mädchen«, protestierte Charlotte, »wir brauchen frische Luft.«

»Die kriegst du schon morgen früh ausreichend genug«,

prophezeite Icke, »und nun wasch dich man, damit du uns wenigstens nicht die Luft verpestest.«

Charlotte lachte, und Hertha faltete ein Nachthemd auseinander, das Charlotte an die erinnerte, die ihre Großmutter erst vor Kurzem wieder für sich und den Großvater aus einer Kampferkiste auf dem Boden herausgekramt hatte, weil Großvaters Pyjamas zerschlissen waren und Großmutters Spitzennachthemden den schlechten Waschmitteln nicht standgehalten hatten und ebenfalls zerfallen waren: lange, weiße Gespenstersäcke mit angekrausten langen Ärmeln, Passe, Bündchen. »So was kriegst du morgen auch! Warte nur ab!«

»Und nimm lieber eine Nummer größer!«, rief Ingrid. »Da kannst du dir die Füße noch einwickeln.«

»Na«, sagte Charlotte, »ich geh' mich erst mal waschen.«

Im Keller fand sie den Waschraum gleich. Nirgendwo sonst brannte Licht. Es war ein kahler großer Raum, die übliche trübe Funzel beleuchtete schwach einen großen rechteckigen Holztisch, dessen Platte mit Blech beschlagen war und in der Mitte eine Wasserrinne hatte. Ein Rohr mit vielen Hähnen nach rechts und links lief über den Waschtisch, und ein paar Maiden hatten sich Aluminiumschüsseln unter einen Hahn gestellt und wuschen sich. Mehr als den Oberkörper hatte keine frei gemacht.

Charlotte stand unschlüssig in der Tür. In der Wand waren Haken für die Kleider, und in einem Regal standen ein paar Stapel mit Waschschüsseln. »Nimm dir eine und merk dir die Nummer, die unten drunter steht«, rief eins der Mädchen Charlotte zu.

»Ich wollte eigentlich duschen«, antwortete Charlotte, »ich bin heute erst gekommen. Wir sind drei Tage unterwegs gewesen.«

Die Mädchen starrten sie an. »Kalt duschen?«, fragten sie. »Ist das Wasser aus den Hähnen denn warm?«

»Nee, nur lau. Aber das ist doch ganz was anderes.«

Charlotte zögerte. Sie genierte sich nicht, sich vor den anderen auszuziehen. Sie hatte zwar keine Geschwister, aber sie hatte sich bei anderen Schulungslagern und Fahrten daran gewöhnt, auch beim Waschen nie allein zu sein, und sie hatte jetzt ein starkes Bedürfnis danach, sich vom Kopf bis zu den Füßen einzuseifen. »Ich dusche«, sagte sie entschlossen.

Der Duschraum war daneben, ohne Tür, aber auch ohne Licht. Charlotte zog sich aus und ließ das Wasser laufen. Es brauste nicht, es tröpfelte nur und war so eiskalt, dass Charlotte alle Glieder einzeln wusch und fast keine Luft bekam, als ihr das Wasser über Bauch und Rücken rann. Sie hatte ein eigenes Frottierhandtuch im Koffer gehabt, und es war klitschnass, als sie sich fertig abgetrocknet hatte. Sie zog ihr Nachthemd an, bündelte die Kleider zusammen und ging in den Waschraum, sich die Zähne zu putzen.

Es war nur noch eine Maid da, die ihr freundlich zunickte, fragte, woher sie käme und wie sie hieße, und erzählte, dass sie aus Tirol stammte und Tilly hieß. »Ich will Köchin werden«, sagte sie, »und ich hätt' schon eine Lehrstelle in einem Erholungsheim für Verwundete gehabt. Aber dann hab' ich doch hierher müssen. Vielleicht nehmen sie mich hier in die Küche. Viel lernt man bei so was ja nicht, aber immerhin.«

»Ich weiß noch gar nicht, was ich werden will«, sagte Charlotte, »wir haben ja noch nicht mal das Abitur zu Ende machen können. Nur ausgerechnet das Turnabi, und ich hasse Sport.«

Tilly lachte. »In welcher K bist du denn?«

»K 2. Das ist die von Icke.«

»Ach, ich weiß schon. Fertig?«

»Ja. Machen wir das Licht aus?«

»Nein, lass nur, vielleicht kommt noch wer. Nachher geht die Führerin vom Dienst sowieso noch mal durch.«

Sie gingen einträchtig die Treppe hinauf und verabschiedeten sich vor Charlottes Kameradschaft. Die anderen Maiden waren schon im Bett. Die kleine Dünne neben Charlotte hatte sich eine Wolljacke über das Nachthemd gezogen und streifte sich gerade Wollsocken über.

Als Charlotte ihren Rock, ihren Pullover und ihr Unterzeug auf den Hocker legte, fragte Ingrid: »Hast du denn nichts drunter unter deinem Nachthemd?«

Charlotte schüttelte den Kopf.

»Wir haben alle unser Unterzeug noch drunter«, sagte die Kleine fast beleidigt.

»Zu Hause hab' ich auch ungeheizt geschlafen«, verteidigte sich Charlotte.

»Zu Hause, zu Hause – da hast du aber sicher mehr Decken oder ein Federbett gehabt.«

Charlotte schlug die Decke zurück und betastete sie. Im Überzug steckten nur zwei Decken, und sehr dick fühlten sie sich nicht an. »Ich weiß nicht –«, sagte sie, »zur Not kann ich morgen ja noch meine eigene einziehen.«

»Probier's nur selber aus«, sagte Ingrid, »ich will niemandem meinen Rat aufdrängen.«

»Gleich ist Licht aus«, sagte Hertha, »und dann setz' ick meine Zipfelmütze auf!« Sie schwenkte eine Wollmütze. »Und wenn ihr euch schieflacht. Es ist nämlich wirklich eisig.«

»Kein Mensch soll hungern, ohne zu frieren«, murmelte die Studentin.

»Hör mir mit solchen Redensarten auf«, sagte Hertha scharf.

»Das sagt heute doch schon jeder«, verteidigte sich die Studentin.

»Schlimm genug! Schließlich kann der Führer doch nichts dafür, dass wir Versorgungsschwierigkeiten haben.«

»Dann hätt' er ja nicht zu versprechen brauchen, dass kein Volksgenosse zu hungern und zu frieren braucht«, sagte die andere ungerührt.

»Na und? Ick find' das einfach gemein, wenn man zuerst hurra schreit und sich dann drückt, wenn's mal nicht so flutscht.«

Die andere schwieg und rollte sich in die Decke. »Drücken tu ich mich sicher nicht«, murmelte sie, und wie es weiterging, wusste Charlotte nicht mehr. Sie schlief schon, als die Führerin vom Dienst in die Kameradschaft schaute, gute Nacht sagte und das Licht ausknipste. Sie schlief traumlos, aber sie wachte einmal in der Nacht auf, weil sie fror. Sie holte sich ihren Pullover und wickelte ihn um die Füße. Das schuf nach einer Weile eine kleine Insel der Wärme, und sie blieb so liegen, zusammengekrümmt wie ein Embryo, die Hände in der warmen Kuhle zwischen Bauch und Schenkeln, die Bettdecke bis über die Nasenspitze hochgezogen.

Als sie wieder aufwachte, weil sie jemand an der Schulter rüttelte, hatte sie das Gefühl, gerade eben erst eingeschlafen zu sein. Es war eisig kalt in der Kameradschaft, und das trübe Licht ließ alles noch kälter und trübseliger erscheinen.

»Mensch«, sagte ihre Nachbarin, »du pennst aber vielleicht fest! Mit dir werden wir jeden Morgen Ärger haben!«

Charlotte rieb sich die Augen. Die anderen Maiden hatten schon ihr Trainingszeug an, waren blass im fahlen Licht, verschlafen, ungewaschen, verstrubbelte Haare, verfilzte Zöpfe. Wie viel Uhr? Charlotte schaute auf die Armbanduhr. Halb sieben.

»Los, los, raus mit dir!«, hetzte Hertha. »In fünf Minuten wird gegongt, dann müssen wir unten antreten.«

Charlotte schob sich widerwillig aus dem Bett. Die Luft lag wie kaltes Eisen auf ihren nackten Beinen. Es stank nach dem Nachtschweiß der Mädchen, und Charlotte schlüpfte in den Trainingsanzug und drängelte sich so rasch wie möglich aus dem Raum. Stummes Gepolter auf der Treppe, als die Mädchen durch die unbeleuchtete Halle nach unten liefen. Unten brannte auch noch kein Licht, nur aus der offenen Küchentür drang ein schwacher, gelber Schein, und draußen vorm Haus war es stockfinster. Dort stand schon eine Führerin, und nachdem sich Charlotte an die Dunkelheit gewöhnt hatte, erkannte sie, dass es die Blonde mit dem dicken Haarknoten war. Sie hatte eine Pfeife zwischen die Lippen geklemmt und pfiff den Rhythmus, den Charlotte ihr Leben lang nie vergessen würde, denn er war immer gepfiffen, getrommelt oder geklopft worden, im BDM, bei Sportfesten, bei Aufmärschen: Tam, tam, tamtamtam. Tam, tam, tamtamtam. Die Mädchen stolperten übereinander, alle noch fast geblendet und halb im Schlaf.

»Aufstellen, in einer Reihe aufstellen!«, erklang die helle, frische Stimme der Führerin.

Sie wuselten gehorsam durcheinander, bis sich eine Reihe gebildet hatte.

»Durchzählen!«, kam der nächste Befehl. »Eins – zwei – drei!« Geübt seit Jahren, auch noch im Schlaf gekonnt: Zahl hören, Kopf nach links reißen, nächste Zahl der

Nachbarin ins Ohr schmettern und auf das »Rechtsum« warten. Dann im Trab hinter der Führerin her. Einmal ums Rondell, einmal ums Haus. Im Kreis aufstellen. Hüpfen. Rumpfbeugen. Federn. Laufen. Arme kreisen. Ein Wettlauf. Den Mädchen wurde endlich warm, und als die zehn Minuten herum waren, dampften sie alle. Wieder aufstellen, wieder durchzählen, dann im Trab ins Haus und waschen.

Charlotte rannte mit einer Schar von anderen Mädchen zuerst einmal zur Villa, wo sie Schlange stehen musste, eh' ein Sitzloch frei war. Sie konnte in der Finsternis kaum erkennen, ob sie richtig drüberhockte, aber sie hatte diesmal an das Papier gedacht: ein alter Briefumschlag, den sie sich weichgerubbelt hatte.

Unten im Waschraum riss jedes Mädchen eine Blechschüssel vom Stapel, prüfte die Nummer, bis es die richtige gefunden hatte, und die Neuen nahmen sich von den restlichen Schüsseln diejenigen, die am wenigsten verbeult und zerstoßen aussahen, und merkten sich die Nummern. Das Wasser tröpfelte nur, weil alle Mädchen auf einmal die Hähne öffneten, und es war so kalt im Raum, dass selbst das eisige Wasser warm erschien. Die meisten Mädchen streiften höchstens die Trainingsbluse ab, schlugen sich das Wasser nur ins Gesicht oder wuschen sich unter den Armen.

»Jetzt kommt das Bettenbauen!«, schrie eins von den Mädchen, das schon länger als Charlotte im Lager war. Sie stürmten hinaus, und Charlotte folgte. Sie hätte sich gerne ganz und gar gewaschen, aber wenn sie gewartet hätte, bis die Schüssel voll Wasser war, hätte sie den Zeitplan nicht einhalten können – halbe Stunde für Waschen und Bettenbauen –, und sie wusste nur zu gut: Zuspätkommen wurde so abgewertet und verhöhnt, dass man lieber pünktlich war, gleichgültig wie. Sie beschloss, die abendliche Flick- und Putzstunde auch zum eigenen Putzen zu verwenden.

Oben in der Kameradschaft herrschte ein großer Aufstand. Icke kommandierte, machte vor, wies an, half, schimpfte, und keine protestierte, denn auch das hatten alle Mädchen längst zu unterscheiden gelernt: die Führerinnen, die aus Lust am Krach und Kommando brüllten und ebenso gerne und ebenso laut lachten, und die lauten oder die leisen Fertigmacherinnen. Icke, das wussten sie, würde KÄ-Stellvertreterin werden, bis sie eine richtige KÄ bekämen, und es war ihnen allen recht, denn Icke war das, was man einen Pfundskerl nannte. Sie schrie aus schierer Lebenslust, und Charlotte war froh, dass sie sich sofort auf sie stürzte und sagte: »Also, du müde Made, nun muss ick wegen dir doch wieder ganz von vorne anfangen!«

Sie fing nicht nur an, sie griff energisch zu und zeigte Charlotte und ihrer Nachbarin, wie man erstens einmal den Strohsack mit einem gewissen Puff in die Seite wieder glatt und rund machte.

»Ach, meine schöne Kuhle«, jammerte Ingrid, »da geht das ja heute Abend wieder los!«

»Das geht jeden Abend von Neuem los«, bestätigte Hertha freundlich, »ick hab' dir ja gesagt: Ihr werdet mich noch um meine Nachtmütze beneiden!«

Gut, der Strohsack war also glatt. Dann: Das grobe Laken strammziehen, aber vorsichtig, damit dem Strohsack dabei nicht wieder die Luft ausging! Als Nächstes: Das Strohkissen aufschütteln und mit der Handkante so schlagen und beulen, dass es rechteckig wie ein Ziegelstein aussah. »Manche«, sagte Icke, »schieben vorn ein Stück Pappe rein. Würd' ich euch aber nicht raten, denn wenn sie das bei der Stubenrevision merken, denn is' Sense.«

Also Handarbeit. Klopfen und Zupfen und Beuteln.

»Gut«, sagte Icke endlich, »nun guckt euch mein Bett an.«

Sie starrten beeindruckt auf die Decken im karierten Überzug, die bretteben auf dem Strohsack lagen, vorm Kissen senkrecht in die Höhe stiegen, auf dem Kissen ebenso glatt und eben ruhten und haarscharf am Kopfende endeten. Man konnte nicht einmal erkennen, wo Icke die Decke seitlich eingeschlagen hatte.

Charlotte seufzte. »Das schaff' ich nie.«

»Üben«, sagte Icke, »üben, üben, üben.«

Die Mädchen übten, übten, übten. War's oben glatt, zipfelte es unten. Stieg die Decke vorm Kissen wie eine Betonmauer auf, sank sie auf dem Strohsack in die Kuhle, die sich wie von Zauberhand wieder eingewellt hatte.

»Immer mit der Ruhe«, sagte Icke, »aber in fünf Minuten ist Stubenrevision, und ihr habt noch nischt an.«

Die Hetze zum Spind, blaues Kleid herausholen. Rein ins Kleid, hinten die Schleife binden. Ob man eine Strickjacke drüberziehen darf? Haare kämmen. »Wer hilft mir beim Zöpfeflechten? Ich werde sonst nicht fertig!«

»Mensch, setz dich doch nicht wieder aufs Bett! Bist du beknackt?«

»Eigentlich hätte auch wer Stubendienst, aber das wird sicher erst heute bestimmt.«

Und ein Spindschloss brauch' ich auch, dachte Charlotte.

»Schloss für den Spind ist mitzubringen«, hatte auf der Liste der Sachen gestanden, die sie mitbringen mussten, aber das Schloss von Charlotte war zu zierlich für die Türangel. Es reichte gerade für die sogenannte persönliche Schublade, der einzige private Rest für das nächste halbe Jahr. Die Schublade war klein, aber viel Persönliches gab es sowieso nicht: Schreibzeug, Briefpapier, Fotos von daheim. Lebensmittelmarken, Seifen- und Kleiderkarten und Ausweispapiere waren im Lagerbüro abzugeben.

Dann klapp, klapp, Tür auf, Tür zu, die Blonde, tadellos gekämmt, tadellose Uniform, tadelloser blauer blanker Blick.

»Guten Morgen, Maiden!«

Jede schoss ans Bettende und stand stramm. Die Führerin ging langsam an den Betten entlang. »Gut.« Das nächste Bett: »Gut.« Das dritte: »Ist das Ihr Bett?«

Das Mädchen nickte stumm. Die Blonde zog am Deckenzipfel, dass das ganze Gebäude aus Waagrecht und Senkrecht ein einziges Geknuddel wurde. »Noch mal bauen.«

Das Mädchen schluckte, und Charlotte warf ihr einen schnellen Blick zu. Das Mädchen starrte geradeaus, ohne die Augen zu bewegen.

Die Führerin ging weiter, musterte die restlichen Betten, drehte sich in der Tür um und sagte: »Insgesamt ordentliche Arbeit für den ersten Tag. Nach dem Gong: runter zum Fahnengang.« Damit war sie draußen. Das Mädchen mit dem zusammengerissenen Bett blieb unschlüssig stehen. »Und ich?«

»Mach's irgendwie danach!«, riet Hertha. »Wir müssen jetzt runter. Los, los!« Unten gongte es schon. »Zum Fahnengang ziehen wir die Mäntel über!«

Wieder trappelten die Mädchen die Treppe hinunter. Wieder: antreten, durchzählen, Zweierreihe. Draußen zog eine erste schwache Helligkeit auf. Die Luft war neblig, die Erde knirschte unter den Stiefeln. Sie marschierten schweigend halb um das Haus herum zum Rondell, zur Fahnenstange. Die Führerinnen stellten sich neben die

Stange, die Maiden, sandbraun neben sandbraun, im Kreis um die Fahne herum. Die Lagerführerin räusperte sich und sprach – auswendig – den Satz von Adolf Hitler, der aus der Zeit vor dem Krieg stammte, aber jetzt oft gesagt wurde: »Wer kämpfen will, der kämpfe also, und wer nicht streiten will in dieser Welt des ewigen Ringens, verdient das Leben nicht.« Sie sprach langsam, deutlich, und ihre Stimme zitterte etwas. Dann ließ sie den Kopf in den Nacken sinken, schloss die Augen und sagte: »Möge diese Fahne eure Ehre sein.« Sie schwieg, und die Maiden schwiegen auch. Es verging sicher eine Minute in vollkommener Lautlosigkeit, dann richtete sich die Lagerführerin wieder auf und stimmte an:

»Deutschland, heiliges Wort ...«

Die Maiden fielen ein:

»... du voll Unendlichkeit,
über die Zeiten fort seist du gebenedeit.
Heilig sind deine Seen, heilig dein Wald
und der Kranz deiner stillen Höhen
bis an das grüne Meer.«

Dann nahm die dicke Führerin die Fahne aus der Hand der Lagerführerin, hakte die Karabiner in die Ösen des Seils und zog die Fahne mit dem Hakenkreuz im Ährenzeichen langsam nach oben. Sie blieb schlaff in der nebligen Luft hängen, flatterte nicht, und die Maiden standen stumm. Keine regte sich. Fahnenandacht. Dann räusperte sich die Lagerführerin wieder, und sie sagten gemeinsam:

»Fanget an!«

Schweigend verließen die Führerinnen den Fahnenmast, stellten sich vor die Maiden, schweigend schritten sie durch das Schneegeriesel ins Haus. Mäntel aus. Gong. Halb acht. Es war immer noch dämmerig, die Verdunkelungen hingen schwarz und tot vor den Fenstern, aber der Kachelofen im Gemeinschaftsraum bullerte bereits und strahlte erste Wärme aus. Auf den langen gescheuerten Holztischen standen Keramikteller und Näpfe. Maiden schleppten Terrinen herein, in denen ein brauner suppenartiger Brei schwappte.

»Angebrannt?«, flüsterte ein Mädchen.

Die Maid vom Küchendienst schüttelte den Kopf. »Heute nicht. Und sie haben gesagt, ab morgen gibt es Brot und Marmelade.«

Sie setzten die Terrinen an den Kopf der drei Tische, die zu einem Hufeisen zusammengeschoben waren, und jedes Mädchen suchte sich einen Platz. Hertha drängte sich in die Nähe einer Suppenterrine. Charlotte erwischte nur noch einen Stuhl am Ende des Hufeisens. Sie blieben stramm stehen, bis die Lagerführerin eintrat, »Heil Hitler, Maiden!« sagte und sich setzte. Sie antworteten: »Heil Hitler!« und setzten sich auch. Die Führerin begann, den Suppenbrei auszuteilen: eine Kelle in jeden Teller, und dann kamen die Maiden vom Küchendienst mit großen Kannen.

»Kräutertee oder Muckefuck?«, fragte Charlotte. Nicht als ob das einen großen Unterschied gemacht hätte – fader Tee oder klebriger Malzkaffee.

»Morgens Muckefuck, abends Tee«, flüsterte ihre Nachbarin zurück.

In diesem Augenblick schlüpfte das Mädchen herein, das sein Bett noch einmal hatte bauen müssen.

Die Lagerführerin warf einen Blick auf sie und sagte scharf: »Wir sind alle pünktlich beim Frühstück, merken

Sie sich das!« Das Mädchen stand stramm, sagte: »Jawohl« und setzte sich neben Charlotte, die gerade ihren vollen Teller zurückbekommen hatte. Charlotte griff nach dem leeren Teller ihrer Nachbarin und reichte ihn nach oben weiter. Einen Moment später kam er halb voll zurück. »Wer nicht kommt zur rechten Zeit, der muss sehen, was übrig bleibt«, sagte die Führerin, und das Mädchen beugte sich schweigend über die braune Breisuppe.

»Lass man«, sagte ein anderes Mädchen, »schmeckt eh wie Zunge zum Fenster raus.«

»Besser als nischt«, sagte die Zuspätgekommene und trank den Muckefuck in einem Zug aus.

Nach dem Frühstück erhoben sich alle, die Lagerführerin fasste ihre Nachbarinnen, die beiden anderen Führerinnen, an den Händen, und diese streckten die freie Hand aus, woraufhin sich alle Maiden ebenfalls an den Händen fassten. Die Lagerführerin hob die Arme, sagte: »Ein Dank der Küche!«, ließ die Arme mit einem kräftigen Schwung wieder sinken, und damit war das Frühstück abgeschlossen.

Danach wurden die Mädchen in Gruppen eingeteilt: Küche, Garten, Waschküche, Haus.

Charlotte kam in die Gruppe »Haus« und hatte mit den anderen Hausmaiden Arbeitsbesprechung. Wie macht man ein Zimmer sauber? Welche Geräte braucht man dazu? Warum? In welcher Reihenfolge? Charlotte erfuhr, dass man mit Brennnesseln – wegen des hohen Kieselsäuregehalts der Blätter – ausgezeichnet Fenster putzen kann. (Gott sei Dank, dass Winter ist und keine Brennnesseln wachsen! dachte sie), und dann gab's eine Stehvesper: Margarinebrot mit Quark.

Ruth, das Mädchen aus dem Gepäcknetz, stand neben Charlotte.

»In welcher Gruppe bist du?«, fragte Charlotte.

»Garten.«

»Und was macht ihr da?«

Ruth zuckte die Achseln. »Nur Theorie. Das Deutsche Reich und die autarke Versorgung.«

»Aha«, sagte Charlotte, »Steckrübenbratlinge und Apfelschalentee!«

»Ja«, antwortete Ruth, »und Hefebrotaufstrich.«

»Na, solange wir hier noch Quarkbrote bekommen ...«

»Wer weiß, wie lange«, sagte Ruth, »aber das Lager hat eine Kartoffel- und eine Rübenmiete. Das ist schon ganz beruhigend.«

Dann Antreten in der Halle: Einteilung zur praktischen Arbeit. Durchzählen. Und dann die Frage: »Wer ist Abiturientin? Vortreten!«

Charlotte trat vor und sah, dass sie mit Traudel und zwei anderen Maiden die Einzige war. Sie schauten sich schnell und neugierig an, dann starrten sie wieder auf die blonde Führerin.

»Charlotte Eynhuf!«

Sie machte noch einen Schritt nach vorn. Stand stramm.

»Holen Sie sich aus der Waschküche einen Eimer und Scheuerpulver, und schrubben Sie das Klo.«

»Den Fußboden?«

Die Führerin schaute sie flüchtig an. »Fußboden, Sitze und Wände. Abtreten.«

Charlotte machte schweigend die vorgeschriebene Wendung, und als alle entlassen waren, suchte sie sich im Keller ihre Arbeitsgeräte zusammen. Die Maiden vom Waschdienst kamen schon hinter ihr her und halfen ihr, Eimer, Bürste und Scheuerpulver zu finden. »Bind dir dein Kopftuch um!«, rief ihr eine Maid nach.

Charlotte rannte wieder nach oben, zog vorsichtig, um keinen Stapel zu zerstören, das rote Kopftuch heraus, knüpfte es sich um die Haare, schlüpfte in die Windjacke und band die große Arbeitsschürze vor. Dann ging sie mit vollem Wassereimer und Geräten zur Villa. Es war jetzt heller Tag, weißer, bedeckter Himmel, feuchte Luft, aber frisch und so licht, als ob die Sonne hervorbrechen wollte. Die Tür zum Klohaus ging nach innen auf und stand sperrangelweit offen.

Charlotte setzte den Eimer ab und blieb reglos stehen. Neben einem Loch eine Lache, von der es langsam auf den Fußboden tropfte, wo sich schon eine Pfütze gebildet hatte. Knapp am Rand des mittleren Loches ein brauner Haufen, säuberlich gekringelt. Charlotte machte kehrt, lief ins Waschhaus zurück, wo sie einen Scheuerlappen gesehen hatte, nahm gleich noch einen zweiten Eimer mit Wasser mit, stellte sich ans Ende der Sitzreihe und kippte gezielt und mit kräftigem Schwung das Wasser über das Holz, sodass der Haufen in den Abgrund plumpste. Dann streute sie Scheuersand auf das Holz und begann zu bürsten und zu spülen, zu bürsten und zu spülen, bis das Holz von Wand zu Wand bis zu den Lochinnenwänden weiß und sauber schimmerte. Sie lief mit den beiden Eimern wieder ins Waschhaus, und während sie frisches Wasser einlaufen ließ, schaute sie zu, wie die Dicke den Maiden vom Waschdienst zeigte, wie man den Kessel mit Kohle heizt, in welchen Bütten vorgewaschen, gewaschen und gespült wurde, wo die Waschbretter standen und wie man sie nach jedem Gebrauch säubern und ordentlich wieder wegstellen müsse.

Als Nächstes nahm sie die Wand zwischen Sitzen und Fußboden in Angriff, und als sie danach frisches Wasser holte, brannte das Feuer unter dem großen Waschkessel schon, und die Maiden rubbelten die Bettlaken von der vorigen Lagergruppe in einer kalten weißlich-trüben Brühe. Vorwäsche.

Zum Schluss kam der Fußboden dran. Charlotte musste auf allen vieren arbeiten, denn sie hatte keinen Schrubber mit langem Stiel bekommen. Sie legte sich das Wischtuch unter die Knie, doch die Strümpfe waren ziemlich rasch durchweicht. Sie machte sie von den Strumpfhaltern los, rollte sie bis zu den Knöcheln hinunter und scheuerte weiter, bis auch die Dielen sauber waren. Sie schwitzte jetzt, und die Hände waren vom kalten Wasser und vom scharfen Scheuersand rot und aufgesprungen. Sie trocknete sie an der Schürze ab und trug die beiden Eimer mit dem Schmutzwasser in die Waschküche. Dort war die Luft dick vom Dampf, die Führerin rührte im Waschkessel, die Maiden holten die steifen, tropfnassen Laken aus dem Spülwasser, und dann nahm eine Maid das eine Ende, eine zweite Maid das andere, und jede drehte das Laken in eine andere Richtung, sodass sich das Wasser leicht auswringen ließ. »Guter Trick?«, fragte eine Maid, deren Haare von der feuchten Luft ganz krisselig geworden waren.

Charlotte nickte. »Was soll ich denn jetzt machen?«, fragte sie die Dicke.

»Gehen Sie hinauf und melden Sie, dass Sie fertig sind.«

Charlotte stellte Eimer, Bürste und Scheuerpulver weg, putzte sich die Füße am Ende der Kellertreppe ab, lief hinauf und klopfte an dem Führerinnenzimmer an, von dem sie glaubte, es sei das der Blonden. Sofort erklang ein »Herein!«, und Charlotte hob den rechten Arm und sagte: »Arbeitsmaid Eynhuf meldet: Klohaus gesäubert.«

Die Blonde stand auf, sagte: »Danke« und »Kommen Sie mit!« und ging mit Charlotte durch den Park zum

Häuschen. Der Fußboden war noch feucht, und Charlotte blieb abwartend stehen, während die Blonde von Loch zu Loch ging und prüfte, ob alle Innenränder sauber waren. Dann betrachtete sie Wand und Fußboden, strich über die Leiste, musterte den Zeigefinger, der nass, aber ohne Staubspuren war, warf Charlotte einen kühlen Blick zu, sagte: »Gut!« und »Gehen Sie in die Waschküche und helfen Sie dort, aber« – sie warf einen Blick auf Charlottes Stiefel – »Holzpantinen anziehen.« Damit machte sie kehrt, schritt schnell ins Haus zurück und ließ Charlotte stehen. Charlotte legte den Kopf schief und betrachtete das helle dampfende Holz, ließ die Stukahose herunter und setzte sich friedlich auf eins ihrer gescheuerten Löcher.

Das Waschhaus war unterdessen von weißem Nebel erfüllt. Die Laken kochten, die Dicke hob den Deckel vom Waschkessel, zog die brühheißen Tücher mit zwei Holzstangen heraus und warf sie in die Waschbütten. Die Maiden gossen kaltes Wasser in die Lauge, bis sie die Laken anfassen konnten, und dann wurde auf dem Waschbrett gerubbelt und gerubbelt, bis die Fingerspitzen weiß und die Haut wellig und rot wurde.

Charlotte ließ in einen der steinernen Tröge an der Wand kaltes Wasser ein, holte mit einer anderen Maid die fertig gewaschenen Laken aus den Bütten, warf sie ins kalte Wasser und spülte einmal, wrang aus, spülte ein zweites Mal, wrang aus, die Hände allmählich blau vom eisigen Wasser, legte die Laken in Wäschekörbe und ging mit der anderen Maid hinaus auf die Bleichwiese, wo die Wäscheleinen in zehn oder zwölf Reihen zwischen den Pfosten gespannt waren. Sie hängten die Laken auf, befestigten sie mit Holzklammern, und das andere Mädchen fragte: »Bist du die mit der Villa gewesen?«

Charlotte nickte.

»Na und?«, fragte die Maid.

»Wieso na und? Ich bin damit fertig.«

»Und was hat sie gesagt?«

»Gar nichts.«

»Gar nichts?«, fragte das Mädchen.

»Nur: gut, und dass ich in die Waschküche gehen sollte.«

»Mensch«, sagte das Mädchen, »da musst du aber geschrubbt haben.«

Charlotte lachte. »Ich hab' eine strenge Großmutter. Die guckt auch immer in alle Ecken.«

»Euch haben sie ja sowieso auf dem Kieker. Pass bloß auf!«

»Uns? Was meinst du damit?«

»Na, euch aus der Oberschule. Hast du das noch nicht gemerkt? Wir alle kriegen Punkte, aber bei euch sind sie besonders streng.«

»Was für Punkte sind das denn?«

»Ich weiß das auch nicht so genau, aber meine Schwester, die war vor zwei Jahren im RAD. Und zum Schluss kriegt man ein Arbeitsdienstzeugnis, da steht drin, wie du dich geführt hast, und dann noch »Eignung«, was sie von dir halten. Also, wofür du dich eignest. Und meine Schwester hat gesagt, wenn man sich nicht gut führt, dann dürft ihr nicht studieren, und du darfst kein Abi machen. Deshalb hab' ich ja gesagt: Pass bloß auf!«

Charlotte strich mechanisch ein Laken glatt. »Aber«, sagte sie langsam, »das müssten sie einem doch sagen.«

»Ich sag's dir ja«, wiederholte das Mädchen ungeduldig, »und jetzt komm. Wir müssen die nächsten Laken holen.«

Als sie fertig waren, gongte es wieder, wurden die Arbeitsschürzen abgebunden, wurden die Holzpantinen und die Stiefel gegen die Schuhe getauscht, war Arbeitsschluss: Alle Maiden trafen sich beim Waschen wieder, rannten hinauf, stellten mit einem Blick in die Küche fest, was es gab – Bratkartoffeln mit Blutwurst –, und reihten sich unter den strengen Augen Adolf Hitlers, dessen Bild zwischen den Fenstern hing, um den Tisch herum. Sie blieben hinter ihren Stühlen stehen, fassten die Hand der Nachbarin, die Lagerführerin sagte: »Guten Appetit!«, und dann setzten sie sich.

Charlotte aß langsam und bedächtig wie immer. Ihre Nachbarinnen schlangen das Essen stumm und halb gekaut hinunter und stießen ihre Teller schon wieder zum Kopf des Tisches, zur Terrine, als Charlotte ihren Teller noch nicht einmal halb geleert hatte. Als sie fertig war und ihren Teller zur Terrine schickte, kam er leer zurück. Um sie herum aßen die Mädchen ihre zweite Portion, jetzt auch langsam und behaglich, unterhielten sich und warfen Charlotte einen gleichgültigen oder mitleidigen Blick zu.

Charlotte drehte sich nach Traudel um, die hinter ihr am anderen Schenkel des Tisches saß. Traudel zuckte die Achseln und drehte ihren Teller um. Auch leer. Na gut, dachte Charlotte, heute Abend bin ich schneller.

Als alle fertig waren, fassten sie sich wieder bei den Händen, die Lagerführerin sagte: »Ein Dank der Küche!«, die Maiden fielen in diesen Spruch ein, und von 13.30 Uhr bis 14.30 Uhr war »Flicken und Stopfen«.

Die neuen Maiden zeichneten ihre Kleider und die Wäsche, setzten Knöpfe um, kürzten oder verlängerten die Säume, schrieben noch schnell eine Postkarte oder einen Brief, und dann war Gymnastik.

Die Blonde, frisch und munter mit Tamburin und Trainingsanzug, ließ die Maiden sich in der Halle tummeln, bis sie dampften, und schickte sie dann unter die Dusche. Warmes Wasser diesmal, warmes Wasser am ganzen Körper.

Wieder dröhnte der Gong, wieder stellten sie sich in der Halle auf.

»Als Nächstes«, verkündete die Blonde, »hätten wir jetzt Schulung und Singen. Heute aber zuerst Spindkontrolle.«

»Das fängt ja gut an«, flüsterte Icke, die hinter Charlotte stand.

»Wieso?«, zischte ihre Nachbarin zurück. »Ordnung muss sein!«

Jede Maid stellte sich also neben ihren Spind. Sie hatten kein Licht angeknipst – Strom sparen: denkt an »Groschengrab, das Ungeheuer!« – und standen im Schatten der Spindkammer. Die Blonde hatte eine Taschenlampe und leuchtete in jeden Spind hinein. »Was ist denn das?«, fragte sie. »Das soll Ordnung sein? Ein Saustall ist das, eine Schweinerei! Kante auf Kante! Eins genau aufs andere! Saubere Stapel! Weißwäsche 25 Zentimeter breit, Buntwäsche 27 Zentimeter. Schuhe genau ausgerichtet. Zivilsachen haben im Spind nichts zu suchen. In den Koffer damit.«

Eine Maid wurde bestimmt, alle Koffer mit den Privatsachen einzusammeln und in eine Abstellkammer auf dem Dachboden zu bringen. Nächster Spind. »Wie sieht das denn hier aus? Wie in einer Judenschule!« Und so weiter, und so weiter. Meist riss die Blonde alle Sachen aus den Regalen. Sie lagen als wüste trübselige Haufen auf dem rissigen, grauen Dielenboden im Staub.

»Aha«, sagte die Blonde vor einem Spind, »alle mal herkommen.«

Sie drängelten sich stumm um einen Schrank, in dem nichts mehr nach dem aussah, was es war. Man sah nur weiße und graue und braune Bruchstellen, eckig und glatt.

Eins so breit wie das andere, eins so eisern auf dem anderen, wie mit dem Senkblei gelegt.

»Was ist dein Vater?«, fragte die Blonde.

»Feldwebel«, antwortete die Maid.

»An der Front?«

»Russland«, erwiderte die Maid.

»Da seht ihr's«, sagte die Führerin, »Soldatenkind. Hat die Ordnung im Blut. Nehmt euch ein Beispiel.«

Und dann weiter. Anschiss und Lob, Schweigen und Rausreißen. Schrank für Schrank. Als das vorbei war, als alle versucht hatten, aus Hosen und Blusen, Nachthemden und Wollstrümpfen abstrakte Türme zu bauen, tönte wieder der Gong, ging's wieder trappel, trappel nach unten.

Singen. Sie setzten sich im Gemeinschaftsraum auf die Stühle, die jetzt in Reihen nebeneinanderstanden, die Lagerführerin schlug mit der Stimmgabel den Ton an, und dann sangen sie:

»Haltet eurer Herzen Feuer
wach durch alle schwere Not,
bis von unserm Stern ein neuer
Schein in unser Morgen loht.

Nicht zu Sternen sollt ihr beten,
tief in euch liegt euer Los –
könnt ihr aus euch selber treten,
sind auch eure Sterne groß.

Schaut nicht blind zu euren Sternen,
seht, wie Tod und Leben geht:
selbst ein Stern kann in den Fernen
sterben, der schon ewig steht.

Haltet eurer Herzen Feuer
heilig über alle Zeit,
künden muss es, dass ihr treuer
als die hellsten Sterne seid.«

Und danach ein Lied, das sie auch alle kannten, weil es zu den Pflichtliedern des BDM gehört hatte:

»Nur der Freiheit gehört unser Leben,
lasst die Fahnen dem Wind.
Einer stehet dem andern daneben,
aufgeboten wir sind.
Freiheit ist das Feuer,
ist der helle Schein,
solang sie noch lodert,
ist die Welt nicht klein.
Dass die Äcker zum Erntegang reifen,
darum bleiben wir wach,
bis die Sensen die Halme ergreifen,
hüten wir sie vor Schmach.
Freiheit ist das Feuer …
Dass dem Lande die Sorgen versinken,
darum stehen wir auf,
unsere Helme das Morgenrot trinken,
eure Herzen reißt auf!
Freiheit ist das Feuer …«

Danach übten sie ein Lied zweistimmig, das sie am nächsten Morgen beim Fahnenhissen singen wollten:

»Nichts kann uns rauben
Liebe und Glauben

zu unserm Land;
es zu erhalten
und zu gestalten,
sind wir gesandt.«

Die Führerin dirigierte mit erhobenen Händen und sang kräftig die zweite, die schwache Stimme mit, und als das klappte, sprach sie die zweite Strophe vor, Zeile für Zeile: »Mögen wir sterben ...«, dann den ganzen Satz: »Mögen wir sterben, unseren Erben gilt dann die Pflicht:«, endlich die ganze Strophe: »Mögen wir sterben, unseren Erben gilt dann die Pflicht: es zu erhalten und zu gestalten: Deutschland stirbt nicht.«

Charlotte saß so, dass sie Ruth schräg vor sich in der Reihe davor erkennen konnte. Sie schien nur leise zu singen, vielleicht auch nur zu summen, denn sie bewegte offenbar kaum die Lippen.

Charlotte sang einigermaßen gut und richtig, liebte es, die dunkle zweite Stimme zu übernehmen, und hielt sie auch durch. Vielleicht, dachte sie, kann Ruth nicht gut singen und summt deshalb nur ganz vorsichtig mit. Charlotte wusste nur zu gut, wie Mädchen im BDJM und BDM angepfiffen wurden, die mit ihrem falschen Gesang den Eindruck der ganzen Mädelschaft oder Mädelschar verdarben.

Sie beobachtete Ruth bei der nächsten Strophe – und wirklich, sie sang überhaupt nicht mit. Sie starrte dem Mädchen weiter gespannt und unverwandt auf den Mund und merkte plötzlich, dass sich Ruth ganz kurz und wie verstohlen umdrehte, rot wurde, den Kopf senkte und den Mund zu bewegen begann. Dann drehte sie sich noch einmal um, und Charlotte lächelte ihr zu. Ruth erwiderte das

Lächeln jedoch nicht. Ihr Blick blieb ernst, fast drohend, und nun war es Charlotte, die in den Schoß blickte und spürte, wie ihr das Blut in den Kopf stieg.

Die Mädchen sprachen unterdessen den Text des Fahnenliedes immer wieder schleppend nach, bis die Führerin zufrieden war. »So«, sagte sie, »und nun zur Erholung noch ein Lied, das ihr im BDM sicher oft gesungen habt: *Es geht eine helle Flöte.*«

Sie holte ihre Blockflöte aus dem Futteral, blies das Lied vor, nickte dann, und die Stimmen der Mädchen fielen ein, hell wie die helle Flöte, Erinnerung an BDM-Dienstnachmittage im Sommer, helle Flöte am Straßengraben nach dem Geländespiel, helle Flöte beim Gauwettsingen in der Turnhalle, helle Flöte vor Verwundeten: »Es gehet eine hehellehe Flöhöte, der Früühling ist üüber dem Land. Biiirken horchen auf die Weiheise, Biiirken, und die tanzen leiheise. Es gehet eine hehellehe Flöhöte, der Früühling ist üüber dem Land.«

Charlotte sang gerne. Sie mochte nur die Fahnenlieder nicht so sehr. Ihr düsteres Pathos schreckte sie. Aber trotzdem, als sie vor Jahren nachts mit all den anderen Jungmädchen ihres Jahrgangs einen Schweigemarsch durch den Wald gemacht hatte, als sie dann das Bismarckdenkmal erreicht hatten, eine steinerne Zinnenburg auf einer Lichtung zwischen düsteren Tannen, flackerndes offenes Feuer auf jeder Zinne, bleicher Rauch, der in den samtschwarzen sternenübersäten Himmel stieg, als dann die Stimme der Gauführerin weit durch die Nacht gehallt war, während sie ein Gedicht von Baldur von Schirach gesprochen hatte ...

»Siehe, es leuchtet die Schwelle,
die uns vom Dunkel befreit,

hinter ihr strahlet die Helle
herrlicher, kommender Zeit.

Die Tore der Zukunft sind offen
dem, der die Zukunft bekennt
und im gläubigen Hoffen
heute die Fackeln entbrennt.

Stehet über dem Staube,
ihr seid Gottes Gericht,
hell erglühe der Glaube
an die Schwelle im Licht.«

… als die Gauführerin ihnen danach den Schwur vorgesprochen hatte, den sie mit dumpf murmelnden Stimmen nachgesprochen hatten, und als sie dann alle das Lied von Rudolf Alexander Schröder gesungen hatten:

»Heilig Vaterland! In Gefahren
deine Söhne sich um dich scharen.
Von Gefahr umringt, heilig Vaterland,
alle stehen wir Hand in Hand.

Bei den Sternen steht, was wir schwören.
Der die Sterne lenkt, wird uns hören.
Eh' der Fremde dir deine Krone raubt,
Deutschland, fallen wir Haupt bei Haupt.

Heilig Vaterland, heb zur Stunde
kühn dein Angesicht in die Runde.
Sieh uns all entbrannt, Sohn bei Söhnen stehen.
Du sollst bleiben, Land, wir vergehen.«

… da war sie von dem dumpfen Grollen des Liedes ergriffen gewesen, hatte »Heilig Vaterland!« gedacht und die Verpflichtung gefühlt, die Krone nicht rauben zu lassen, was immer das bedeutete. Und das »Alle stehen wir Hand in Hand« war ihr tief und beruhigend in die Seele gesunken. Nicht allein sein im Kampf. Kühn das Antlitz heben. »Du sollst bleiben, Land, wir vergehen.«

Unterdessen war das Lied von der hellen Flöte verklungen, Pause, Schulung über die Aufgaben der deutschen Frau und Mutter, zu der sie im RAD erzogen werden sollten. »Rechtwinklig an Leib und Seele, das sollen und wollen wir alle werden, dazu sei uns der RAD ein Weg!«, wie Gertrud Scholtz-Klink, Leiterin des deutschen Frauenarbeitsdienstes, gesagt hatte.

Wieder ein Lied. Ein Kanon: »Froh zu sein, bedarf es wenig …«

Schluss. Letztes Lied. Charlotte stand auf und drängelte sich so aus der Stuhlreihe, dass sie hinter Ruth stand.

»Was war denn?«, fragte sie.

»Wieso?«, fragte Ruth, fast hochmütig.

»Na, beim Singen eben.«

»Was soll gewesen sein?«

»Du hast nicht mitgesungen!«

»Ich kann nicht singen«, antwortete Ruth.

»Gar nicht?«, fragte Charlotte.

Ruth starrte sie an. »Ach, das kommt darauf an …«, antwortete sie flüchtig, und dann wurden sie getrennt.

Händewaschen. Eine kurze Freistunde. Abendessen. Tellergeklapper. Küchendienst mit roten Gesichtern und großen Terrinen. Eintopf aus Nudeln und Milch.

Diesmal die erste Portion so schnell wie möglich verschlungen, Teller zum Nachschlag zu den Schüsseln zurückschlittern lassen – den Nachschlag geruhsam genießen.

Danach war noch einmal Putz- und Flickstunde. Wer gut nähen konnte, half den anderen beim Verlängern und Weiter- oder Engermachen, beim Ausgleichen der schlimmsten Stopfstellen. Sie wussten, dass sie ordentlich nähen und alle Kleiderstücke korrekt zeichnen mussten, denn nach dem Spindappell hatten sie begriffen, was Kleiderappell bedeuten würde.

Appell: Manchmal hatte Charlotte das Gefühl, als bestehe die halbe Grundausbildung aus Appellen. Der Gong dröhnte immer wieder, zu jeder Tageszeit, und dann musste jeder alles fallen und stehen lassen, was er gerade tat. Es musste schnell gehen, hopp-hopp, Treppe rauf oder Treppe runter, aufstellen, durchzählen. Mantelappell, Spindappell, Stiefelappell.

Stiefelappell war das Schlimmste. Charlottes Stiefel waren so alt, dass die Sohlen dort, wo die Nägel saßen, längst ausgeleiert waren. Die Nagellöcher hielten die Nägel nicht mehr, und statt der vorschriftsmäßigen Anzahl stahlblanker eckiger Nagelköpfe starrten die Führerinnen die Löcher an.

Das erste Mal: Mahnung. Das zweite Mal: gereizte Mahnung. Das dritte Mal: »Vortreten, Arbeitsmaid Eynhuf!«

Da stand sie, Arbeitsmaid Eynhuf, mit den jämmerlichen schwarzen Schnürstiefeln, eine Hand in jedem Schuh, die Sohle mit Nagellöchern nach oben gerichtet.

Unvorschriftsmäßig! Schlechtes Beispiel für die eigenen Kameradinnen und für die Dorfbewohner! Verpflichtung, sich gerade in der Zeit wirtschaftlicher Engpässe reinlich und ordentlich zu kleiden.

»Denken wir an die Mütter und Frauen in den vom Feind

zerbombten Städten, an unsere Kameradinnen vom BDM in Hamburg oder Berlin. Kein Mensch sagt etwas, wenn die Uniformen bei den Aufräumungsarbeiten voll Schutt und Staub sind. Aber das ist kein Freibrief dafür, noch danach mit schmutziger und verfleckter Uniform herumzulaufen.«

Kein Blick mehr auf Charlotte. Keine Chance für Charlotte, darauf hinzuweisen, dass die Stiefel die Nägel einfach nicht mehr hielten.

Sie gewöhnte sich daran, immer ein paar Nägel in der Schürzentasche bei sich zu tragen und beim Stiefelappell die Stiefel zuerst mit den Sohlen nach oben zu drehen und die Nägel dann vorsichtig in die leeren Höhlen zu stecken. Sie gewöhnte sich daran, dass sie im Schnee und im Regen nasse Füße bekam, weil die Feuchtigkeit ungehindert durch die Löcher steigen konnte. Sie gewöhnte sich daran, dass die Füße nass waren, dass die Zehen zuerst blau wurden, dann rot und entzündet und zum Schluss, in den letzten Wochen dieses Winters, der gerade erst begonnen hatte, von Frostbeulen brannten.

Gewöhnte sie sich? Sie nahm hin. Sie nahm hin und lernte. Sie lernte, dass es besser war, die Briefe nach Hause zu nummerieren, so, wie die Großeltern ihre Briefe nummerierten, weil man auf diese Weise eine Kontrolle darüber hatte, was heil in wessen Hände gekommen war. Sie lernte, bestimmte Sachen nicht nach Hause zu schreiben, weil es sinnlos war, die alten Leute über Dinge aufzuregen, die sie doch nicht ändern konnten.

Sie schrieb: »Draußen ist das schönste Sonnenwetter, der Schnee ist wieder getaut, und die kahlen niedrigen Bauernhäuser sehen fast gemütlich aus. Unser Haus ist ganz nett, aber etwas kalt. Meine Wolldecke kann ich ganz tadellos gebrauchen. Ich wickle mich jeden Abend hinein, und wenn es kalt wird, ziehen wir noch Wollsocken, Trainingshosen und Pullover an.« Sie schrieb nicht, dass sie sich einen Eimer in die Kameradschaft gestellt hatten, den alle nach »Licht aus« als Nachttopf benutzten. Und dass sie die Maid, die auf die Idee mit dem Eimer gekommen war, »Eimerle« nannten.

Sie schrieb nicht, dass sich die Breslauerin neben ihr weigerte, sich an den Tagen, an denen sie ihre Regel hatte, überhaupt zu waschen. »In der Zeit darf man sich nicht waschen! Das ist ungesund! Da kannst du sterben!«

Charlotte konnte den Gestank fast nicht ertragen, aber die anderen Mädchen waren eher geneigt, Ingrid zu glauben, weil sie ohnehin jede Gelegenheit benutzten, sich selbst nicht zu waschen.

Charlotte schrieb auch nicht, dass bei ihr selbst die Regel ausblieb. Sie fand das praktisch, besonders weil der Nachschub an Monatsbinden für die neue Lagerbesatzung noch nicht eingetroffen war. Sie kam nicht auf die Idee, mit der blonden Führerin, die ausgebildete Ärztin war, darüber zu sprechen. Sie schrieb: »Hier sagen sie, Urlaub gebe es weder zu Weihnachten noch zwischen RAD und KHD, zu Letzterem wir auch das Unterzeug mitbringen müssten.«

Und sie schrieb nicht, dass sie eines Abends, als sie sich in der Flick- und Putzstunde im Keller die Unterhosen wusch, lautes Schluchzen hörte. Und dass ihr aus dem finsteren Flur die Studentin entgegenkam. »Was ist denn?«, fragte Charlotte. »Bist du krank?«

Das große Mädchen starrte sie aus verquollenen Augen wie blind an. »Es ist alles aus«, sagte sie, »es ist alles aus.«

»Was ist aus?«

»Ich darf nicht weiterstudieren«, sagte die andere und brach wieder in lautes Weinen aus.

»Warum denn nicht? Was ist denn passiert? Was hast du denn gemacht?«

»Ich habe …« Dann stockte sie und sah Charlotte zum ersten Mal richtig an. »Ach was«, sagte sie, »wenn ich's dir sage, belaste ich dich auch. Ich kann dir nur sagen: Halt bloß die Klappe und pass auf, was du schreibst! Red ihnen alles nach, ob du es glaubst oder nicht – o Gott, o Gott, was werden bloß meine Eltern sagen!«

Sie ging in die Dusche, steckte den Kopf unter das kalte Wasser und ließ es laufen, bis Charlotte dachte: Jetzt fällt sie gleich tot um! Sie ließ ihre Unterhosen liegen, lief in den Duschraum und stellte das Wasser ab. Die Studentin richtete sich auf, klatschnass bis zur Taille, und tappte wie betrunken aus dem Raum.

Charlotte warf die Unterhosen wieder in die Waschschüssel, und während sie sie spülte, dachte sie darüber nach, was der Grund sein könnte. Was man sagen und tun konnte, um Abitur und Studium verboten zu bekommen. Was man vermeiden musste. Was sie selbst vielleicht schon gesagt oder getan haben mochte. Ob es Maiden gab, die den Führerinnen Bemerkungen zutrugen. Was Gefahr war und was Sabotage, Nervenkrieg.

Charlotte schrieb oft heim, aber sie hatte meist nur Zeit für Postkarten, schnell auf den Knien gekritzelt. »Bitte schickt die Seifenmarken. Unsere Wirtschafterin sagt, sie braucht sie unbedingt.« Oder: »Habe Karte eins von Großvater, Brief eins von Omi und Päckchen bekommen. Dank. Morgen mehr.«

Sie schrieb: »Heute Nacht war ein Angriff auf ein sieben Kilometer entferntes Dorf, und im Nachbardorf –

16 Kilometer – war auch viel zerstört. Bombentrichter löste Bombentrichter ab.«

Sie erzählte aber nicht, dass sie zu Aufräumungsarbeiten eingesetzt worden waren und Trümmer, tote Tiere und Tragbahren wegschaffen mussten, über die die Sanitäter graue Planen gedeckt hatten.

Sie schrieb nicht, dass sie auf dem benachbarten, größeren Bahnhof zur Versorgung von Volksdeutschen eingesetzt wurden, Flüchtlingen aus Polen oder Wolhynien. Sie kamen in Zügen, die aus Personenwagen und Viehwagen zusammengesetzt waren, ungeheizt allesamt, sie waren tage- und wochenlang unterwegs gewesen, die Frauen trugen lange wollene Röcke, Mäntel und über den Mänteln noch Wolldecken oder große grobe Stricktücher. Die Kinder konnten sich kaum bewegen, so dick vermummt waren sie, und sie hockten wie Kleiderbündel zwischen Betten und Kleiderbündeln, reglos, lautlos. Sie umklammerten die Blechbecher mit kleinen roten Fingern und tranken in winzigen Schlucken.

»Lagermaid«, sagte eine der dicken Frauen zu Charlotte, »nimm ihr das Kind weg.« Sie deutete auf eine andere Frau, die auf dem Boden saß, ein Kissen mit einem Baby auf dem Schoß hielt und es leise und ununterbrochen hin- und herwiegte.

»Aber wieso denn?«, fragte Charlotte. »Ich kann ihr doch das Kind nicht einfach abnehmen.«

»Doch«, sagte die Frau, »du kannst es. Dich kennt sie nicht.«

Charlotte beugte sich gehorsam über die kauernde Frau und sagte: »Würden Sie mir bitte Ihr Baby geben?«

Die Mutter schaute hoch, freundlich und ruhig. »Ja«, antwortete sie, »gib ihm Milch. Ich hab' keine mehr.«

Charlotte nahm das Bündel, und die andere Frau sagte leise: »Bring es schnell fort und leg es irgendwohin.«

»Aber …«, stammelte Charlotte, »das Kind soll doch Milch haben!«

Die Frau schaute Charlotte an. »Fass es an«, sagte sie.

Charlotte legte vorsichtig die Fingerspitzen auf die Wange des Kindes. Sie fühlte sich kalt an und etwas klebrig.

»Es ist tot«, murmelte die Frau. »Erfroren. Schon seit ein paar Tagen. Sie wollte es nicht hergeben. Bring es weg.«

»Aber es muss doch beerdigt werden«, sagte Charlotte, »man muss sich doch um das Kind kümmern.«

Die Frau zuckte die Schultern. »Die andern liegen im Schnee«, sagte sie, »um die kümmern sich auch nur die Raben.« Sie wandte sich ab, um sich die Feldflasche mit Kaffee füllen zu lassen.

Charlotte stand wie erstarrt. Sie schaute die Mutter an, die mit leeren, geöffneten Händen im Schoß auf den Steinen saß, ein buntes wollenes Rosenkopftuch um den gesenkten Kopf, umklammerte das tote Kind, sah die Blonde, stürzte auf sie zu.

»Das Kind – das Kind ist tot! Ich hab' es der Mutter wegnehmen müssen. Das Kind ist tot. Sie wollen es nicht begraben!«

Die Blonde warf einen Blick auf Charlotte, sagte scharf: »Reißen Sie sich zusammen, verdammt noch mal! Das ist doch wohl nicht Ihre erste Leiche!« Und dann, ruhiger: »Legen Sie das Kind im Lazarettraum auf die Bahre. Ich werde es untersuchen und das Notwendige veranlassen. Gehen Sie wieder an Ihre Arbeit.«

Nein, es war nicht der erste Tote gewesen, aber es war der erste Tote, den Charlotte berührt hatte, den sie auf den Armen getragen hatte, und sie vergaß nie, wie kalt, wie unirdisch kalt und weich sich die Wange des toten Kindes angefühlt hatte. Sie sah die anderen kleinen Bündel im Schnee liegen, dunkle Flecke im lautlosen Weiß, Steine, steif und kalt und tot, sie schöpfte heißen schwärzlichen Kaffee in Kannen und Becher und Flaschen, sie hätte die beiden Frauen in ihren wollenen Kopftüchern mit den Rosen schon nicht mehr wiedererkannt. Die Zeit verging, die Frauen und die Kinder kletterten wieder in den Zug, der Gott weiß wohin weiterfuhr, die Maiden räumten die Kessel mit den Resten von Erbswurstsuppe und Kaffee fort, die Lazarettstube wurde wieder geschlossen, der Bahnsteig lag staubig und leer, und nirgendwo blieb eine Spur von dem, was geschehen war.

Charlotte schrieb: »Sitze im Zug zur Massenuntersuchung. Post habe ich bis Nummer elf bekommen, aber die Seifenmarken noch nicht. Ich muss sie aber haben, die Verwalterin besteht darauf. Und wenn Ihr mal Briefumschläge übrig habt, denkt an mich ...«

Sie schrieb nicht, dass sie sich für die Untersuchung bis auf die Unterhose ausziehen mussten, dass der Arzt, fröhlich und mit offenem weißem Kittel, zwischen dem sich der Bauch fett und schwammig über den Gürtel wölbte, die Mädchen in einer dichten Reihe an sich vorbeimarschieren ließ, sie wohlgefällig und gründlich musterte und betastete. »Da haben wir ja eine klassische Rubensfigur«, sagte er, »du weißt doch, wer Rubens gewesen ist, oder?«

Die Maid wurde rot bis zum Halsansatz, murmelte etwas Unverständliches, und der Arzt griff ihr prüfend an die Brust.

»Ein echter Rubens«, wiederholte er, »du wirst später schon noch mitbekommen, was es damit auf sich hat.«

Wer mager war und kaum einen Busenansatz hatte, kam ungeschoren davon. Ein verächtlicher Blick. »Halt dich grade, Menschenskind! Deine Schulterblätter stehen ja wie die Engelsflügel ab!« Das war alles. Oder – zur Führerin, die als Begleitung mitgekommen war und schweigend in einer Ecke saß: »Die müsst ihr herausfüttern! Wie soll denn aus so was eine deutsche Mutter werden?«

Charlotte versuchte, gleichzeitig die Schultern zurückzunehmen und den Oberkörper so einsinken zu lassen, dass ihr Busen so unsichtbar wie möglich erschien. Unwillkürlich verzog sie das Gesicht dabei, und der Arzt sagte erfreut: »Aha, da haben wir den Lagerclown!«

»Nein«, erwiderte Charlotte, und die andern kicherten.

»Aha«, sagte der Arzt, »Sie verstehen keinen Spaß!«

Charlotte schwieg, und der Griff um ihren Busen wurde so schmerzhaft, dass sie empört »Aua!« schrie und die Führerin rasch aufstand, ehe Charlotte etwas anderes tun oder sagen konnte, und den Arzt auf die Impfung hinwies, die er bei den Maiden vornehmen sollte.

Dann wiederholte sich alles. Immer wieder Frühsport im Stockfinsteren. Immer die frische, energische Führerin, eine Morgenlerche, die in den Gelenken federte und sprang und hüpfte, dass es Charlotte jeden Morgen ganz übel wurde. Oft schneite es, und sie trabten durch den Schnee, gespenstische fahle Helligkeit vor den Füßen. Der Atem dampfte, die Finger wurden so klamm, dass Charlotte danach nicht mehr mit den Schnürsenkeln der Turnschuhe zurechtkam.

Manchmal fehlten eine oder zwei Maiden beim Abzählen, und dann ging das große Suchen los. Mal war ein Mädchen einfach im Bett liegen geblieben, mal hatte sich eins hinter den Spinden versteckt. Sie wurden hervorgezerrt, wo immer sie sich verkrochen hatten, sie wurden in den Schnee gestoßen und gerollt, wurden gepufft und geknufft, und Charlotte puffte sie mit, weil sie selbst gern im warmen Strohsack weitergeschlafen hätte.

Immer der Wechsel zwischen Waschküche, Wäschemangel, Küche, Nähzimmer. Es war jetzt so kalt, dass die ersten Bettlaken und die anderen Wäschestücke schon steif gefroren waren, ehe der Rest auf der Leine hing. Und manchmal stürzte die Lagerführerin in die morgendliche Schulung, oder die Wirtschafterin unterbrach das Singen und rief: »Vorwarnung!« oder »Alarm!« Dann rannte der Wäschedienst auf die Bleichwiese und riss die brettsteife Wäsche von der Leine, damit die großen weißen Rechtecke den feindlichen Fliegern nicht verrieten, dass hier eine Siedlung war.

Immer wieder Schulung. Der Nationalsozialismus als Weltanschauung. Die Entwicklung Deutschlands von 1919 bis 1933. Bauerntum und Siedlungspolitik. Bevölkerungspolitik im Zusammenhang mit Rassenfragen. Grenzlandfragen und Auslandsdeutschtum. Werden und Wachsen des RAD, seine Organisation, seine Dienstränge, seine Dienststrafen und Urlaubsordnung.

»Es macht Spaß, wenn es nicht fade ist«, schrieb Charlotte nach Hause, »denn wir können in die Debatte eingreifen, und ich tue es, denn ich würde sonst einpennen.«

Sie konnten auch nur da eingreifen, wo es um »praktische Vorschläge für die Arbeit« ging. Alles andere war festgelegtes Referat über festgelegte Ordnungen. Alles, was den nationalsozialistischen Staat und seine Glaubenssätze berührte, wurde vorgetragen, und sie wurden abgefragt. Da gab es keine Gegenfragen, keine Diskussionen, nur Sätze, seit Jahren so und nicht anders gehört, vertraut wie

Fliegeralarm und Brotmarken, wieder und wieder gesagt, und niemand stellte die Frage nach Wahrheit und Lüge.

Immer wieder Schulung. Und immer wieder die Lieder.

»Nun lasst die Fahnen fliegen
in das große Morgenrot,
das uns zu neuen Wegen
leuchtet oder brennt zum Tod.

Denn mögen wir auch fallen –
wie ein Dom steht unser Staat.
Ein Volk hat hundert Ernten
und geht hundertmal zur Saat.

Deutschland, sieh uns, wir weihen
dir den Tod als kleinste Tat,
grüßt er einst unsre Reihen,
werden wir die große Saat ...«

Abends vorm Einschlafen Papiergeknister in allen Betten. Briefe von daheim, die noch einmal gelesen wurden. Licht aus und Gedanken zwischen Angst und Heimweh: Wie mochte es zu Hause wirklich gehen? Alle Nachrichten waren längst überholt, wenn sie im Lager ankamen. Immer also die Sorge: War ein Angriff gewesen? Sind sie noch am Leben?

Und immer war die Nacht zu kurz, aber das Schlimmste war der Frühdienst.

Wecken um halb fünf, noch benommen von schwerer Müdigkeit durchs leere, dunkle, eiskalte Haus in die finstere Küche, die im elenden Licht ihrer trüben Birne wie die Vorhölle wirkte.

Sie waren immer zu dritt. Eine Führerin und zwei Maiden.

Eine Maid füllte die Aluminiumtöpfe mit Wasser für den Muckefuck. Die Führerin machte das Frühstück zurecht. Brot mit Butter und Marmelade, manchmal auch mit Quark. Am Wochenende wurde aus Marmelade und Margarine eine Creme gerührt, und jede Maid bekam einen rosa Klacks auf den Teller gelöffelt und konnte ihn sich auf so viele Brötchen verteilen, wie es gab oder wie sie erwischte. Das Cremerühren war die einzig beliebte Arbeit in der Küche, denn wenn man geschickt war, konnte man sich dabei satt schlecken.

Am unbeliebtesten war das Feuermachen. Zuerst die kalte Asche aus der Herdstelle kratzen, dann aus gehamstertem Kleinholz, Kohlenanzündern und Kohlen eine Pyramide bauen, das Holz anzünden und pusten und beten, dass das Holz nicht fröhlich zerknisterte, ehe die Anzünder, die in Friedenszeiten vielleicht funktioniert haben mochten, Feuer gefangen hatten und ihrerseits die kalten schweren Kohlenbrocken in Glut setzten. Pusten und Klappe zu, Zugschieber auf, warten, auf das Knistern lauschen, vorsichtig nachschauen, etwas vom kostbaren Holz nachschieben, wieder pusten. Dann schon die ungeduldige Frage von den anderen: »Brennt das verdammte Feuer denn nicht allmählich? Wie soll denn der Kaffee fertig werden?«

Gut waren die Tage, an denen man genug Anmachholz hatte, an denen die Anzünder blauweiße Funken versprühten und die Kohle trocken war, an denen nach einer halben Stunde eine rote glühende Waberlohe die Kohlen verzehrte, an denen der Stubendienst, der den großen Raum fürs Frühstück heizte und sich mit der Schaufel Glut aus dem Herd holte, zufrieden sagte: »Gutes Feuer heute!«

Gut waren auch die Tage, an denen man mit Maiden zusammen arbeitete, die freundlich und hilfsbereit waren und nicht apathisch oder feindselig daneben standen, wenn einer anderen etwas nicht gleich gelang.

Gut waren die Tage, an denen man zwischen allem Dienst ein paar Augenblicke Zeit hatte für ein paar Worte, für ein: »Wo kommst du eigentlich her?« Wo man sich etwas kennenlernen konnte, Gemeinsamkeiten entdeckte, verborgene, aber in dieser Umgebung nützliche Fähigkeiten. Wo aus der großen Allgemeinheit wieder Mädchen wurden, die genau wie Charlotte Heimweh hatten, die damit fertigwerden mussten, dass sie in der Fremde ohne den Schutz der gewohnten Umgebung zurechtkommen und sich zu neuen Gruppen und in neue Abhängigkeiten einordnen mussten.

Manchmal auch ein Moment mit Traudel. Der vollkommene Trost jahrelanger Vertrautheit.

Manchmal ein paar Worte mit Ruth. Wenn sie sich trafen, lächelten sie sich immer an. Charlotte wusste unterdessen, dass Ruth auch keine Geschwister hatte, dass sie auch in Deutsch und Zeichnen und Englisch besonders gut war, dass sie das *Dschungelbuch* mochte und gerne tanzte. Am liebsten Tango.

»Hast du Tanzstunde gehabt?«

»Ja. Gerade noch. Dann ist es verboten worden, aber ich hab' einen Freund gehabt, bei dem haben wir im Wartezimmer von seinem Vater getanzt. Manchmal hat's auch Kalte Ente gegeben. Weißt du, was Kalte Ente ist?«

»Nein.«

»Das ist was zum Trinken, aus Wein und Schampus. Wein hat der Vater von seinen Patienten geschenkt gekriegt, und statt Schampus haben wir Mineralwasser genommen. Das schmeckt gut.«

»Kalte Ente heißt das?«

»Ja, Kalte Ente.«

»Das mach' ich mir später auch mal«, sagte Charlotte. »Weißt du was? Immer, wenn ich Kalte Ente mache oder wenn du Kalte Ente machst, dann muss eine an die andere denken.«

Ruth lächelte. Dann sagte sie: »Mindestens dann, mindestens wenn ich Kalte Ente mache, werd' ich an dich denken!«

»Tschüs, Kalte Ente!«, rief Charlotte. »Ich muss meine verflixten Stiefel wieder benageln!«

Immer wieder Bereitschaftsdienst an den Sonntagen: Zwei Kameradschaften hatten ganz und gar frei, die dritte musste dafür alles machen, vom Frühdienst bis zum Stuben- und Küchendienst. Keine Zeit also zum Briefeschreiben, Zeit aber für »Tischkultur und den Sinn für Feiern«.

Sonntags wurde die übliche Hufeisentafel in einzelne Tische aufgelöst, die locker im Raum verteilt wurden. Jeder Tisch bekam eine weiße Decke, und Tischkarten mit Namen und kleinen Zeichnungen oder Kartoffeldrucken wurden auf die Plätze gestellt. Später, an den Adventssonntagen, wurden die Tische mit Tannenzweigen und blank geriebenen roten Äpfeln geschmückt.

»Auch in Zeiten, in denen es nichts zu kaufen gibt«, hatte es in der Schulung geheißen, »brauchen wir nicht auf das zu verzichten, was unser Heim schmückt. Gebrauchen Sie Ihre Phantasie, tragen Sie diese Ideen auch später hinaus in die Stuben der Neusiedler und Bauern, sorgen Sie dafür, dass die Kinderaugen froh zu leuchten beginnen ...«

Sonntags, das war Wecken zwischen acht und neun, das war die festliche Bluse, das waren festliche und fröhliche Lieder, das war Hefekuchen am Nachmittag, dann Freizeit,

Gespräche, eine spielte Quetsche, das Radio lief, einige lasen, einige schrieben oder bastelten.

Charlotte schrieb viel, und einmal saß Icke neben ihr und schaute zu, wie Charlotte in den Briefen von zu Hause blätterte.

»Du kriegst viel Post«, sagte sie.

»Ja«, antwortete Charlotte.

»Von deinem Kerl?«, fragte Icke.

Charlotte schaute misstrauisch auf. »Von meinen Großeltern und von meinem Vater«, sagte sie.

»Und nicht von einem Kerl?«, fragte Icke.

»Was meinst du denn mit Kerl?«, fragte Charlotte dagegen.

»Menschenskind, die weiß nicht mal, was ein Kerl ist!«, sagte Icke ungeduldig. »Ein Mann, ein Freund, jemand, mit dem man geht. Hast du keinen?«

»Ich hab' schon einen Freund«, sagte Charlotte, »der ist jetzt Flakhelfer in Dresden.«

»Hat der dich schon mal geküsst?«

Charlotte wurde rot. »Ja«, sagte sie widerstrebend, »zum Abschied hat er mich geküsst.«

Icke schaute Charlotte einen Moment lang nachdenklich an, dann seufzte sie und sagte: »Hab' ick's mir doch gedacht, über Kerle kann man sich nicht mit dir unterhalten.«

Sie schlenderte zu einer Gruppe von anderen Mädchen, und Charlotte dachte verwirrt an Klaus, mit dem sie manchmal mit anderen Freunden und Freundinnen getanzt hatte, obgleich Tanzen eigentlich verboten war. Dachte daran, wie er sie eines Abends wie immer nach den Vorstellungen des HJ-Theaterringes nach Hause gebracht hatte. Sie waren eine ganze Gruppe von Mädchen und Jungen gewesen, und sie waren langsam durch die verdunkelten Straßen geschlendert, hatten über das Theaterstück geredet, zuerst die Freunde begleitet, die weiter oben am Berg wohnten, waren dann wieder umgekehrt, allein jetzt, eingehakt, hatten den Duft von Flieder und Schneebällen eingeatmet, der aus den Gärten wehte, hatten gar nichts mehr gesagt, hatten es nur genossen, nebeneinander durch die sanfte, duftende Frühlingsnacht zu gehen.

Und dann war plötzlich ein Schutzmann vor ihnen aufgetaucht und hatte sie mit der abgeblendeten Taschenlampe kurz angeleuchtet. Ausweise? Wieso so spät noch auf der Straße? Nach 22 Uhr hätten Jugendliche zu Hause zu sein. Und eingehakt! Und das in Uniform! Klaus versuchte zu erklären, Charlotte stammelte, sie wohne doch da drüben, das Haus könne man schon sehen, und ihr Großvater sei …

Was? Noch schlimmer! Eine wahre Schande! Offizierskinder, und dann eingehakt und in Uniform! Disziplinarstrafen! Meldung an die Schule, Meldung an …

Und dann marschierte er hinter ihnen her, trieb sie wie zwei Lämmer in den Stall, Klaus konnte sich gerade noch von Charlotte verabschieden, dann klappte der Schutzmann die Gartentür hinter ihr zu, und sie schlich ins Haus, machte gar kein Licht, schlich zum Großvater, der schon im Bett lag, brach in Schluchzen aus und stotterte die ganze Geschichte heraus.

Der Großvater klopfte ihr beruhigend auf die Schulter. »Geh mal schlafen«, sagte er, »reg die Großmutter nicht auf! Ziemlicher Unfug, das Ganze!«

Charlotte wusste nicht genau, auf was sich der Unfug bezog, aber sie kroch ins Bett, ohne die Großmutter zu wecken, radelte am nächsten Tag wie immer zur Schule, voll Angst, dass irgendwer schon am Schultor stand und ihr den Eintritt verwehrte. Aber nichts geschah, nur: Alle wussten bereits, was geschehen war, und mittags, als die Schule aus war, fühlte sich Charlotte als Heldin. Klaus wartete an der Ecke mit seinem Rad auf sie, und sie schoben die Räder einträchtig den Berg hinauf. »Bist du geflogen?«, fragte Charlotte.

»Nein. Du?«

»Ich weiß nicht. Niemand hat was gesagt.«

»Ich komme heute Nachmittag, um mich bei deinen Großeltern zu entschuldigen.«

Und er kam tatsächlich, im dunklen Anzug, einen Strauß weißen Flieder aus dem Garten für die Großmutter in der Hand. Charlotte, die mit der Großmutter im Salon saß, hörte durch die Tür die helle Stimme von Klaus und die dunkle vom Großvater. »Er schimpft gar nicht«, flüsterte sie.

»Nein«, sagte die Großmutter, »er schimpft nicht.«

Dann ging die Tür zwischen den Zimmern auf, der Großvater stand im Türrahmen und sagte: »Sehr ordentlich von deinem jungen Mann, sich für sein Verhalten zu entschuldigen. War ja eigentlich auch dein Verhalten. Ich hab' die Sache mit der Schule in Ordnung gebracht, nur: dass mir so etwas nicht noch einmal vorkommt!«

Klaus und Charlotte schworen erleichtert alles und jedes, und die Großmutter, die immer bereit war, auch aus Katastrophen ein Fest zu machen, lud Klaus zum Ersatzkaffee mit Kuchen ohne Fett und Eier ein, und Klaus sah plötzlich nicht mehr wie ein Jüngling vom Beerdigungsinstitut aus, sondern wieder wie Klaus, und am Abend hörte Charlotte, wie der Großvater zur Großmutter sagte: »So ein Rindvieh, dieser Schutzmann! Sollte sich lieber um schlecht verdunkelte Fenster kümmern, statt jungen Leuten Angst einzujagen.«

Das war Klaus, und das machte sie eigentlich erst zu den Freunden, die sie dann wurden. Im Sommer wurde Klaus eingezogen. Im Sommer küsste er Charlotte zum Abschied, das erste und das einzige Mal, und acht Tage später schrieb er: »Mein Vater ist gefallen. In Russland. Ich kann es noch gar nicht glauben. Das ist sicher auch, weil wir ihn seit zwei Jahren nicht mehr gesehen haben.«

Charlotte antwortete ihm sofort, und er schrieb zurück: »Ich danke Dir für den schönen Brief. Er hat mich sehr getröstet. Nun habe ich nur noch meine Mutter und Dich.«

War Klaus ihr Kerl? Charlotte holte nachdenklich seinen letzten Brief aus ihrer Postmappe, und dann schrieb sie: »Lieber Klaus …«

Ein andermal saß Charlotte wieder allein an dem Tisch unter dem Führerbild. Sie schrieb einen Feldpostbrief an den Vater, von dem sie nicht genau wusste, wo er augenblicklich war, einen Feldpostbrief an den Onkel in Russland, und sie war gerade dabei, einen Brief an die Großeltern zu beginnen, da schob sich Icke wieder neben sie.

»Mensch!«, sagte Icke. »Du schreibst ja wie 'ne Maschine!«

Charlotte lachte. »Ja, du weißt doch, ich krieg' auch viel Post. Da muss ich immer viel antworten. Heute komme ich sowieso nicht durch. Ich hab' noch versprochen, meiner Klasse zu schreiben.«

»Wieso? Sind die denn nicht auch eingezogen?«

»Ja schon, aber überall in verschiedenen Gegenden. Und wir haben ausgemacht, dass jede an eine andere schreibt, und dann schicken alle die Briefe reihum.«

»Das ist ja ein richtiger Plan, wat?«

Charlotte zuckte die Achseln. »Ob's klappt? Wer weiß!«

»Und an wen ist das?« Icke drehte die fertigen Briefe um.

»Familie.«

»Wie sieht denn eigentlich deine Familie aus?«, fragte Icke neugierig. »Haste Fotos?«

Charlotte nickte. »Natürlich. Hat mir meine Großmutter noch im letzten Moment eingepackt.« Sie holte aus ihrer Schreibmappe ein kleines Lederheftchen mit Cellophantaschen heraus, in denen immer zwei Fotos steckten, Rücken an Rücken. Da sah man zuerst einmal das Haus. Die Aufnahme stammte aus dem Sommer, und alles blühte: der Vorgarten mit den Stauden, die Geranien auf dem Balkon, die Kletterrosen, die vom Garten zum Balkon hinaufstiegen, und der wilde Wein, der noch höher geklettert war, schimmerte mit seinen glatten Blättern wie Lack. Charlotte bekam plötzlich Heimweh, als sie das Foto sah.

»Ist das eures?«, fragte Icke.

Charlotte schüttelte den Kopf. »Wir wohnen im ersten Stock. Die Hausbesitzerin wohnt unten im Parterre. Aber jetzt sind natürlich noch lauter andere Leute drin. Flüchtlinge.«

»Wie viel denn?«

Charlotte rechnete mit den Fingern. »Eine Familie unten im alten großen Esszimmer und im Wintergarten. Ein Ehepaar im Parterre in einem von den Vorderzimmern. Sie haben auch die Terrasse. Und eine Familie oben im zweiten Stock, wo früher die Fremdenzimmer waren.«

»Mönsch!«, sagte Icke wieder. »Fremdenzimmer, Esszimmer. Wintergarten.«

»Wieso?«, fragte Charlotte.

»Na, wir haben eine Wohnküche und ein Schlafzimmer für die Alten und eins für uns. Meine kleinen Geschwister sind heilfroh, dass ich 'ne Zeit lang weg bin. Dann müssen sie nur zu dritt in einer Bude pennen.«

»Wir essen aber auch in der Küche«, sagte Charlotte, »und ein eigenes Zimmer hat keiner mehr. Ich schlaf' bei meiner Großmutter, wenn mein Onkel da ist, und mein Großvater im Wohnzimmer.«

»Na siehste«, sagte Icke befriedigt, »Arbeit eint.«

Jemand lachte, und als sich die beiden umschauten, sahen sie, dass Ruth hinter Charlotte stand.

»Warum lachste denn?«, fragte Icke kriegerisch.

»Über das mit der Arbeit«, kicherte Ruth, »›der Krieg schert alle über einen Leisten‹, das wär' besser gewesen.«

»Aber das mit der Arbeit hat Adolf Hitler gesagt!«, protestierte Icke. »Oder mindestens so was Ähnliches.«

»Ja, Arbeiter der Faust und Arbeiter des Geistes!«, fiel Charlotte ein.

»Und was ist mit denen?«, fragte Ruth.

»Sie sind alle gleich viel wert«, antwortete Charlotte wie bei einem Schulungsnachmittag des BDM.

»Für was oder für wen?«, fragte Ruth weiter.

»Für ...«, begann Charlotte, und dann sagte sie: »Keiner soll sich besser als der andere vorkommen. Ein Volk, ein Reich, ein Führer.«

»Und warum sollen sie alle gleich sein? Warum sollen wir alle das Gleiche denken? Und sagen und singen?«

»Ick glaub'«, antwortete Icke, »ick geh' noch meinen Rock bügeln.«

Charlotte und Ruth schauten ihr nach. Und dann fragte Charlotte: »Warum sagst du so was?«

Ruth hatte nach dem Fotoalbum gegriffen und blätterte es durch. »Weil ich es nicht ausstehen kann, wenn du immer alles nachquatschst.«

»Was quatsch' ich denn nach?«, fragte Charlotte empört.

»Mein Onkel ist Pastor«, fuhr Ruth fort, »und er sagt: Wer heute noch ein Gewissen hat, ist das Gewissen für die anderen, denen es schon erstickt worden ist, und mein Vater denkt genauso.«

»Ja aber ...«, sagte Charlotte verwirrt.

»Ja was?«, fragte Ruth fast schroff.

»Wieso weißt du das? Wieso kannst du das beurteilen? So wie ich rede, reden doch alle – oder nicht? Wie soll ich denn sonst reden?« Sie schwieg einen Augenblick und fragte dann: »Meinst du, dass mein Gewissen schon erstickt ist?«

Ruth blätterte weiter in den Fotos.

»Und außerdem«, fuhr Charlotte fort, »wenn dein Onkel so was sagt und wenn du – ist das nicht gefährlich?«

Ruth schaute Charlotte an. »Ja«, sagte sie, »natürlich ist das gefährlich.«

»Ja aber ...«, stammelte Charlotte, »hast du denn gar keine Angst?«

»Sag mal«, fragte Ruth und deutete auf ein Foto, »ist das eine Käthe-Kruse-Puppe?«

»Ja«, antwortete Charlotte überrascht, »das ist der Peter.«

»Hast du noch mehr?«

»Natürlich! Ein Schlenkerbaby und die Gretl. Nur: Die heißt bei mir Sabine, denn Gretl – das klingt so nach Knusperhaus.«

»Oh«, sagte Ruth, »die hab' ich auch alle. Hast du ihnen früher Kleider genäht?«

Charlotte nickte. »Manchmal«, sagte sie, »manchmal hab' ich auch noch mit ihnen gespielt. Deshalb siehst du sie auch auf diesem Foto.«

»Wer ist denn das andere Mädchen?«

»Eins aus meiner Klasse.«

»Deine beste Freundin?«

Charlotte zuckte die Achseln. »Nee, eigentlich nicht.«

»Hast du denn keine beste Freundin?«, fragte Ruth.

»Doch«, antwortete Charlotte, »doch, natürlich.«

»Und in welchem Lager ist die?«

Charlotte klopfte mit den Knöcheln auf die Tischplatte. »In gar keinem Lager. Gar nicht beim RAD. Die Eltern haben einen Arzt, und der hat gesagt, sie hätte irgendwas mit dem Unterleib.« Charlotte wurde rot. »Vielleicht stimmt das ja auch. Sie ist wenigstens nicht eingezogen worden.«

»Und das findest du nicht gut?«

»Ich weiß nicht.«

»Doch, du findest, dass sie gekniffen hat. Sie und ihre Eltern.«

»Ja, vielleicht«, gab Charlotte zu, »jetzt, wo es auf jeden ankommt.«

»Das ist kein Satz von dir.«

»Nein«, antwortete Charlotte verblüfft, »aber das – das hört man doch immer.«

»Ja«, antwortete Ruth, »da sind wir wieder beim gleichen Thema. Das wird uns eingetrichtert. Und dann …«

»Also ich weiß nicht«, sagte Charlotte, »es ist doch unsere Pflicht, zu dem zu stehen, was wir geschworen haben. Oder schwören werden.«

»Ist das dein Großvater?«, fragte Ruth, die in dem Fotoheft weitergeblättert hatte.

Charlotte nickte und schaute sich mit Ruth zusammen das Foto an. Damals war er noch jünger gewesen, die Uniform saß gut, aber die Mütze war tief ins Gesicht gezogen. Man sah kaum seine Augen, er lächelte auf dem Foto etwas, und Charlotte lächelte unwillkürlich zurück. »Er hat immer so gerne Krachmandeln gegessen, und mal haben Großmutter und ich unsern ganzen Zucker gespart und haben versucht, selber welche zu machen. Das war vielleicht eine Schweinerei! Und er sagt, ein Soldat muss da ausharren, wohin ihn die Pflicht stellt.«

»So was hat mein Vater früher auch immer gesagt«, murmelte Ruth.

»Und jetzt?«

Ruth schaute auf. »Er war in Russland. Da ist er zuerst schwer verwundet gewesen. Als er dann wieder gesund war, ist er als Bewacher in ein Dulag in Russland, ein Durchgangslager für Kriegsgefangene, abkommandiert worden. Er hat miterlebt, wie deutsche Soldaten russische Kriegsgefangene abgeknallt haben.«

»Was?«, flüsterte Charlotte erschrocken.

»Ja«, antwortete Ruth.

»Aber das kann doch nicht stimmen! So was tun doch keine deutschen Soldaten!« Und dann musste sie plötzlich an Bilder denken, an Wochenschauen, an Sätze in der Zeitung: Untermenschen. Bestien. Sieg oder bolschewistisches Chaos. Aber trotzdem ...

»Was denkst du?«, flüsterte Ruth.

»Ich denke: Auch wenn es Untermenschen sind, man darf sie doch nicht abknallen!«

»Und wenn es auch keine Untermenschen sind?«

»Wer sagt das?«

»Mein Vater.«

Charlotte klappte ihr Fotoheft zu. Sie wusste nicht, was sie denken und was sie sagen sollte. Sie mochte Ruth. Sie glaubte ihr. Aber dies konnte sie ihr nicht glauben. Das konnte nicht stimmen. Oder vielleicht doch? Sie musste an das denken, was ihr eigener Onkel aus Russland erzählt hatte … Aber dann … Sie fragte: »Wo ist dein Vater denn jetzt? Immer noch in dem Durchgangslager?«

Ruth schüttelte den Kopf. »In Berlin. Er ist nicht mehr kv. Er unterrichtet wieder in seiner alten Schule.« Und dann setzte sie hinzu: »Ich weiß, dass ich geliefert bin, wenn du petzt.«

»Und warum hast du mir dann all das erzählt?«

Ruth lächelte. »Vielleicht weil ich dich mag. Vielleicht weil ich nicht will, dass du wie die anderen wirst. Vielleicht weil ich jemanden brauche, bei dem ich nicht auf jedes Wort achten muss.«

»Dann singst du auch nicht mit, weil …«

»Ja«, antwortete Ruth, »ich krieg' diese Worte nicht über die Lippen. Und wenn wir vereidigt werden: Ich schwöre nicht mit!«

Charlotte schaute Ruth an, schaute ihr ins blasse, entschlossene Gesicht zwischen den dünnen blonden Zöpfen mit den verschiedenen Zopfspangen, und sie streckte ihr spontan die Hand hin.

»Wenn du wen brauchst oder …« Sie zögerte. »Wenn du Hilfe brauchst, sag's mir, Kalte Ente, hörst du?«

Ruth nickte und ging langsam zu ihrem Platz zurück.

Einmal etwas, was als hoher Besuch angekündigt wurde: die Lagergruppenführerin, die das Lager inspizierte. Am Tag vorher Appell auf Appell. Alles musste blitzen, jeder Rock, jede Bluse frisch gewaschen und geputzt und gebügelt sein, jeder Topf in der Küche glänzen, der Fußboden im Bad so gescheuert, »dass man davon essen könnte«.

Die Führerin, eine stille ältere Dame, nahm Meldungen und Reden schweigend hin, ging mit der Lagerführerin von den Vorratsräumen auf dem Boden und hinter der Küche bis zum Schweinestall und verabschiedete sich ebenso still und unauffällig.

»Wir haben«, schrieb Charlotte nach Hause, »besseres Licht für unsere Aufenthaltsräume und einen halben Eimer Kohle pro Nacht für jede K bewilligt bekommen. Jetzt werden wir es schön mollig warm haben. Wenn die Kohle geliefert wird.«

Sie hatte jetzt Gartendienst und grub mit den anderen den verunkrauteten Garten um. Sie half, zwei Wagen mit Zuckerrüben abzuladen, die ihnen ein Bauer brachte. Sie lernte, wie man eine Rübenmiete anlegt: Rüben dicht an Rüben packen, sodass ein länglicher Hügel entstand, ein Hünengrab. Dann wurde Erde über die Rüben geschaufelt und gut festgeklopft und festgetreten. Der Rest der Rüben wurde in den Keller geschaufelt, und Charlotte hockte mit zwei oder drei anderen Maiden in dem feuchten Raum neben der Waschküche, weichte die Rüben ein, schrubbte sie im kalten Wasser, bis die weiße Rübenhaut zwischen der lehmigen Erde hervorschimmerte, schrubbte sie weiter, bis die Rüben weiß und sauber waren, hackte sie mit einem Messer mit kurzer kräftiger Klinge in Stücke, und dann stopfte eine Maid die Stücke in die Schnitzelmaschine, ein verrostetes Monstrum, wie ein Gedenkstück aus den Frühzeiten des Maschinenzeitalters, und eine zweite Maid drehte die Kurbel mit aller Kraft, um die zähen Rübenstücke durchzudrehen. Dann wurden die Schnitzel mit Wasser in einen großen Kessel gefüllt, Feuer wurde darunter angefacht, und das Kochen begann. Die Luft, schon beim Schnitzeln mit kaltem klebrigem scharfem Dunst erfüllt, wurde dicker und rauchiger, dampfte kratzige Süße, und später, als die Schnitzel durchgeseiht und die Zuckerbrühe gekocht, gekocht, gekocht und gerührt, gerührt, gerührt wurde, bis klebriger blonder Saft entstand, der immer dicker und immer dunkler wurde, klebten die Mädchen am ganzen Körper. Tagelange Arbeit, rissige, aufgesprungene Hände, rotgeschwollene Handgelenke und eine Reihe von 20 oder 30 Glas Sirup.

Charlotte lernte Koks richtig einkellern, sie lernte den Schweinestall ausmisten und Schweinefutter aus Kartoffeln, Wasser und Kleie kochen. Sie fütterte das Lagerschwein, das Bertha hieß, und die Karnickel. Nachts schneite es immer, und sie hätten eigentlich zum Fotografen in die Nachbarstadt fahren sollen, weil die Grundausbildung zu Ende ging und sie Passbilder brauchten. Aber die Züge fielen aus, sie hätten die elf Kilometer zu Fuß marschieren müssen, und selbst die Lagerführerin fand, dass es dazu »ein zu schlimmes Regen- und Matschwetter war«, wie Charlotte schrieb.

Es war immer noch das gleiche Wetter, als ein Bauer aus dem Dorf Hilfe zum Holzholen aus dem Wald anforderte.

»Wer versteht was von Pferden?«, fragte die Lagerführerin.

Charlotte hob den Arm, und die Lagerführerin bestimmte sie mit zwei anderen Maiden, sich bei dem Bauern zu melden. Sie stapften mit Stiefeln und Mänteln den Weg zum Dorf hinunter, zum ersten Mal. Die Häuser und Katen im Tal waren stärker verschneit als das Lager und die Pfützen schon gefroren. Sie fanden das Haus rasch, der Bauer, ein alter krummer Mann, hatte den Wagen schon auf den Hof gezogen und spannte das Pferd an.

»Wer von euch kann kutschieren?«, fragte er und richtete sich mühsam auf.

Die Mädchen schauten sich verlegen an. »Aber ich hab'

doch gesagt, sie sollen mir Lagertanten schicken, die kutschieren können«, sagte er ärgerlich.

»Ich kann nur reiten«, sagte Charlotte.

»Ach, dann kannst du auch kutschieren«, sagte der Bauer, »die Stute ist ein altes Pferd. Mit Zügeln kannst du ja wohl umgehen. Wenn du hüh sagst, dann geht sie, und wenn du brrr sagst, dann steht sie.«

»Ja«, sagte Charlotte gehorsam, half ihm beim Anspannen, klopfte dem Braunen mehr zur eigenen Beruhigung auf den Hals und fragte: »Wohin sollen wir denn fahren?«

»Den Weg geradeaus. Hinterm Dorf biegt er gleich in den Wald ab. Und da siehst du schon die Frau.«

Charlotte kletterte auf den Bock, und die Maiden setzten sich in den Leiterwagen. Der Bauer gab Charlotte die Zügel, schaute zu, wie sie sie aufnahm, nickte zufrieden, griff dem Pferd an den Backenriemen, sagte: »Hüh!« und führte es aus dem Hof auf den Dorfweg.

»Hüh!«, sagte Charlotte noch einmal und ruckte an den Zügeln. Das Pferd, das sicher auch allein in den Wald gegangen wäre, setzte sich in Bewegung. Der Weg war schmal und von tiefen Fahrrinnen gefurcht. Charlotte versuchte, den Spuren auszuweichen, doch die linken Räder rutschten wieder hinein, und der Wagen stellte sich so schräg, dass die Maiden kreischten und riefen: »Wir kippen um!«

»Unsinn«, sagte Charlotte, »lehnt euch an die rechte Seite!«

Sie führte das Pferd wieder in die Spur, und es ging holterdiepolter durch Pfützen, Matsch und über Steine, bis sie den Wald erreicht hatten. Mischwald, licht und kahl, der Holzfällerweg wie gepolstert vom Laub. Das Fahren wurde leicht, und sie hörten auch schon den Klang der Axt. Die Bäuerin zerschlug das Astholz auf gleiche Länge, hatte schon drei oder vier Stapel fertig und lachte den Maiden entgegen. Sie sprangen vom Wagen, und die Bäuerin zeigte ihnen, wie sie das Holz in den Leiterwagen laden sollten. Sie arbeiteten den ganzen Vormittag. Sie schwitzten, sie sprachen wenig. Das Pferd scharrte manchmal mit den Hufen, stieß weißen Dampf aus, die Bäuerin schlug weiter mit kräftigen präzisen Hieben auf das Holz ein. Als der Wagen voll war, band die Frau das Holz mit zwei Stricken fest, setzte sich selbst auf den Bock, und die Maiden marschierten hinter dem Wagen her ins Dorf zurück.

Dann ging die Rede davon, dass sie Maschinen für Heimarbeit bekämen, weil die Bauern im Winter zu wenig Arbeit hätten. Aber zuerst fuhren sie zum Fotografieren.

Der Zug kam mit über einer Stunde Verspätung, er ratterte langsam durch das verschneite Land, und beim Fotografen, in einem Paradies aus Eisbärfellen, Papierrosen und Säulen aus Pappmaschee. wurden sie nacheinander auf einen Stuhl gesetzt, dessen Lehne eine Haltevorrichtung für den Hals hatte, der Fotograf rückte ihnen das Hütchen gerade, verschwand hinter sein schwarzes Tuch, und über der Linse des alten Mahagonikastens war tatsächlich ein Vögelchen aus Blech angebracht. Der Fotograf sagte: »Bitte recht freundlich!« und dann: »Bitte die nächste Dame!«

Es dauerte den Rest des Vormittags, bis alle Maiden fotografiert waren, und als sie wieder am Bahnhof waren, erfuhren sie, dass der Zug, mit dem sie heimfahren sollten, zwei Stunden Verspätung hatte.

Die dicke Führerin gab ihnen bis 14 Uhr frei, und Charlotte und Tilly, die keine Lust hatten, in der kalten und zugigen Wartehalle herumzuhocken, bummelten den Bahnsteig entlang und entdeckten am Ende des Bahnhofgebäudes eine ziemlich neue lange Baracke, aus deren

Schornstein Rauch stieg. Es war eine BV-Stelle, in der zwei, drei Frauen in Schwesternuniform arbeiteten. Charlotte und Tilly drückten die Nase an dem Fensterglas platt und schauten in den Raum mit den riesigen Suppenkesseln, wo eine Frau in einer Wanne Suppenpulver anrührte und die anderen Brote schnitten und belegten. Tilly schob die Tür einen Spalt weit auf.

»Können wir helfen?«, fragte sie. »Wir müssen zwei Stunden auf unseren Zug warten.«

Eine der Frauen schaute auf und lachte. »Freiwillige Hilfe?«, fragte sie. »Die ist uns immer willkommen.«

Charlotte und Tilly bekamen eine große weiße Schürze umgebunden und halfen, Marschverpflegung fertigzumachen, schnitten lange Graubrote mit der Handmaschine in Scheiben, wogen Wurst ab, rührten Margarine geschmeidig, erzählten vom Lager und erfuhren im Austausch, dass die Schwestern und Frauen von der NS-Frauenschaft hier den ganzen Tag Transporte zu verpflegen hatten, Lazarettzüge versorgen mussten, im Durchschnitt 1.000 Mann pro Tag. Eine der Frauen zeigte Charlotte und Tilly zum Abschied das Vorratslager, das in einem Rundkeller eines leer stehenden Kalkofens untergebracht war. Zum Schluss bekamen Charlotte und Tilly eine Tasse Kaffee und ein Stück Honigkuchen, und die Frauen riefen ihnen nach: »Kommt wieder, wenn ihr Zeit habt!«

Als sich Charlotte und Tilly wieder bei der Dicken meldeten, sagte sie friedlich: »Der Zug ist doch schon nach zehn Minuten gekommen. Jetzt können wir erst um achtzehn Uhr ins Lager zurückfahren.«

Charlotte und Tilly schauten sich an. »Ich geh' wieder in die BV-Stelle«, sagte Tilly, aber Charlotte zögerte. »Ich möchte einmal durch die Stadt gehen«, sagte sie.

»Das lohnt sich nicht«, sagte die Führerin, »alles nur Dreck und Matsch. Bleiben Sie lieber bei uns, hier haben Sie wenigstens Gesellschaft.«

»Ich komme sicher gleich wieder«, erwiderte Charlotte, begleitete Tilly zur BV-Stelle und ging dann langsam vom Bahnhof fort zur Stadt. Es schneite leise und in dicken Flocken, der Weg war lehmig und matschig, wie nach einem Sturzregen, und Charlotte ging und ging, bis ihr bewusst wurde, dass sie das erste Mal seit Wochen allein war. Allein auf einer Straße, keine Stimmen neben sich, keine Bewegung, die ein Echo der eigenen Bewegung war – marschmarsch, hopp-hopp –, kein fremder Atem, der selbst in der kalten Nacht die Gegenwart der anderen verriet.

Sie blieb stehen, mitten auf der verödeten Fahrbahn, die kaum von Wagenspuren gezeichnet war. Der Schnee lag hell und unverletzt auf dem Boden, die Häuser, niedrig und wie geduckt, standen seltsam weit voneinander entfernt, die frühe Dämmerung brach herein, der Himmel war von einer gelblichen Düsternis erfüllt, kein Mensch auf der Straße, alle Fenster verdunkelt, nirgendwo ein Licht, nur einsame Lautlosigkeit, in der die Zeit stillstand. Charlotte blieb lange vollkommen reglos stehen. Sie dachte an den jungen Onkel, mit dem sie wie mit einem Bruder aufgewachsen war. Hier, in diesem Verschiebebahnhof für Lazarettzüge, war er auch durchgefahren. Ob er sich an den Namen der Stadt erinnerte? Ob er von einer der Frauen ein Paket mit Marschverpflegung in die Hand gedrückt bekommen hatte? Charlotte konnte die Frauen sehen, wie sie mit einem scheuen Blick auf seine verbundenen Augen seine tastende Hand wahrgenommen hatten, wie sie ihm mit automatisch mütterlicher Geste die Hand über das Paket gedrückt und gesagt hatten: »Da ist es! Guten Appetit.«

An einem Tag im Sommer war die Karte von ihm gekommen. Mit fremder, ordentlicher Schrift geschrieben: »Bitte bekommt keinen Schreck, aber ich kann nicht selber schreiben. Ich bin verwundet.«

Nur seinen Namen hatte er selbst darunter gekrakelt, die Hand sicher von der Schwester geführt. Er war in Russland, Mittelabschnitt, mit einem Spähtrupp in vermintes Gebiet geraten. Eine Panzermine ging hoch, zerfetzte die beiden anderen Kameraden, riss ihm das eine Auge aus dem Kopf, ließ ihm das Trommelfell springen, ätzte ihm die Gesichtshaut blau und schwarz von Pulver, und in den ersten Wochen konnte er auch mit dem zweiten Auge nichts sehen. Der Großvater, der es sonst nicht anständig fand, Beziehungen zum persönlichen Vorteil auszunutzen, ließ dieses einzige Mal alle Hemmungen fallen und schrieb und telefonierte, bis der Junge, damals war er 23 Jahre alt, in ein Lazarett in der Heimatstadt überwiesen wurde. Sie bekamen die Nachricht, dass er an einem Tag im Spätsommer einträfe, aber es gab keine Fahrpläne für Lazarettzüge, es gab überhaupt keine ordentlichen Fahrpläne mehr, und sie gingen an diesem Tag zum ersten Mal in der Frühe zum Bahnhof und dann immer wieder. Immer wieder, wenn damit zu rechnen war, dass ein Zug ankäme, den er benutzt haben konnte. Sie gingen zu Fuß, denn die Busse mit ihren Holzgasmotoren fuhren nur noch alle zwei Stunden und nur noch bestimmte Strecken. Sie gingen eine halbe Stunde zum Bahnhof und eine halbe Stunde wieder heim, den Berg hinauf. Sie standen am Spätnachmittag wieder am Bahnhof, der Großvater, Charlotte und die Großmutter. Sie warteten auf den letzten Zug des Tages, und sie schauten zu, wie die letzten Leute durch die Bahnhofshalle zum Ausgang eilten.

»Wieder nichts«, sagte die Großmutter, »vielleicht kommt er morgen.«

Sie standen noch zögernd da, bereit, für heute endgültig nach Hause zu gehen, da kam noch ein Soldat durch die Halle: barfuß und in Filzpantoffeln, eine geflickte Uniformhose mit einem langen und einem kurzen Bein, eine Schlafanzugjacke mit zu kurzen Ärmeln, ein Käppi schief auf dem Kopf, der halb in weißen Binden steckte.

»Der arme Kerl«, sagte die Großmutter und drehte sich um.

»Aber Mami«, rief der Soldat, »Papi! Erkennt ihr mich denn nicht?«

Sie hatten ihn nicht erkannt, und sie begrüßten ihn mehr mit Schreck als mit Freude.

»Wo sind deine Sachen?«, fragte der Großvater.

»Geklaut«, erwiderte er kurz.

»Im Zug?«, fragte die Großmutter empört.

»Im Lazarettzug, als ich noch nichts sehen konnte«, antwortete er.

»Aber da hättest du doch …«

»Ach Papi«, sagte er, »lass man. Da haben sie auch den Kameraden die Sachen geklaut, die sich nicht bewegen konnten, weil sie keine Beine mehr hatten.«

Sie gingen nach Hause, nun endlich, aber die Großmutter schlug den Weg ein, der nicht direkt quer durch die Stadt führte, sondern außen um die Stadt herum, und einsamer war.

»Der Junge muss Ruhe haben«, sagte sie. Aber Charlotte wusste genau, dass die Großmutter es nicht ertragen hätte, wenn die ganze Stadt ihren Sohn in Filzpantoffeln, geflickten Hosen und in der lächerlichen Schlafanzugjacke gesehen hätte. Keiner sagte ein Wort, und der Junge ging schweigend neben ihnen her, in schlappenden Pantoffeln, das Gesicht unter dem Verband blau und narbig, dünner, als er jemals gewesen war.

»Aber wir haben ihn wenigstens wieder«, sagte die Großmutter später, als der Junge von Speziallazarett zu Speziallazarett verlegt wurde und abermals nichts als eine Feldpostnummer wurde.

Charlottes Füße waren nass und eisig kalt. Die Dämmerung hatte den letzten Glanz verloren, Häuser und Zäune wurden zu Schatten über dem hellen Schnee, und Charlotte ging langsam durch die lautlosen, leeren feindseligen Straßen zum Bahnhof zurück.

Nachts: Alarm. In voller Luftschutzausrüstung in den Keller. Gasmaskenproben.

Tags: Flaggenhissen, »Deutschland, heiliges Wort ...« und Vereidigung im Schneegestöber. Zum Hitlergruß erhobene Arme und die Eidesformel, laut und klar von der Lagerführerin vorgesprochen: »Ich schwöre ...«

Alle murmelten wie ein Echo: »Ich schwöre ...« Charlotte schielte zu Ruth hinüber. Ja, sie hatte den Mund fest geschlossen. Sie schwor nicht mit.

»Ich will dem Führer des Deutschen Reiches und Volkes, Adolf Hitler, unverbrüchliche Treue wahren, ihm und den von ihm bestellten Führern und Führerinnen unbedingten Gehorsam leisten, meine Dienstpflichten gewissenhaft erfüllen und allen Angehörigen des RAD eine gute Kameradin sein.«

Dann wieder ein Lied:

»In den Ostwind hebt die Fahnen,
denn im Ostwind stehn sie gut,

dann befehlen sie zum Aufbruch,
und den Ruf hört unser Blut.

Denn ein Land gibt uns die Antwort,
und das trägt ein deutsch Gesicht,
dafür haben viel' geblutet,
und drum schweigt der Boden nicht …«

Eine Schweigeminute im Schneegestöber, ein Schweigemarsch ins Lager, feierliche Übergabe der RAD-Broschen aus silbernem blankem Metall mit breitem glattem Rand, Hakenkreuz und Ähren.

Icke wurde außerplanmäßige KÄ, dann folgte eine Feierstunde, wieder Lieder und dann Schulung über den Kriegshilfsdienst.

Charlotte schrieb: »Es wurde uns gesagt, dass wir Gelegenheit hätten, vorläufig zwischen erstens Straßenbahn-, zweitens Rüstungs-, drittens Büro- und viertens Schulhelferinneneinsatz zu wählen. In einer Viertelstunde sollten wir uns entscheiden, doch dies nur für den Fall, dass nicht Rüstung oder Luftwaffe uns ohne Weiteres in Besitz nähmen. Da Straßenbahndienst hier in der Gegend – Kattowitz, Gleiwitz – abgeleistet wird, Rüstung in Berlin oder Heidebreck, Büro nur für Kranke, Straßenbahn aber sehr anstrengend ist, zehn Stunden täglich, habe ich mich für Schulhelferin entschlossen. Es wird aber wohl so werden, dass wir trotz allem zum Einsatz willkürlich befohlen werden. Man sagt hier, bereits im Januar. Wir werden ja sehen.«

Am nächsten Tag: Einteilung in die Außenstellen. Zehn Maiden waren angefordert worden, Charlotte meldete sich, wurde jedoch nicht genommen, sondern für den

Hausdienst in die Waschküche eingeteilt. Drei Tage waschen, rollen, bügeln.

Im Radio, das an Werktagen immer nur abends angestellt wurde, die Luftlagemeldungen: Feindliche Bomberverbände im Anflug auf den Raum Hannover-Braunschweig und Sachsen. Die Angst: Welche Stadt mag es heute sein? Unsere? Alle Maiden hörten schweigend zu. Jede war betroffen, konnte betroffen sein.

Am nächsten Tag: Läusealarm! Eine der Maiden im Außendienst hatte sie erwischt.

»Da ist eine Aussiedlerfamilie«, sagte sie, »so was von Dreck! Das könnt ihr euch nicht vorstellen! Ich muss die Kinder jeden Morgen zuerst mit dem Nissenkamm durchkämmen und die Läuseeier rausholen. Kein Wunder, dass ich mir was geholt habe!«

Die Blonde machte ihr eine Cuprex-Packung: sie schmierte die Paste in die Haare und wickelte den ganzen Kopf fest in Baumwolltücher. »Drei Tage wirken lassen!«, befahl sie.

»Drei Tage soll ich so rumlaufen?«, fragte die Maid entsetzt.

»Seien Sie froh, dass Sie es so früh gemerkt und nicht das ganze Lager angesteckt haben«, sagte die Blonde.

Trotzdem: Haarappell für alle. Jeder wurde mit einem Metallkamm Strähne für Strähne das Haar gekämmt, aber bei keiner blieben Tiere oder kleine weiße Läuseeier, die Nissen, zwischen den Zinken.

Und dann: Eine andere von den Maiden, die im Außendienst arbeiteten, bekam einen Gallenanfall. Sie wand sich vor Schmerzen, schon vor dem Frühstück. Charlotte wartete erst gar nicht ab, was die Blonde diagnostizieren und veranlassen würde. Sie sauste zur Lagerführerin ins Büro und bat: »Bitte, wenn Marie nicht in den Außendienst kann: Darf ich ihre Stelle übernehmen?«

Die Führerin musterte Charlotte: »Mal sehen«, meinte sie, doch später, beim Appell sagte sie: »Also gut, Charlotte, Sie können dann für Marie zu Michalskis nach Freudenau gehen. Ziehen Sie sich um!«

Freudenau, ein Flecken aus vier oder fünf Häusern, eine halbe Stunde Fußmarsch vom Lager entfernt. Charlotte bekam in der Küche eine Frühstücksstulle als Marschverpflegung und die Anweisung: »Bis zum Bahnhof, dann einfach die Landstraße entlang.«

Über den Hügel also, am Bahnhof vorbei, die Landstraße war ein Karrenweg, von Weiden und Birken gesäumt, flaches Land ringsum, die Ackerkrume schaute noch schwarz aus dem Schnee, fern am Horizont ein dünner Streifen Wald und darüber, im Dunst, der Annaberg. Der Wind pfiff eisig, und Charlotte schlug den Mantelkragen hoch. Ein Glück, dachte sie, dass ich die blaue Wollhose mit den langen Beinen angezogen habe! Der Wind war so schneidend, wie sie es noch nie erlebt hatte, und sie gewöhnte sich an, die Hände vors Gesicht zu legen, um Augen, Nase und Wangen zu schützen.

Freudenau: in einer Kuhle geduckt die Häuser, um einen Teich herum. Charlotte fragte ein Kind nach Michalskis, und es wies stumm auf ein freundliches Gehöft. Charlotte marschierte durch den knirschenden Schnee darauf zu, stieß die Tür auf und stand im Stall. Warmer Dunst schlug ihr entgegen, Halbdämmer statt harten Schneelichts. Links war ein Ziegenverschlag, dahinter standen zwei braun-weiße Kühe und käuten friedlich wieder. In der linken fernen Ecke lagen die Kartoffeln, ihnen gegenüber die Zuckerrüben. Rechts der Schweinestall, das Klohäuschen, ein Hühnerhaus, vor dem ehrwürdige schwere Puten kollerten, und dann noch der Kaninchenstall.

Ein dreibeiniger schwarzer Hund hinkte Charlotte entgegen, und am anderen Ende des Stallgangs, vor einer hölzernen grün gestrichenen Tür, stand ein kleiner Junge mit laufender Nase. Er hatte Holzpantinen an, eine Hose, die offensichtlich vom älteren Bruder geerbt war und ihm bis unter die Achseln reichte. Er lachte Charlotte an.

»Kannst du mir sagen, wo Frau Michalski ist?«, fragte Charlotte.

Der Junge grinste wieder und deutete mit dem Daumen schweigend auf die Tür hinter seinem Rücken.

»Danke«, sagte Charlotte und ging, vom Hund gefolgt, durch die grüne Tür. Dahinter lag ein Flur, backsteingepflastert, ein großer Backofen in der einen Ecke, links die eigentliche Haustür, rechts die Tür zur Küche. Sie wurde schon aufgestoßen, ehe Charlotte nach der Klinke greifen konnte, der Hund und der Junge drängten sich an Charlotte vorbei, sie stand allein vor der ganzen Familie. Sie starrten sich einen Augenblick schweigend an, dann sagte Charlotte: »Ich komme aus dem Lager als Ersatz für Marie. Sie ist krank. Ich heiße Charlotte Eynhuf.«

Alle nickten. Alle: Frau Michalski, Witwe, klein, hager, ein geflochtenes langes dünnes Zöpfchen oben um den Kopf gezwirbelt, dessen Ende sich immer löste und wie ein Blitzableiter in die Höhe ragte. Die Mutter von Frau Michalski, eine alte zahnlose Frau, die so schwerhörig war, dass sie immer nur in ihrem Sessel saß und vor sich hin murmelte oder freundlich lachte. Willi, der Junge aus dem Stall, acht Jahre. Max, der ältere Bruder und Haushaltungsvorstand, der die Felder pflügte und die Enten und Hühner schlachtete, zwölf Jahre. Dann Hilde, die davon träumte, einmal in ihrem Leben den Führer zu sehen, acht Jahre, und Grete, die immer stumm hinter den älteren Geschwistern hertrabte und ihnen alles nachzumachen versuchte, sechs Jahre. Und zwei Kater, die unter dem warmen Herd lagen und schnurrten.

»Wir haben schon gewusst, dass du die Lagertante bist«, sagte Frau Michalski, »zieh dir den Mantel aus und leg ihn dahin!«

Dahin: das war das Bett. Es stand unter der Fensterbank, die so breit und tief war, dass die kleinen Kinder sich darauf ihre Spielecken einrichten und die großen ihre Schulmappen ablegen konnten, und was von der Fensterbank herabfiel oder was nicht mehr gebraucht oder so oft gebraucht wurde, dass man es immer griffbereit haben wollte, das landete auf dem Bett. Wem es gehörte, bekam Charlotte nie heraus, denn jeder, der müde oder krank war, legte sich in eine freie Kuhle, gemacht oder aufgeräumt wurde es nie, und wenn jemand einen Schuh oder einen Strumpf, eine Jacke oder eine Zopfschleife, den Flickkorb oder den Strickstrumpf suchte, so wühlte er zuerst einmal auf dem Bett herum. Unter dem Bett standen alle Schuhe und Stiefel und Patschen, wie sie die Pantoffeln nannten, und darüber an der Wand hingen bunte Steindrucke vom Herrn Jesus, wie er über die Erde ging, und von der Schmerzensmutter Maria mit den Schwertern im Herzen und zum Himmel verdrehten Augen.

Hilde legte Charlottes Mantel sehr sorgfältig zusammen und an den Rand des Bettes, und Charlotte zog sich die Stiefel aus und Holzpantinen an. »Erzählst du mir ein Märchen, Lagertante?«, fragte Grete sofort und klammerte sich an Charlottes Rock.

Charlotte schaute Frau Michalski an, und die kleine Frau

lachte. »Das will sie immer, Lagertante, und wenn du ihr bei der Arbeit erzählen kannst, na gut.«

Arbeit: das war zuerst Küche, Flur und Stall fegen, Kartoffeln aus dem Stall holen, waschen, schälen und reiben, einen ganzen Eimer voll. Es gab alle Tage mittags Gerichte aus Kartoffeln: polnische Klöße aus einem Drittel gekochter und zwei Dritteln roh geriebener Kartoffeln oder rohe Klöße. Oder Kartoffelgemüse mit Speck oder einen Kuchen aus rohen geriebenen Kartoffeln.

»Prima!«, schrieb Charlotte heim. »Mit so viel Sauce und Fleisch, wie jeder will, und die Sauce hat so viel Fett, wie wir in einer Woche zugeteilt bekommen. Dazu Rotkohl, mit ebenso viel Fett. Das Essen ist überhaupt sagenhaft. Wenn ich komme, gleich zweites Frühstück mit selbstgebackenem Brot, mit Butter oder Schmalz oder Quark oder Sirup oder Wurst, was du willst! Und ehe ich um vier Uhr wieder gehe, wieder Schmalzstullen.«

Manchmal gab es Platzka: roh geriebener Kartoffelteig, der durch ein Tuch gepresst, gesalzen und wieder mit der Kartoffelstärke vermischt wurde, die sich auf dem Grunde des Kartoffelwassers abgesetzt hatte. Dann kam er löffelweise auf die heiße blank gescheuerte Herdplatte, ohne Fett, wurde einmal gewendet, und aus den fertigen Kartoffelplatzkas wurde ein Turm gebaut: Platzka, ein Stück Butter, Platzka, Butter und so weiter.

Als es die Platzkas zum ersten Mal gab, hatten die Kinder mit funkelnden Augen zugeschaut, wie sich Charlotte ihre Platzka vom Turm nahm, wie eine Scheibe Brot in der Hand hielt und gleich zu hampeln anfing, weil ihr die flüssige Butter die Hand und am Arm entlangrann. Die Kinder schrien vor Lachen, stießen sich gegenseitig an und sagten: »Sieh doch, die Lagertante!«

Frau Michalski und die zahnlose Großmutter lachten auch, aber Frau Michalski sagte: »Sie kann das doch nicht wissen, wie man Platzkas isst, sie kommt aus dem Reich! Ihr müsst ihr das zeigen! Dann zeigt sie euch auch was, denn eine Lagertante ist immer viel gescheiter als ihr!«

Die Kinder prusteten immer noch, aber sie zeigten Charlotte gehorsam, dass man den Rand der Platzka auf allen fünf Fingerspitzen ruhen lassen muss, sodass sie innen ein wenig durchhängt. Dann läuft die Butter in der Mitte wie in einem Teich zusammen, und man knabbert den Rand ab und hat dann den letzten, besten Bissen mit all der Butter.

Charlotte scheuerte und putzte sich in diesen Wochen bis Weihnachten durch die ganze Wohnung. Die Küche war ohnehin blitzblank, der Fußboden, der Tisch und die Borde fast weiß gescheuert, und jeden Mittag ging's nach dem Abwaschen mit der Wurzelbürste wieder darüber.

Wenn Charlotte scheuerte oder Kartoffeln schälte oder butterte, musste sie Märchen erzählen, oder die alte taube Großmutter versuchte, ihr das Wasserpolackische beizubringen, den Grenzlanddialekt, den Michalskis untereinander sprachen. »Zählen musst du wenigstens können, Lagertante«, rief sie, »zählen: enne, twenne, drenne!«

Und Charlotte sprach gehorsam nach: »Enne, twenne, drenne.«

Oder Frau Michalski fragte sie, wie sie einen Kinderrock nähen oder verlängern sollte, oder ob Hundefett wirklich gut gegen die Schwerhörigkeit der Großmutter sei, oder ob sie, Charlotte, auch glaube, dass sie am Tod ihres Mannes schuld sei.

»Weißt du, Lagertante, manchmal hat er mich geschlagen, und dann hab' ich gewünscht, dass er verreckt, und dann hat er nach Breslau müssen und ist unter den Zug geraten.«

»Nein«, sagte Charlotte, »ich glaube nicht, dass Sie daran schuld sind.«

Frau Michalski nickte. »Das haben mir die frommen Schwestern in Breslau auch gesagt, und wenn du es nun auch so meinst ...«

»Es ist sicher nicht richtig, dass man seinem Mann den Tod wünscht«, sagte Charlotte, »aber schuldig sind Sie deshalb bestimmt nicht.«

»Ich hab' es trotzdem sehr bereut«, sagte Frau Michalski, »das kannst du mir glauben. Und fast am meisten, dass ich so gut ohne ihn auskomme.«

Charlotte schwieg verlegen. »Sie haben ja auch fleißige Kinder.«

»Ja«, sagte Frau Michalski, »Gott möge sie behüten.«

Charlotte putzte sich durch die Stuben, die Wohnstube mit Plüschsofa, Eckschränkchen in der Nische mit Blechjesus am Kreuz, Liebespärchen aus Biskuitporzellan. Vasen mit Stoffblumen und dem Hummel'schen fröhlichen Wandersmann. Sie wusch die Möbel mit dem Ledertuch ab, den hohen Wohnzimmertisch mit der Spitzendecke, die Stühle und das Schränkchen. Sie fegte die Spinnweben ab, scheuerte den Boden, wienerte die trockenen und sauberen Möbel mit Petroleum, bis sie glänzten, sie putzte den Spiegel (und hinter dem Spiegel), sie wusch die Fensterrahmen ab und putzte die Fenster. Und die Marmorschalen der Hängelampe. Dann räumte sie alles wieder unter und auf die Möbel: das Eingemachte auf den Schrank und Kartons und Koffer unter das Sofa.

Als Nächstes kam die Schlafstube an die Reihe: Sie räumte alles unter und von den Schränken fort, sammelte

Kleider und Schuhe und ungebügeltes Bettzeug und ungestopfte Strümpfe zusammen, stellte und legte es auf den Flur, nahm die Matratzen und die Sprungfederrahmen aus den Betten, wusch die Bettgestelle ab, scheuerte, staubte ab, klopfte, bürstete Wände und Decke ab und räumte alles wieder ein: auch das Eingemachte auf den Schrank und den Zuckersack unter das Bett. Dazwischen erzählte sie Grete und Willi und Hilde das *Märchen vom Wolf und den sieben Geißlein*, *Hänsel und Gretel*, *Allerleirauh*, *König Drosselbart*, *Dornröschen* und immer wieder *Schneeweißchen und Rosenrot*. Und wenn sie ein Märchen nicht mehr genau kannte, so holte sie sich abends den Band der Kinder- und Hausmärchen aus der Lagerbibliothek und las, bis das Licht ausgemacht wurde.

»Es ist schade, dass du den Führer noch nie gesehen hast«, sagte Hilde, »aber Märchen erzählen kannst du besser als alle anderen Lagertanten.«

Sie schauten Charlotte oft bei den verschiedenen Handgriffen zu. Sie wunderten sich, wie ordentlich sie Strümpfe stopfte und dass sie so schön zeichnen und ihnen Bilder für Weihnachten malen konnte. Wenn Charlotte in den Stall ging, liefen sie hinter ihr her und schauten ihr von der grünen Tür aus zu. Charlotte mistete den Kuhstall aus, fütterte das Schwein und die Kaninchen, und als sie das erste Mal mit der Bäuerin das Brot für die nächste Woche gebacken hatte, rührte Frau Michalski mit den Händen in einer großen flachen Schüssel einen Teig aus Kleie, Körnern, Wasser und Mehl an und forderte Charlotte auf, mit ihr zusammen kleine daumengroße Nudeln zu drehen. Die Nudeln wurden auf Bleche gelegt, und nachdem Charlotte die Brote aus dem Backofen auf dem Flur gezogen hatte, wurden die Bleche mit den Nudeln hineingeschoben.

Frau Michalski ging zur Haustür und schloss sie ab. »Das machen wir immer, wenn wir Gänsenudeln trocknen«, erklärte sie, »das ist nämlich verboten, aber unser Bürgermeister macht es auch, und der ist in der Partei.«

Die Nudeln trockneten bis zum Nachmittag, dann wurden sie aus dem unterdessen kalten Ofen gezogen und in einen leeren Eimer gekippt, dass es nur so klapperte.

Am nächsten Tag begrüßte Max Charlotte schon am Stalltor und riegelte es hinter ihr zu. »Ich soll dir zeigen, wie man Gänse nudelt!«, sagte er und marschierte mit ihr zu dem Verschlag, in dem sechs Gänse so dicht beisammen hockten, dass sie sich kaum bewegen konnten.

Max griff sich eine bei den Schwingen und packte sie gleichzeitig am Schnabel.

»Das darfst du nie vergessen«, sagte er ernst, »sonst beißen sie dich. So, und nun setz dich daher!«

Er schob ihr den Melkschemel hin, Charlotte setzte sich, noch in Stiefeln und Mantel, und Max schob ihr die Gans zwischen die Beine. »Klemm sie fest!«, befahl er. »Sonst zappelt sie!« Ängstlich schloss Charlotte die Knie um das weiche und warme Tier, das viel zu dick und träge war, um sich zu wehren.

»Jetzt«, verkündete Max, »kommt die Hauptsache! Pass auf: Da musst du drücken!« Er machte es ihr vor: Ein leichter Druck in die Schnabelwinkel, und schon sperrte die Gans den Schnabel auf. »Und jetzt hinein damit!«, befahl Max und schob Charlotte eine von den Gänsenudeln in die Hand. Charlotte steckte die Nudel mit spitzen Fingern in den offenen Gänserachen, und das Tier machte automatisch Schluckbewegungen.

»Streichen!«, schrie Max. »Jetzt musst du es den Hals entlang runterstreichen!«

»Was?«

»Die Nudel natürlich!«, rief er aus. »Wie willst du denn sonst zehn Nudeln in sie reinkriegen?«

»Ich?«, schrie Charlotte zurück. »Ich soll ihr das runtermassieren?«

»Ja. Und den anderen Gänsen auch.«

»Aber das ist doch Tierquälerei.«

»Darum schließen wir ja auch die Haustür ab und das Stalltor.«

»Und warum lasst ihr sie nicht einfach so viel fressen, wie sie wollen?«

»Weil sie dann nicht fett genug werden.« Charlotte schwieg, und Max schwieg auch. »Das ist Weibersache, das Geflügel«, sagte er schließlich, »die Mutter hat viel zu tun, und die Hilde hat noch nicht genug Kraft. Wenn du nicht da bist, muss sowieso ich es machen.«

Charlotte schaute ihn an, wie er vor ihr stand, ein hagerer Junge mit einem kurz geschorenen Stiftekopf, ein Kind, das morgens in der Schule saß und mit der Rechtschreibung Schwierigkeiten hatte und nach der Schule den Hof leitete. Der mit der Mutter besprach, wann der Schlachter zum Schweineschlachten kommen sollte und wie er das neue Rad an den Wagen setzen sollte und welche Zeiten im Räucherhaus sie übernehmen sollten, wo das ganze Dorf sein Fleisch räucherte und wo immer ein Kind oder ein alter Mann die Holzglut bewachte und nährte.

»Ja, ich mach' schon«, sagte sie, »ich zieh' mir nur zuerst den Mantel aus.« Sie legte ihn zusammengefaltet neben sich auf die Erde, nahm die Gans zwischen die Schenkel und nudelte Gans nach Gans, sechsmal zehn Nudeln den weichen glatten Gänsehals hinuntermassieren, zehnmal sechs Gänseschnäbel aufsperren, sechsmal eine schwere Gans aus dem Verschlag und wieder zurück in den Verschlag heben.

»Ehe du heute gehst, bekommen sie noch mal zehn«, sagte Max, der unterdessen den Schweinestall gemistet hatte, und Charlotte sagte gehorsam: »Ja« und ging mit ihrem Mantel in die Küche.

Einmal war Alarm. »Kommt, Kinder«, rief Frau Michalski, »komm, Lagertante!« Sie zog sich den Mantel an, setzte einen Hut auf und lief allen voraus in den Stall. Dort lehnte sie sich an einen der Pfosten, und die Kinder scharten sich um sie und stimmten gemeinsam das Marienlied an:

»Meerstern, ich dich grüße,
o Maria, hilf!
Gottesmutter, süße,
o Maria, hilf ...«

Charlotte sang mit, und danach kam die Allerheiligenlitanei, dann wieder der Meerstern, dann der Rosenkranz, und in einer Atempause sagte Frau Michalski: »Mein Bruder geht auch immer in den Stall und betet. Er sagt, die Tiere können nichts dafür, dass die Menschen Krieg machen. Die liebe Jungfrau Maria wird sie schon behüten und uns dazu.«

Einmal war die Wasserpumpe im Hof zugefroren. Als Charlotte morgens kam, bekam sie von Max ein Joch mit zwei Eimern über die Schultern gelegt und eine Axt in die Hand gedrückt. »Hol Wasser aus dem Teich. Unser Loch ist das dritte von links.« Sie stieg vorsichtig mit den Stiefeln ohne Nägel über den vereisten Hang zum Teich hinunter. Etwa zehn Schritt vom Ufer entfernt waren fünf oder sechs Wasserlöcher ins Eis geschlagen, jedoch über Nacht fest zugefroren. Charlotte zerschlug mit der Axt die gläserne Eisschicht, musste kräftig schlagen, damit sie in grüne Scherben zersplitterte, füllte die Eimer, hängte sie ans Joch und balancierte noch vorsichtiger zum Ufer und ins Haus zurück. Sie musste insgesamt viermal gehen, dann hatte Frau Michalski genug Wasser zum Waschen, Knödelkochen, Spülen und für die Kinderwäsche am Abend.

Einmal standen die kleinen Mädchen an der grünen Stalltür und schauten zu, wie Charlotte den Kühen das Futter gab.

»Pass auf, Lagertante, der Kokot!«, kreischten sie plötzlich, aber es war zu spät. Der Hahn war von der Heuraufe heruntergeflattert und hatte sich wie ein Verrückter auf Charlottes nackte Waden gestürzt. Er hieb ihr den Schnabel links und rechts ins Fleisch, und sie schrie auf und stülpte den leeren Futtereimer über das wütende Tier. Nur ein paar von seinen bunten Schwanzfedern schauten unter dem Rand hervor.

Die kleinen Mädchen kreischten jetzt vor Entzücken.

»Mama«, riefen sie, »Max! Willi! Schaut, was die Lagertante mit dem Kokot gemacht hat!«

Die Buben befreiten den Hahn und beutelten ihn, dass die Federn nur so stoben. »Das ist ihm recht geschehen!«, sagte Max, und Frau Michalski rieb Charlotte die Waden mit Jod ein und sagte, sie hätte sich eigentlich gewundert, dass der Kokot die Lagertante bis jetzt in Ruhe gelassen habe.

»Und warum behalten Sie so ein wildes Tier?«, fragte Charlotte.

»Das macht gute Eier und starke Küken«, flüsterte Frau Michalski.

Einmal kam eins der älteren Kinder am Samstag nach Hause, ein Mädchen, vielleicht zwei oder drei Jahre älter als Charlotte. Sie arbeitete in Auschwitz in einer Apotheke, und sie hatte eine Salbe gegen Pickel mitgebracht. Sie stand am Fenster, hatte einen Spiegel aufs Fensterbrett gestellt, drückte an den Pickeln herum und sagte: »Ich möchte wirklich wissen, ob das Zeug was taugt. Meine Chefin hat gesagt, es ist kein Ersatz ... Übrigens, ich bin jetzt auch einmal da gewesen, wo sie die Juden einsperren. Sie stehen hinter dem Stacheldrahtzaun, und mein Freund sagt, sie hätten nichts zu essen, aber es sind ja auch keine Menschen wie wir, das sieht man gleich.«

»Es sind wohl Menschen wie wir«, sagte Charlotte, und alle wandten sich ihr zu. Das ältere Mädchen hörte auf, an seinen Pickeln zu drücken.

»Unser Führer sagt, es sind Untermenschen, genauso wie die Russen, das musst du doch auch gehört haben, er sagt das immer in seinen Reden«, sagte Frau Michalski freundlich, »ihr hört die Reden doch sicher auch in eurem Lager.«

»Aber ich kenne Juden«, widersprach Charlotte, »ich weiß nicht, was das für ein Lager ist, aber meine beste Freundin ist eine Jüdin. Sie ist ... sie ist ein Mädchen wie ich. Bestimmt!«

Das ältere Mädchen strich sich Creme auf die gerötete Backe und sagte: »Ich weiß nicht, ob ich an Ihrer Stelle sagen würde, dass ich eine Jüdin als Freundin habe, aber Mutter sagt ja, dass Sie gut putzen können und nett zu den Kleinen sind. Also, diese Creme ist wirklich fabelhaft. Seht doch nur, meine Pickel sind kaum mehr zu sehen!«

Frau Michalski strich Charlotte über die Hand und sagte: »Du brauchst keine Angst zu haben, Lagertante, wir sagen nichts. Aber unser Führer irrt sich nicht, er kann sich gar nicht irren, das musst du wirklich glauben.«

Charlotte schwieg. Sie hatte keine Angst, hier in dieser Familie nicht. Aber sie spürte ein sonderbares Gefühl. Vielleicht doch Angst? Nicht die Angst, angezeigt zu werden, sondern die Angst vor einer anderen Gefahr. Die Angst, dass alles, was sie seit ihrer Schulzeit gehört hatte, nicht stimmte. Dass alles ganz anders war, als man versuchte, es sie und alle anderen Mädchen glauben zu lassen. Die Angst, im Stich gelassen zu werden.

Sie dachte an Ruth, sie konnte sich zum ersten Mal vorstellen, wie sich Ruth immer fühlen musste, und sie nahm sich vor, mit Ruth über das zu sprechen, was sie gerade gehört hatte.

Sie stürzte sich in die Arbeit, sie scheuerte die Küche, alle Borde und den Küchentisch, zwischendurch half sie Frau Michalski, einen Mohnkuchen zu backen, »für den Soldatensohn«, wie sie am Abend nach Hause schrieb, »ein regelrechter Topfkuchenteig, aber halb Mehl, halb Mohn. Es wurde so viel Teig, da hat Frau Michalski eine kleine ›Babe‹ für uns als Nachtisch mitgebacken. Für die Kinder habe ich Weihnachtslieder singen müssen.« Sie sang *Tochter Zion, freue dich!*, und es machte ihr einen bitteren Spaß, dass die Kinder nicht wussten, wer die Tochter Zions war.

Am Vorabend vom Nikolaustag gab es wieder die Art von Überraschung, die Charlotte aus dem BDM und aus dem BDJM nur zu gut kannte. Nachts um zwölf Uhr pochte der Nikolaus mit wallendem Wattebart, langem grauem Mantel und Rute laut und vernehmlich an die Tür der K. Er stampfte herein, ein Mädchen nach dem anderen wachte auf, er fragte, ob alle artig gewesen seien, gab der einen oder der anderen einen Streich mit der Rute und rief im Hinausgehen: »Alle an die Spinde!«

Die Maiden huschten so schnell wie möglich aus dem Strohsack, denn die vorige Belegschaft hatte einen Urlaubsschein für Weihnachten in den Stiefeln gefunden. Doch im trüben Licht entdeckten sie nur einen bunten Teller vor den Schränken, drei rote Äpfel, ein paar Pfefferkuchen, zwei falsche Marzipankartoffeln und einen Teigmann mit Rosinenaugen.

Als die Mädchen wieder in die K zurückgingen, stellten sie fest, dass Icke gar nicht aufgewacht war. Sie banden ihr die Beine am Bettgestell fest, schrien: »Der Nikolaus, der Nikolaus!«, und als Hertha hochfuhr und mit Schwung aus dem Bett sausen wollte, zappelte sie wie ein Hofhund an der Leine. Als sie auch ihren Teigmann und die anderen Sachen hatte und daran herumknabberte, zündete Ingrid eine Kerze an, und eine von ihnen begann leise Weihnachtslieder zu singen. *Vom Himmel hoch, da komm' ich her* und *Es ist ein' Ros' entsprungen*, und die anderen summten mit, sprachen halblaut miteinander, und Charlotte, die sonst so froh war, dass sie durch die Arbeit im Außendienst aus dem Lager heraus war, fühlte sich plötzlich so geborgen und heimisch, dass ihr fast die Tränen kamen. Sie wollte, dass es immer so bliebe: das friedliche leise Miteinander, die gleichen Lieder, die gleichen albernen Späße, die gleichen vertrauten Pflichten, das gleiche Leben.

Am nächsten Tag: Sirupkochen bei Michalskis und Pfefferkuchen backen. »Aus acht Pfund Sirup! Stellt euch das vor! Acht Bleche! Sie hat mir etwas mitgegeben, ist das nicht prima?«, sagte Charlotte am späten Nachmittag, als sie mit dem schweren Pfefferkuchenpaket im Lager ankam und ihre Last in der K ablud.

Die anderen Maiden stürzten sich voll Wonne auf das Paket.

»Geben wir den anderen etwas ab?« Sie musterten die Stücke. »Wir sind acht, das ganze Lager und dann noch die Führerinnen! Ich bin dafür, dass wir es allein auffuttern.«

Mitten im Schmausen musste Charlotte an den Satz der älteren Michalski-Tochter denken: Mein Freund sagt, sie hätten nichts zu essen, und sie fragte: »Wisst ihr eigentlich, was das für ein Lager in Auschwitz ist, in dem Juden eingesperrt sind?«

Die anderen Mädchen starrten sie an. Die Studentin sagte: »Sie bringen sie dort um.«

»Das ist eine Lüge!«, fuhr Icke sie an. »Das ist Sabotage! Das sagen sie vielleicht im Feindsender!«

»Habt ihr ihn zu Hause auch gehört?«, fragte die Studentin kühl.

»Ach, spiel dich doch nicht so auf! Und halt lieber den Mund!«

»Ich hab' mein Fett schon weg!«, sagte die Studentin ruhig.

»Aber es kann dir noch viel dreckiger gehen! Du kannst auch im KZ landen.«

»Nur wenn du oder eine andere aus diesem Zimmer zur Lagerführerin geht«, erwiderte die Studentin.

»Sie bringen sie um?«, fragte Charlotte.

»Ja, hast du das denn nicht gewusst? Wo hast du denn gelebt in den letzten Jahren?«, fragte die Studentin dagegen.

Wo hatte sie gelebt? In einer kleinen Stadt, in der jeder jeden kannte. In einer kleinen Stadt, aus der ihre beste und liebste und einzige Freundin mit ihren Eltern plötzlich verschwunden war. Charlotte würde das nie vergessen. Sie und

Janne waren unzertrennlich gewesen. Sie hatten fast Haus an Haus gewohnt, waren morgens zusammen in die Schule gegangen und hatten sich eine Geschichte erzählt, hatten in der Schule nebeneinander gesessen, und auf dem Heimweg hatte die andere die Geschichte weitererzählt, wobei jeder dem anderen so viele Fallstricke wie möglich für die nächste Fortsetzung einzubauen versuchte. Sie hatten zusammen Schularbeiten gemacht, zusammen gespielt, zusammen Bilder gemalt und Bücher für ihre Puppen geschrieben. Nur in den Sommerferien trennten sie sich. Janne fuhr zu ihren Großeltern nach Berlin, Charlotte zu einer Großtante nach Nassau.

Und dann war Charlotte eines Tages krank geworden. Lungenentzündung. Sie erinnerte sich genau daran, wie ihr plötzlich alles vor den Augen verflimmerte, und dann musste sie ohnmächtig geworden sein. Sie lag lange im Bett, sie wusste, dass sie sehr krank war, aber sie wunderte sich, dass sie nichts von Janne hörte. Kein Besuch, keine Karte, kein Gruß. Nichts. Charlotte war ganz dünn geworden, als sie wieder aufstehen durfte, und sie schlich hinüber zum Nachbarhaus. Es war kalt, Novemberregen trommelte auf die Straße, der alte Garten war kahl, und das Haus sah unbewohnt und feindselig aus. Charlotte klingelte, und eine alte Dame machte auf. »Wo ist Janne?«, fragte Charlotte schüchtern.

»Bist du Charlotte?«, fragte die alte Dame. Charlotte nickte.

»Dann komm mit, ich bin ihre Tante. Janne hat etwas für dich dagelassen.« Sie ging vor Charlotte die Treppe hinauf.

Das Haus war tatsächlich leer. Im Kinderzimmer keine Gardinen mehr, der Teppich zusammengerollt in der Ecke, der Spielschrank ausgeräumt und sperrangelweit offen.

»Das hier ist für dich«, sagte die alte Dame und gab Charlotte ein Buch. Es war das *Dschungelbuch* von Kipling, und Janne hatte vorn hineingeschrieben: Für Lotte.

Charlotte hatte das Gefühl, gleich wieder ohnmächtig zu werden.

»Wo ist sie denn?«, fragte sie leise.

»In England«, erwiderte die alte Dame.

»Und wann kommt sie wieder?«

Die alte Dame schaute Charlotte prüfend an. »Das, mein liebes Kind«, sagte sie, »kann ich dir nicht sagen.«

»Warum sind sie denn weg?«, fragte Charlotte zu Hause, die Stimme erstickt vor Tränen.

»Ach weißt du«, sagte die Großmutter, »sie hatten andere Ansichten, als die meisten Leute hier in diesem Lande haben.«

»Aber warum habt ihr mir denn nichts gesagt? Ich hab' ihr ja nicht einmal auf Wiedersehen sagen können!«

»Du warst so krank«, sagte die Großmutter, »und nun beherrsch dich und mach nicht so ein Theater! In deiner Klasse sind so viele andere nette Mädchen.«

Sie machte kein Theater. Sie beherrschte sich und stotterte wieder wie im ersten Schuljahr, als sie aus der Linkshänderin eine Rechtshänderin gemacht hatten. Sie wurde schlecht in der Schule. Sie blieb allein. Sie hasste die Leute, die in Jannes Haus gezogen waren. Sie hockte stundenlang am Zaun und starrte auf die Wiese, auf der sie Mowgli und der Schwarze Panther gewesen waren. Damals waren sie elf Jahre alt gewesen.

Hatten sie Janne auch umgebracht? Oder Jannes Eltern? Aber dann ...

Sie: Das waren alle. Das waren die Großeltern und alle anderen Menschen in ihrer kleinen Stadt. Das waren die

Lehrer, das waren die Führerinnen. Alle, die sie kannte und liebte, und die, die sie nicht kannte und denen sie gehorchte.

Sie dachte nicht weiter. Sie konnte nicht weiterdenken. Es war ihr unmöglich. Du bist ein Soldat, und ein Soldat harrt dort aus, wohin ihn die Pflicht stellt. Und sie hatte unverbrüchliche Treue geschworen, Treue und Gehorsam.

Sie starrte zum Fenster hinaus, und sie wünschte, ihr Vater, ihr schöner, fröhlicher Vater käme den lehmigen Weg vom Bahnhof entlang und nähme sie an der Hand und führte sie dorthin, wo es keine solchen Fragen gäbe.

Aber am nächsten Sonntag rückte sie an den Tisch neben Ruth.

»Neulich«, fing sie leise an, »hast du nach meiner besten Freundin gefragt. Ich hab' eine, aber das ist nicht meine wirklich beste Freundin. Wo die ist, das weiß ich gar nicht.«

»Wieso?«, fragte Ruth.

Charlotte schaute sich unwillkürlich um. »Sie ist weggezogen, mit ihren Eltern«, und, als sie den Blick von Ruth sah: »nein, nicht weggezogen. Sie sind heimlich fort. Geflohen. Sie sind Juden.«

»Ach so«, sagte Ruth langsam.

»Ich hab' das nie so genau begriffen. Ich war damals elf.«

»Und deine Großeltern? Was haben die gesagt?«

»Gar nichts. Sie haben gesagt, sie hätten eben andere Ansichten. Und dann ist nie wieder von ihnen gesprochen worden. Von niemandem, nicht in der Schule und von ihren Nachbarn auch nicht. Und in das Haus sind andere Leute gezogen.«

»Wer denn?«

»Irgendein Fabrikant. Großvater sagt, ein Supernazi.« Noch als sie sprach, stockte ihr der Atem. Ein Nazi. Es wissen und sich nichts dabei denken. Es als Selbstverständlichkeit hinnehmen, all die Jahre.

»Ist dein Großvater in der Partei?«

Charlotte schüttelte empört den Kopf. »Mein Großvater doch nicht. Er sagt immer: diese Partei des Obergefreiten.«

Beide Mädchen schwiegen.

Endlich sagte Ruth: »Mein Onkel hat auch schon vor dem Krieg gesagt, wir sollten Deutschland verlassen.«

»Aber ihr seid doch keine Juden, ihr könnt doch keine Juden sein! Sonst wärst du doch gar nicht beim BDM gewesen!«, sagte Charlotte.

»Nein«, antwortete Ruth, »natürlich nicht. Dann hätt' ich erst recht nicht die Ehre gehabt, dem RAD angehören zu dürfen. Das wär' ja fast so eine Art von Rassenschande! Aber mein Vater …«, sie musste unwillkürlich lachen, »er hat eben andere Ansichten, als es heute die meisten Leute haben.«

»Und warum seid ihr dann doch geblieben?«

»Mein Onkel hat gesagt, er kann seine Gemeinde nicht im Stich lassen. Und mein Vater wollte seine Schule und die Schulkinder nicht im Stich lassen. Aber als er aus Russland zurückgekommen ist, aus dem Dulag, da ist er ganz verändert gewesen. Er hat Mutter und meinem Onkel nie gesagt, was er gemacht hat, aber voriges Jahr, nach dem 20. Juli, da ist meine Mutter fast gestorben vor Angst. Sie hat gedacht, er hätte dazugehört.« Sie schaute Charlotte abwartend an.

»Ja und da?«, fragte Charlotte.

»Sagst du jetzt nicht: Er ist ein Verräter?«, fragte Ruth dagegen.

Charlotte zitterte plötzlich. »Ich weiß das doch nicht!«, flüsterte sie. »Ich will dich doch nicht auch noch verlieren.

Und ihr wisst ja auch gar nicht, was er getan hat, vielleicht ist er kein Verräter!«

»Doch«, antwortete Ruth, »ich weiß es. Er hat gedacht, es käme ihm keiner auf die Schliche, aber ich hab' es trotzdem herausbekommen. Und deshalb hab' ich ja solche Angst. Wenn ich das schon herauskriegen kann, dann ist es für die anderen doch ganz leicht!«

»Was macht er denn?«

»Er bringt Leute raus, zusammen mit meinem Onkel.«

»Was für Leute?« Charlotte wagte kaum mehr zu flüstern.

»Manche haben sich seit Jahren versteckt«, flüsterte Ruth zurück, »aber jetzt, wo so viele Städte zerstört sind und wo überall die Leute fliehen müssen, da kommen noch mehr Menschen in jedes heile Haus – deshalb gibt es jetzt keine Verstecke mehr, verstehst du? Und deshalb müssen die Menschen weg.«

»Ja –«, hauchte Charlotte. Sie verstand gar nichts, und sie litt darunter, dass sie nichts verstand. Aber sie spürte die Gefahr, und sie hatte Angst um Ruth. »Und was passiert, wenn sie ihn erwischen?«

Ruth zuckte die Schultern. »Ich denke nicht daran. Was soll ich denn sonst machen? Hier kann ich doch nur hoffen, dass die Zeit vergeht und nichts passiert.«

Und dann rückte Weihnachten näher. Sie sangen *Bimmelt was die Straß' entlang, kling und klang und kling und klang*, sie sangen: *Kein schöner Land in dieser Zeit als hier das unsre weit und breit*, und die Päckchen und Pakete, die nach einer Postunterbrechung und einem schweren Angriff auf die Lazarettstadt wieder ankamen, wurden im Büro gestapelt und aufgehoben. Der Küchendienst machte Überstunden, Tilly hockte ständig in einer Ecke und rechnete alte Weihnachtsrezepte auf die kargen vorhandenen Zutaten um. Bei Michalski wurde geschlachtet, und Charlotte wusch die Därme, häutete die Leber, kochte Wellfleisch, stopfte Würste und schleppte mit Max die Hinterschinken vom Schwein zu der Räucherstube.

»Du bekommst etwas mit, wenn sie euch Weihnachten Urlaub geben, Lagertante«, sagte Frau Michalski.

Charlotte nickte, aber sie wusste, dass sie alle keinen Urlaub bekommen würden, auch die Mädchen aus Breslau nicht.

Zwischendurch noch einmal eine Fahrt in die Stadt, Reihendurchleuchtung und Zahnarzt.

Der Zahnarzt, alt und stark kurzsichtig, trieb den Bohrer mit dem Fuß an. Er trat jedoch nicht gleichmäßig auf das hölzerne Pedal, er ermüdete rasch, und dann blieb der Bohrer im Zahn stecken, und der Arzt musste ihn erst mit zwei, drei schnellen Tritten wieder in Schwung bringen.

Auf der Rückfahrt saßen sie mit Luftwaffenhelfern im Abteil. Die Jungen waren in der Nähe von Breslau stationiert und hatten Wochenendurlaub. Sie waren ein Jahr jünger als Charlotte, und sie sahen bleich und erschöpft aus.

»Wir haben Tag und Nacht Dienst am Flakgerät«, erzählten sie, »manchmal schlafen wir in den Stellungen. In der letzten Zeit war es ganz schlimm. Wir hatten zwei Volltreffer, bei uns und in der Nachbarstellung.«

»Und ihr seid heil geblieben?«

Die Jungen zuckten mit den Schultern. »Glück gehabt.«

Die Maiden dachten daran, dass sie auch als Luftwaffenhelferinnen eingesetzt werden konnten, und fragten die Jungen aus, was sie dann zu tun hätten. »Schreibarbeiten«, lautete die Antwort, »am Nachrichtengerät arbeiten und mithelfen, Trümmer räumen.«

»Aber nicht schießen, oder?«, fragte Ingrid ängstlich.

Die Jungen verzogen das Gesicht. »Das gibt's auch«, sagten sie, »wenn man zu viele Ausfälle hat, dann muss jeder ran.«

Als die Maiden ausstiegen, verabschiedeten sie sich fast schüchtern von den Flakhelfern.

»Du«, flüsterte Ingrid, »also ich – ich hätte Schiss.«

Charlotte war es auch ungemütlich zumute, aber sie dachte an den Großvater (»Was man nicht ändern kann, das erträgt man, ohne ein Wort zu sagen!«), und sie murmelte: »Lass mal, vielleicht kommen wir ja doch zum Schuldienst oder ins Büro.«

»Das glaubst du ja selber nicht«, sagte Ingrid, »du hast doch gehört, was die Jungen gesagt haben!«

Jeden Abend nach dem Außendienst fanden Weihnachtsvorbereitungen statt. Sie übten ein Märchenspiel für die Dorfkinder, *Schneeweißchen und Rosenrot*. Kostüme nähen und kleben, Kulissen aus Pappe bauen, eine Hütte mit Herd und Rauchfang und Töpfen und Pfannen aus Blech und aus der Lagerküche. Keine Post, weder von den Großeltern noch vom Vater noch von Klaus. Ein Bombenangriff auf die Nachbarstadt, nachts öfter Alarm als sonst, und dann der Samstag vor dem Heiligen Abend.

Backtag bei Frau Michalski. Sie machte sechs Bleche Mohn- und Käsekuchen. Charlotte half und schrieb vollkommen außer sich nach Hause: »Mit Zutaten – Ihr würdet es gar nicht glauben! Und über den gedeckten Kuchen hab' ich noch Streusel machen müssen! Am Tag davor hatten wir schon massenhaft Honigkuchen fabriziert, und nach dem Hefekuchenbacken fragte Frau Michalski, ob ich noch Plätzchen machen könnte. Aus sechs Eiern, Mehl, Zucker und Butter. Stellt Euch das vor! Ich war so verblüfft, dass sie zuerst dachte, ich könnte das nicht, und dann durfte ich S-Kuchen machen, die sie weiße Pfeffernüsse nannte. Das hat Spaß gemacht! Die Kinder kamen aus der Schule und haben mir geholfen. Wir haben Herzen und Brezeln und Buchstaben und Kringel gelegt, und ich dachte immer: Was Ihr wohl zum Backen habt? Ob Ihr überhaupt etwas backen könnt? Zum Abschied hat mir Frau Michalski ein Riesenkuchenpaket mitgegeben. Ist das nicht rührend? Sie wollte mich auch für die Feiertage einladen, aber das geht nicht wegen des Lagerbetriebs. Den Kuchen hat unsere Stube am Heiligabend in der Früh gefuttert. Wonderful!«

Nach dem Kuchenfest ging es dann freilich ohne Pause durch. Üben für den Kindernachmittag, Lieder singen, schnell zu Mittag essen, den Esssaal umräumen für die Aufführung, Theaterstühle in Reihen stellen, vorm Umziehen noch schnell auf die Villa, denn im Garten wimmelte es schon von Kindern, und wer das Haus verließ, wurde von einem Hagel von Schneebällen empfangen. Dann: duschen, das Schneeweißchenkostüm anziehen: blauer Kreppapierrock mit weißem Schürzchen und Holzpantinen, Licht aus und Gongschlag, das Zeichen für die Kinder, ins Haus zu stürmen. Gewusel und Geschrei, Füßescharren, energische Stimmen der Führerinnen, dann ein Weihnachtslied, das den Lärm überstimmte und schluckte und zum Schweigen brachte, und dann ging der Vorhang aus Bettlaken auf, die Stehlampe erhellte das Papphäuschen, und Schneeweißchen und Rosenrot saßen mit der Mutter am Herd, Schneeweißchen sagte: »Wir wollen uns nie verlassen«, und Rosenrot antwortete: »So lange wir leben nicht!«, und dann pochte es an die Tür, als wolle jemand eingelassen werden. Die Mutter sprach: »Geschwind, Rosenrot, mach auf, es wird ein armer Wanderer sein, der Obdach sucht!« Doch vor der Papptür stand Ingrid, im Schafspelz der blonden Führerin, linksherum, mit dem Fell nach außen, und sie brummte so gut und tapste so täppisch in die Pappküche, dass der Theaterschrei von Schneeweißchen und Rosenrot im Gekreische der Kinder unterging, und danach war alles gerettet, kein Lampenfieber mehr, kein Stocken, die Geschichte lief ab wie am Schnürchen, und die Kinder erlebten sie mit, als ob sie Zeugen echten Geschehens waren.

Kinder und Maiden glühten, und als die Bettlaken wieder zusammenrauschten, fielen sie sich in die Arme und sprangen vor Begeisterung auf und ab.

Dann: Abbau hinter dem Laken, Lieder vor dem Laken, bis der Weihnachtsmann, im gleichen langen grauen Mantel und Wattebart wie als Nikolaus mit Rute und Sack, hereinmarschierte.

Abermals großes Geschrei. Die Kinder kreischten: »Da – Nikolaus. Verhau den! Der schmeißt immer mit Steinen!«

»Der« versuchte sich zu verkriechen, hinter den Kindern, unter den Stühlen, aber sie zerrten ihn hervor und schoben ihn unbarmherzig zum Nikolaus, der mit ein paar leichten Streichen Gerechtigkeit übte.

»Und jetzt wollen wir beten!«, forderten die Kinder, und der Weihnachtsmann musste, auch wenn es nicht auf dem Programm stand, fragen: »Wer will denn beten?«

Wieder bestimmten die Kinder, wer für sie alle am besten beten könnte, und schoben ein kleines Mädchen nach vorn, rundes Gesicht, blonde Bilderbuchlocken, überhaupt keine Scheu. Es faltete die Hände, schaute den Weihnachtsmann an und sprach in das tiefe Schweigen mit leiser klarer

Stimme: »Ich bin klein, mein Herz ist rein, soll niemand drin wohnen als Jesus allein. Und behüte uns heute und an allen Tagen vor den feindlichen Fliegern.«

»Amen«, sagten die anderen Kinder im Chor, und dann wurden Äpfel und Kekse verteilt, wurde gelobt und gestraft, aber leer ging kein Kind aus, auch der Junge nicht, der immer mit den Steinen schmiss.

Als die Kinder das Haus wieder verlassen hatten, bekamen die Maiden den Befehl, sich warm anzuziehen, das Lager zu verlassen und spazierenzugehen. Die meisten Mädchen drückten sich um das Haus herum, setzten sich im Halbdämmer auf die Holzbalkons oder gingen zum Bahnhof und starrten die leeren Gleise entlang. Charlotte traf Ruth an der Treppe, und eine fragte die andere: »Kommst du mit?«

Sie gingen vom Lager und vom Dorf fort, querfeldein, über die gefrorenen Schollen. Sie sammelten die Silberstreifen aus Aluminiumfolie vom Acker auf, die die feindlichen Flugzeuge immer abwarfen, um die Luftabwehr zu verwirren, und sie strichen die Metallstreifen sorgfältig glatt, weil sie Lametta für die Tannenzweige in ihrer K daraus schneiden wollten.

Um sie herum ertrank alles im weißen Nebel, ein paar Bäume reckten die kahlen Äste, und Charlotte und Ruth sprachen unwillkürlich leise, redeten von zu Hause, erzählten sich, wie es bei ihnen immer am Heiligen Abend gewesen sei, fragten sich gegenseitig: Betet ihr? Seid ihr Weihnachten in die Kirche gegangen? Ja, sie waren in die Kirche gegangen, aber als Charlotte fragte: »Glaubst du wirklich an Gott? Dass er dies alles weiß und dass er dich, gerade dich, behütet?«, da schwiegen sie beide, und Ruth antwortete nach einer Weile: »Mein Onkel sagt, man glaubt im

Laufe seines Lebens nicht immer das Gleiche. Manchmal fällt es einem leichter, und manchmal muss man mit so vielen Zweifeln kämpfen, dass man meint, es könne keinen Gott geben.«

»Kämpfen –«, sagte Charlotte, »wieso muss ich denn kämpfen? Wenn es Gott gibt, muss ich ihn doch erkennen können, ohne dass ich kämpfe!«

»Ich weiß nicht. Es ist vielleicht immer schwer, zu glauben. Deshalb gibt es sicher den heiligen Thomas, der erst glauben konnte, als er die Hand in Christi Wunden legen konnte.«

»Ja, aber es heißt: Friede auf Erden!«

»Das ist doch nicht der Friede zwischen den Menschen«, sagte Ruth, »das ist Gottes Friede mit dir!«

»... und den Menschen ein Wohlgefallen!«

»Eben, wenn du seinen Frieden hältst.«

»Du bist viel frommer und viel sicherer als ich.«

»Das mag sein«, antwortete Ruth, »anders könnte ich auch gar nicht leben.«

Sie schwiegen wieder und gingen weiter durch den Nebel und die Dämmerung, und dann sprachen sie von ihren Klassenkameradinnen und wo sie wohl seien und sagten: »Was uns das neue Jahr wohl bringt?«

Langsam gingen sie zum Lager zurück, zogen sich wie die anderen Maiden um, Rock und Bluse, erste Garnitur, gingen hinab zum Essen, sahen einen verwandelten Raum: die Tische waren wieder einzeln gestellt, weiße Tischdecken, Kerzen, Tannenzweige, Männchen aus Kartoffeln und Äpfeln mit Wattebart und Namensschild als Tischkarte. Arbeiten und Feiern. Bratwürste mit Kartoffelmus und Kohlsalat. Nach dem Abräumen: Stühle zum doppelten Halbkreis gestellt: Weihnachtsfeier.

Das Licht wurde ausgeknipst, die große Tür öffnete sich, und die dicke Führerin trug einen Tannenbaum mit brennenden Kerzen herein. Die Lagerführerin stimmte das Lied an, das das Weihnachtslied dieser Jahre war:

»Hohe Nacht der klaren Sterne,
die wie weite Brücken stehn
über einer tiefen Ferne,
drüber unsre Herzen gehn.

Hohe Nacht mit großen Feuern,
die auf allen Bergen sind –
heut muss sich die Erd' erneuern
wie ein junggeboren Kind.

Mütter, euch sind alle Feuer,
alle Sterne aufgestellt,
Mütter, tief in eurem Herzen
schlägt das Herz der weiten Welt.«

Während die letzten Töne verklangen, schluchzten die ersten Maiden auf, schneuzten sich und nahmen sich erst während der Weihnachtsansprache der Führerin wieder zusammen.

Sie sagte: »Wieder wandert ein Jahr in seine stillsten und dunkelsten Tage. Wir aber zünden in dieser Zeit tiefster Dunkelheit die hellsten Lichter an. Enger sammeln wir uns in diesen Tagen der Weihnachtszeit um Lampe und warmen Ofen, wir rücken einander näher und spüren stärker als sonst, dass wir zusammengehören, und wollen es eins das andere fühlen lassen im Schenken und Freudebringen. Und doch ist es anders als sonst! Zum sechsten Mal feiern wir das Fest im Kriege, und fast will die rechte Weihnachtsfreude da nicht aufkommen, und der fröhliche Jubel früherer Weihnachtstage wagt nicht, laut zu werden. Trotzdem wollen wir Weihnachten feiern, so schön wir es vermögen. Gerade jetzt brauchen wir mehr denn je diese Stunden der Besinnung und Freude, die wir einander bereiten! Der Feind hat wohl unsere Städte zerstört und vielen das Zuhause, aber er konnte nicht die Kraft unserer Herzen brechen, aus der in immer neuem Glanze auch in diesem Jahr die deutsche Weihnacht wächst! Hier und auf den Trümmern unserer Städte werden die Weihnachtsbäume leuchten als hellste Zeugen des unzerstörbaren deutschen Lebens! Unsere hellsten Kerzen wollen wir anzünden, und wenn es auch in diesem sechsten Kriegsweihnachten nur wenige Lichter sind, die der eine oder andere von uns noch hat, was macht das! In unserem Herzen leuchten all die Weihnachtskerzen viel heller noch als sonst!«

Charlotte biss die Zähne zusammen. Sie wollte nicht mit und vor den anderen weinen. Sie starrte, ohne mit den Wimpern zu zucken, in die Kerzenflammen. Sie dachte an das heimatliche Wohnzimmer, an die Krippe, die der Großvater vor vielen Jahren selbst gebastelt hatte und an deren Seitenwand man immer noch lesen konnte: »Henkell und Co., Sektfabrik«, und sie dachte an den Vater, von dem sie seit Wochen nichts gehört hatte, nur wusste, dass er irgendwo in Russland war. Sie dachte an die Geburt Christi, an die Hirten auf dem Felde, an das »Frieden auf Erden«, von dem bei dieser Weihnachtsfeier gar nicht gesprochen wurde. Sie dachte an den Satz von Frau Michalski zum Abschied: »Ich bete für dich mit, Lagertante«, und die schmucklose grüne Tanne wurde zum Christbaum ihrer Kindheit mit Lametta und Silberkugeln.

Endlich doch: *Stille Nacht, Heilige Nacht!*, und während sie das Lied sangen, gingen sie ins Nachbarzimmer, wo für jeden eine kleine Bescherung aufgebaut worden war: ein bunter Teller, zwei Tüten Bonbons und eine Flasche Johannisbeersaft.

Dann kam die Hauptsache: Postverteilung! Zwei Pakete von den Großeltern, eins von der Großtante. Äpfel und Weihnachtsgebäck, Seife und Kerzen, der *Faust* in der ledernen Dünndruckausgabe, ein Zeichenblock und Stifte, Zahnpasta und ein Necessaire und Briefe, Briefe, Briefe. Sie war überwältigt, und als sie dann alle die Mäntel anzogen, in die klirrend kalte Schneenacht hinausgingen, sich im großen Kreis um die Kastanie stellten und noch einmal *Hohe Nacht der klaren Sterne* sangen, da liefen auch ihr die Tränen über die Wangen, aber es war dunkel, und niemand konnte es sehen. Danach klemmte sie sich wie die anderen alles unter den Arm, lief zu Ruth, drückte ihr eine Bleistiftzeichnung vom Lager in die Hand und ein paar Lebkuchen von der Großmutter, in grünes Seidenpapier eingewickelt, murmelte: »Gesegnete Weihnachten!«, bekam selbst etwas Winziges zu den anderen Geschenken gesteckt, lief die Treppe hinauf in die K, ging ins Bett, klebte eine Kerze an das Kopfende des Bettes, baute sich alles von der Zahnpasta bis zum *Faust* auf der Bettdecke um sich herum auf und begann, einen langen Brief nach Hause zu schreiben. »Es ist schon zwölf Uhr, aber ich bin noch gar nicht müde. Alles hat mich so froh gemacht, und ich fühle mich ganz umgeben von Eurer Liebe! Gute Nacht!«

Dann wickelte sie Ruths Geschenk aus: ein Elfenbeinanhänger, eine kunstvoll durchbrochene Kugel, wie Blüten oder Rankenwerk, in der ein winziger Kern klapperte. Ruth hatte dazu auf ein Papierzettelchen geschrieben: »Gott gibt die Nüsse, aber er knackt sie nicht auf. Goethe. Zur Erinnerung an Deine Ruth.«

Sie durften keinen Schmuck tragen, deshalb steckte Charlotte die Kugel in den Brustbeutel, und sie war so klein, dass sie den Beutel kaum ausbeulte.

Am ersten Feiertag fuhren sie alle miteinander in die Stadt zum Kino, sahen in der Wochenschau, wie »unsere tapferen Soldaten zu Wasser, zu Lande und in der Luft« Weihnachten feierten, hörten von Frontbegradigungen und genossen dann eine Ufa-Klamotte mit Kristina Söderbaum.

Dann begann der Außendienst wieder, langer einsamer Weg über das Land, Stallmisten, Würste zum Räuchern bringen, Kartoffelreiben, Buttern, Märchenerzählen, Brotbacken.

Charlotte schrieb: »Denkst Du an die Wollsocken? Meine liegen schon vom täglichen Tragen im Sterben. Nur noch dünne Schleierhaut, Flickstelle an Flickstelle, es lohnt das Stopfen nicht mehr!« Und auf dem Stempel der Postkarte stand: »Esst Vollkornbrot: besser und gesünder!«

Abends im Radio: »Kampfverbände über Südhannover-Braunschweig, West- und Südwestdeutschland, Tirol, Kärnten und Steiermark.« Einen Augenblick lang stockten alle Gespräche, dann sagte Tilly: »Die letzten Verbände könnten auch auf uns zu drehen!«

Im neuen Jahr »erstaunlich wenig Alarm«, wie Charlotte nach Hause schrieb, »meine Bäuerin lebt richtig auf!«

Rückkehr der Lagerführerin von einem Schulungslager, Kameradschaftsdienst, also nur Zeit zum Postkartenschreiben, und »die Ersten von uns werden schon zum KHD gezogen«.

Abschiede: »Pass bloß auf dich auf! Lass dir nichts ins Auge gehen!« Besuch des Arztes, der gegen Diphtherie und Scharlach impfte, Umbesetzung der Außendienststellen.

Frau Michalski weinte, als Charlotte ihr sagte, dass ab Montag eine andere Maid zum Arbeiten käme. Sie rief spontan: »Lagertante, komm nächsten Sonntag zu uns, wenn du Zeit hast. Hier kannst du dich immer satt essen, und ich werd' der anderen auch etwas für dich mitgeben.« Und dann setzte sie hinzu: »Ich werde für dich beten, wie für meine Kinder, die nicht mehr bei mir sind.«

Die neue Stelle lag vor Freudenau, ein Neusiedlerhof, kahl und schmutzig, schlecht geheizt, und Charlotte zog sich am zweiten Tag über die Stuka und unter die Trainingshose noch die langbeinige blaue Wollhose an.

»Das ist die Läusestelle!«, sagten die anderen. »Bind dir bloß das Kopftuch fest um, und zieh es ganz in die Stirn.«

Abends wurde sie, die morgens den fünf Kindern als Erstes die Haare mit dem Nissenkamm kämmen musste, von der Blonden oder von einer der KÄs ebenfalls sorgfältig gekämmt, sowie sie das Haus betrat. Die neue Bäuerin war jung, kam aus Westfalen, hasste das flache, kalte oberschlesische Land, kränkelte, war von den Kindern vollkommen überfordert und mürrisch, weil sie es auch mit der Hilfe von Charlotte nicht schaffte, ihre Arbeit zu bewältigen.

Charlotte versuchte voll pädagogischen Eifers das, was sie im Grundkursus über Haushaltsführung gelernt hatte, weiterzugeben und zu verwirklichen, malte der Bäuerin einen Stundenplan auf: welche Arbeiten täglich und wann zu verrichten waren und welche im Wechsel an den verschiedenen Wochentagen erledigt werden könnten. Aber die Bäuerin heftete den Plan – mit Schriften in verschiedenen Farben – nur an die Tür vom Küchenschrank, ließ sich wieder am Küchentisch nieder und rauchte die Zigaretten, die sie gegen Butter und Sirup eingetauscht hatte, weil ihr die eigene Zuteilung nicht reichte.

Die Kinder, bis auf das älteste Mädchen noch nicht in der Schule, waren frech und ungebärdig aus Langeweile, und die Lagerführerin hatte Charlotte am Morgen des ersten Tages gesagt: »Na, Charlotte, da haben Sie ja was zu tun – die Kinder erziehen!« Charlotte war ratlos und rettete sich in Strenge. Sie paukte den Kindern die Zucht und Ordnung ein, die sie im Lager, beim BDM und auch bei den Großeltern gelernt hatte. Sie putzte ihnen morgens als Erstes die Zähne, sie stellte ihnen Aufgaben im Haus, sie versuchte mit ihnen zu malen und zu zeichnen und stellte voll Verblüffung fest, dass sie kein einziges Märchen kannten. Sie erzählte daraufhin die Märchen als Belohnung: für gewaschene Füße, für gebürstete Fingernägel, für eine aufgeräumte Spielecke, für vernünftige Schlichtung eines Streites statt hauen, schlagen und kneifen.

Die Bäuerin hielt Charlotte wie ein Dienstmädchen, bei der Arbeit und im Gespräch. Sie ließ Charlotte nicht bei Tisch mitessen, und das, was es zu essen gab, war karg und nicht besser als im Lager.

In der zweiten Januarwoche begann es ununterbrochen zu schneien, und der Weg in den Außendienst wurde ein Hindernisrennen. Der Schneesturm drang durch jede Faser, sodass Charlotte das Gefühl hatte, nackt durch die Kälte zu stapfen, und sie war nur froh, dass der Schnee so trocken und vereist war, dass er nicht durch die Stiefellöcher drang.

»Heute kam Euer Brief Nr. 42«, und es ging noch einmal um die Seifenmarken: »Die Verwalterin sagt, Ihr müsst nur eine Bescheinigung vom Wirtschaftsamt oder

Lebensmittelkartenamt schicken, dass Ihr die Seifenmarken abgegeben habt.«

Einmal ein Einsatz von drei Maiden in der Stadt: Arbeit in der Küche eines Lagers, des Gefangenenlagers. Charlotte scheuerte mit den beiden anderen Mädchen riesige Kessel und dann den Fußboden der Lagerküche und sah, wie eine Suppe aus Wasser, Suppenpulver und riesigen Mengen von gehacktem Grünzeug gekocht wurde.

»Was ist das?«, fragte sie einen der Küchensoldaten.

»Brennnesseln«, antwortete er und verschloss den Suppentopf mit einem Hebel, »getrocknete Brennnesseln.« Er sah ihren Blick und setzte hinzu: »Was denken Sie denn? Das sind schließlich Untermenschen, und wir haben auch nichts zu fressen mehr. Sollen die es etwa besser haben?« Und als Charlotte immer noch nicht nickte: »Ich möchte nicht wissen, was sie unseren Kameraden in Sibirien zu essen geben. Die würden sich vielleicht die Finger ablecken, wenn sie Brennnesselsuppe bekämen.«

Später, als sie wieder zum Bahnhof gingen, nach einer Mittagsmahlzeit aus Nudeln und Gulaschsauce mit zwei, drei Fleischfasern pro Nase und einer Klappstulle für die Heimfahrt, gingen sie am Zaun des Gefangenenlagers vorbei. Der Zaun war aus Maschendraht, übermannshoch, oben mit Stacheldraht bewehrt. Es schien ein ehemaliger Gutspark zu sein, große alte kahle Buchen standen zwischen schönen und geraden Tannen, der Schnee war zertreten von den russischen Soldaten, die in langen Mänteln und Mützen mit hochgeklappten Ohrenschützern langsam und ziellos hin und her gingen, stehen blieben, wieder weitergingen und wieder stehen blieben.

Charlotte stand wie gebannt und schaute sie an. Das waren die Männer, gegen die ihr Vater und die Väter aller anderen Mädchen kämpften. Sie wusste, dass es verboten war, mit Kriegsgefangenen, die nicht zur Arbeit eingesetzt waren, zu sprechen. »Sieg oder bolschewistisches Chaos«, das stand auf Spruchbändern in der Bahnhofshalle, über der Straße, daheim im BDM-Heim. Sie dachte an das Judenlager, an Janne, an ihren Vater, der vielleicht auch im Schnee hinter Stacheldraht hin und her ging. Sie stand und starrte die schweigenden Männer an, und die Männer waren auch stehen geblieben und starrten sie an, große dunkle Raben im Schnee.

Charlotte holte das Paket mit den belegten Broten aus der Manteltasche und warf es über den Zaun. Es fiel in den Schnee, das Papier löste sich, aber das Brot fiel nicht heraus. Charlotte lief davon, den anderen Maiden nach, und dann drehte sie sich noch einmal um. Die Männer standen um das Brot herum. Sie schauten auf das Brot hinunter, sie hatten die Hände noch nicht aus den Taschen genommen, sie standen nur da und blickten das Brot an, und Charlotte hatte ihre Kameradinnen eingeholt und ging mit ihnen zum Bahnhof.

Am Wochenende fuhren zwei Maiden aus Breslau und Waldenburg auf Verlobungsurlaub.

»Das haben sie doch nur wegen dem Urlaub getan«, sagte Icke, »wenn mein Kerl Flakhelfer und erreichbar wäre, dann würd' ick mich auch verloben. Auf der Stelle.« Und dann fügte sie hinzu: »Wer weiß, ob wir die überhaupt wiedersehen.«

»Wieso?«

Icke schaute sich um, und dann flüsterte sie Charlotte zu: »Meine Bäuerin packt. Sie sagt, die Russen kämen, und wenn der Kreisleiter nicht sagte, es wäre Sabotage, und wenn ihre Nachbarn sie nicht anzeigen würden, dann zöge sie lieber heute als morgen los. Jetzt wär' die Front noch weit genug weg, und die Straßen wären noch frei.«

Als Charlotte abends das letzte Mal mit Traudel auf die Villa ging, blieb sie auf dem Rückweg im finsteren Garten stehen. Kein Laut war zu hören. Der Himmel schwarz und verhangen, schwer von Schneewolken. Nur die vertrauten Geräusche aus dem Haus. Flucht?

Am Sonntag, dem 14. Januar, stieg im Lager ein Wunschkonzert. Der Geldbetrag, der in diesem und in anderen RAD-Lagern bei ähnlichen Veranstaltungen gesammelt wurde, galt als Geburtstagsgeschenk für Reichsarbeitsführer Konstantin Hierl, der das Geld an das DRK weiterspendete.

Jede Maid konnte sich von jeder anderen oder von den Führerinnen ein Lied, ein Gedicht oder eine Geschichte wünschen, und die Lagerführerin hatte vorgeschlagen: in Kostümen. In der Woche vor dem Sonntag summte das Haus nach den Nachmittagsschulungen, und alle Maiden bastelten und lernten auswendig und suchten sich ihre Texte zusammen.

Charlotte hatte mehrere Wünsche zu erfüllen und übte die Balladen und Lieder am Vormittag mit ihren fünf Bauernkindern, bis alles saß.

Der Sonntag wurde ein voller Erfolg, und die Mädchen lachten und klatschten über jede gelungene Darbietung ebenso ausgelassen wie über die Gedichte, bei denen die Künstlerinnen steckenblieben oder die sie nur ablasen und so runterrappelten, dass man kaum die Worte verstehen konnte. Die Jazzkapelle hatte sich mit dem heißen Bügeleisen und feuchten Tüchern Falten in die Trainingshose geplättet, die Trachtengruppe mit Zöpfen und Miedern über den blauen Kleidern sang Volkslieder. Eine Gruppe führte mit Eimern, Scheuerbesen und selbstgemachten Reimen einen Putz-Sketch auf, und Charlotte sagte Münchhausen-Balladen auf: »Liebe sprach zu Liebe: Liebe, bist du mein? Sprach zu Liebe Liebe: Ewig, ewig dein ...« und las das Märchen von *Brüderchen und Schwesterchen* und *Rapunzel*, und als sie an die Stelle kam: »... so wanderte er einige Jahre im Elend umher und geriet endlich in die Wüstenei«, da wurde ihr der Schnee und die Nacht draußen zur Wüstenei, und ihre Stimme klang so flach und dunkel, dass die Mädchen betroffen schwiegen, ehe sie wie besessen klatschten.

Abends, als sie zum Waschen hinunterlief, stieß sie fast mit Ruth zusammen.

»Endlich«, sagte Ruth hastig, »ich hab' dich den ganzen Tag gesucht!«

»Ja!«, antwortete Charlotte vergnügt. »Das war ein Erfolg, wie?«

Ruth nickte nur. »Ich muss dich allein sprechen«, flüsterte sie, »komm mit raus zur Villa!«

»Aber ich hab' doch gar keinen Mantel an!«, protestierte Charlotte. »Musst du denn so dringend?« Doch dann schaute sie Ruth an und erschrak. »Was ist?«, fragte sie unwillkürlich auch leise und gehetzt.

»Draußen!«, flüsterte Ruth zurück, lief die Treppe wieder hinauf und huschte zur Haustür hinaus in die eisige Dunkelheit.

Charlotte schlang sich entschlossen das Nachthemd um die Schultern und rannte hinter ihr her. Sie hatte noch ihre Stiefel an, aber als sie draußen stand, kroch ihr die Kälte gleich die Beine hinauf zum Bauch. Sie konnte undeutlich die Gestalt der Freundin erkennen, ein heller Schatten vor dem Gebüsch zwischen Haus und Villa, und machte ein paar Schritte über den knirschenden Schnee auf sie zu.

»Was ist denn?«, fragte sie aufgeregt.

»Mein Vater!«, flüsterte Ruth. »Ich hab' einen Brief von zu Hause bekommen, von Mutter, sie hat nicht richtig schreiben können, falls der Brief geöffnet wird, aber sie hat geschrieben, dass sie ihn seit Tagen nicht gesehen hat.«

»Wieso?«, fragte Charlotte verständnislos.

»Kapierst du denn nicht?«, fragte Ruth verzweifelt. »Er ist fort! Verschwunden! Sie haben ihn geschnappt, oder er ist selber geflohen. Oder – es muss ihn jemand verraten haben! Ich hab' das ja immer gesagt!«

»Ja und?«, fragte Charlotte, den Mund trocken vor Angst.

»Ja und?«, wiederholte Ruth. »Ich muss fort!«

»Fort?«, fragte Charlotte entsetzt. »Aber warum denn? Wohin denn?«

»Zu Vater!«

»Wenn du gar nicht weißt, wo er ist?«

»Aber Mutter wird es wissen.«

Charlotte schwieg, vollkommen verstört, nicht fähig, klar zu denken. »Du weißt doch das alles gar nicht genau«, murmelte sie, »deine Mutter kann doch was ganz anderes gemeint haben. Komm, schlaf noch mal drüber! Und wir müssen jetzt auch rein! Du holst dir ja sonst den Tod!«

Ruth lachte kläglich. »Wenn, dann holst du ihn dir auch! Aber warte doch noch eine Sekunde! Kann ich nicht zu deiner Bäuerin gehen, zu Frau Michalski?«

»Was willst du denn da?«

»Untertauchen natürlich. Die Russen sind ja doch bald da!«

»Das glaub' ich nicht«, stieß Charlotte hervor.

»Ach«, sagte Ruth, »ich hab's ja gewusst, du hilfst mir doch nicht. Du begreifst das alles gar nicht …«

»Doch, doch …«, rief Charlotte und weinte fast.

»Pst!«, machte Ruth. »Da sieht man's ja schon! Du schreist so, dass uns alle hören müssen!«

»Nein«, jammerte Charlotte, »ich will ja gar nicht schreien, aber Frau Michalski – also das geht nicht! Sie – für sie ist der Führer der liebe Gott. Und außerdem: Ich hab' gehört, dass die Bauern schon fort wollen, dass …«

»Hach!«, machte Ruth verbittert. »So traut man dem lieben Gott!« Und dann sank sie plötzlich, wie erschöpft, gegen Charlotte und klammerte sich an die Freundin. »Was soll ich denn machen?«, fragte sie. »Was soll ich denn bloß machen?«

Charlotte spürte, wie sie beide zitterten, und fragte: »Warum willst du denn wirklich weg? Es ändert doch gar nichts. Wenn sie dich erwischen, dann ist alles aus!«

»Doch«, wiederholte Ruth störrisch, »ich muss. Ich muss zu Mutter. Ich muss jetzt bei ihr sein. Und außerdem, wenn wirklich was mit Vater ist, und ich bin noch hier, dann machen sie mich fertig.«

»Ach«, murmelte Charlotte beschwichtigend und hasste sich, dass ihr nichts anderes einfiel. Würden sie Ruth fertigmachen? Und was hieß das: fertigmachen? Plötzlich fiel ihr die Studentin ein, und sie flüsterte wie erleichtert: »Weißt du was? Wir fragen Helga um Rat! Die hat doch auch Schwierigkeiten gehabt. Die weiß sicher Bescheid.«

»Ja«, hauchte Ruth, »fragst du sie gleich jetzt? Vorm Schlafengehen?«

»Bestimmt!«, versprach Charlotte eifrig. »Und morgen früh sag' ich dir Bescheid. Hast du Küchendienst?«

Ruth schüttelte den Kopf. »Nein.«

»Dann beim Frühsport. Ich stell' mich neben dich!«

Charlotte nahm Ruth noch einmal in die Arme und presste sie fest an sich. Der Blusenstoff fühlte sich eisig an, und als Charlotte sagte: »Mach dir keine Sorgen, es geht schon alles gut! Ganz bestimmt!«, da wussten beide, dass das nur Worte waren.

Sie liefen Hand in Hand ins Haus, und als Charlotte im Waschraum die Hände unter den kalten Wasserstrahl hielt, kam er ihr fast heiß vor. Sie hatte gar nicht gespürt, wie sie gefroren hatte, und sie rubbelte sich die Füße und die Arme, bis sie knallrot waren.

Dann lief sie in die K, mitten hinein in den stinkigen, warmen Mief, in das Gelächter und Geschwätz der Maiden, die sich auf sie stürzten und riefen und lachten und sangen: »Großartig warst du! Wirklich, du solltest Schauspielerin werden! Oder Kabarettistin!«

»Ja, ja«, antwortete Charlotte und versuchte auch zu lachen und setzte sich auf das Bett von der Studentin. »Hör mal«, sagte sie leise, »ich muss dich was fragen.«

»Was?«, schrie die Studentin. »Red doch lauter! Die andern machen so einen Krach, ich kann dich gar nicht verstehen!«

»Ich kann nicht lauter reden!«, sagte Charlotte.

Die Studentin starrte sie an. »Was ist los?«, fragte sie.

Charlotte beugte sich vor, als ob sie an ihren Schuhen etwas zu richten hätte. »Wenn jemand Hilfe brauchte«, begann sie, »jemand, der weg will, könntest du da helfen?«

Die Studentin starrte sie weiter an, wortlos und vollkommen ohne eine Reaktion.

»Hast du gehört?«, fragte Charlotte verzweifelt, während die anderen anfingen, in die Betten zu kriechen. »Ich kann gleich nicht mehr reden!«

»Das kannst du dir auch sparen«, erwiderte die Studentin, »ich weiß nichts, ich kann dir nicht helfen, und selbst wenn ich was wüsste, ich würde niemandem helfen.«

Charlotte war den Tränen nahe. »Aber es ist wichtig!«, sagte sie unterdrückt.

»Es geht doch nicht um dich?«, fragte die Studentin.

Charlotte schüttelte den Kopf. »Nein«, sagte sie.

»Ich will's auch gar nicht wissen«, unterbrach sie die Studentin schnell, »ich will nichts damit zu tun haben.«

»Was habt ihr denn?«, fragte Icke neugierig.

Charlotte glitt vom Bett der Studentin. »Nichts«, sagte sie, »ich hab' Helga nur was gefragt.«

Icke schaute zwischen der Studentin und Charlotte hin und her. »Streit?«, fragte sie.

Die Studentin schüttelte den Kopf und wickelte sich in die Decken ein. »Wieso denn Streit?«, fragte sie kühl.

Charlotte ging schweigend zu ihrem Bett. Ingrid schaute ihr entgegen. »Ärger dich nicht über Helga«, flüsterte sie Charlotte zu, »die ist doch zu jedem so unfreundlich.«

»Ja«, sagte Charlotte, wickelte sich auch ihre Wolldecke um den Bauch und schlüpfte unter die Bettdecke.

Ingrid betrachtete sie besorgt, aber Charlotte schwieg und schloss die Augen. Wenn die Bauern wirklich wegzogen, dachte sie, könnte sich Ruth in einem verlassenen Gehöft verbergen. Aber wie lange? Und wie käme sie nach Berlin? Ganz ausgeschlossen, dass sie das allein schaffte. Im Sommer vielleicht. Aber nicht im bitterkältesten Winter. Nicht ohne Papiere. Und dann dachte sie: Was ich mache, ist Verrat. Sie dachte an den Schwur, dachte an den Großvater, dachte schließlich wieder an Ruth, an ihr blasses dünnes Gesicht. Wenn ich glaube, was sie sagt, und wenn ich tue, was sie will, dann müsste ich eigentlich mit ihr gehen. Oder? Sie bewegte sich unruhig auf ihrem Strohsack.

»Schläfst du schon?«, fragte Ingrid.

»Nein«, sagte Charlotte und machte die Augen wieder auf.

Die Mädchen unterhielten sich leise. Das Licht war noch nicht ausgeknipst worden, der Ofen strahlte Wärme aus, und die Gardinen, noch frisch gewaschen von Weihnachten, hingen steif und appetitlich vor den dunklen Fenstern.

»Hast du Sorgen?«, fragte Ingrid.

Charlotte schielte sie aus ihrer warmen Wollgruft heraus an und nickte.

»Kann ich dir helfen?«, fragte Ingrid.

Nein, dachte Charlotte, Ruth kann nicht recht haben. Keiner würde sie fertigmachen. Wir halten zusammen. Wie hieß das in dem Lied? Wenn wir fest zusammenstehen ...

Ruth hat doch nichts mit dem zu tun, was ihr Vater gemacht hat. Und das ...

Die Tür flog auf, die Blonde schaute herein, sagte: »Gratuliere noch einmal zu dem Erfolg! Wir waren stolz auf Sie! Aber jetzt: Licht aus und gute Nacht!«

»Gute Nacht!« riefen die anderen im Chor zurück, und dann wurde es dunkel, und die Bilder verwischten sich. Das Kind, das vorbetete, und das tote Kind der Umsiedler, Janne mit einem Geburtstagskranz aus Sommerrosen auf den blonden Zöpfen und Juda verrecke, und dann stellte sie sich vor, wie Ruth einsam in ihrem Bett lag und Angst hatte.

Angst hab' ich auch, dachte Charlotte, und ich weiß nicht, was richtig ist. Dann schlief sie ein.

Am nächsten Morgen suchte sie Ruth. Ruth war nicht mit angetreten, aber niemand schien sie zu vermissen.

»Was ist mit Ruth?«, fragte Charlotte ein anderes Mädchen aus Ruths K.

»Krank«, war die knappe Antwort, »los, los! Beeil dich doch!«

Charlotte trabte und hüpfte, Charlotte wusch sich, zog sich an und baute ihr Bett. Krank? Was war das für ein Trick?

Beim Frühstück fragte sie die Dicke und erfuhr: Arbeitsmaid Niemann hat hohes Fieber. Wahrscheinlich Lungenentzündung.

»O Gott!«, sagte Charlotte und blieb stehen.

»Ja«, sagte die Dicke sorgenvoll, »bei der momentanen Lage nicht gerade günstig!«, und ging weiter.

Nach dem Singen fragte Charlotte die Blonde: »Kann ich Arbeitsmaid Niemann besuchen?«

Die Blonde schaute sie forschend an: »Warum?«

»Weil ...«, stotterte Charlotte, »weil sie – weil ich – na, man muss sich doch um sie kümmern!«

»Sie erhält die Pflege, die sie braucht«, erwiderte die Blonde, »wo sind Sie eingeteilt?«

Charlotte wurde rot und antwortete: »Waschküche!«

»Na, dann laufen Sie und ziehen sich um!«

Und dann kurz vorm Mittagessen: Sonderappell. Antreten in der Halle. Schweigeminuten, Türenklappen, alle Führerinnen in voller Uniform. Sie stellten sich nebeneinander vor den Mädchen auf. »Heil Hitler, Maiden!«, sagte die Lagerführerin. »Sie werden sich noch an die Worte erinnern, die Sie gesprochen haben, als Sie vereidigt wurden: Ich will dem Führer des Deutschen Reiches und Volkes, Adolf Hitler, unverbrüchliche Treue wahren – jedes RAD-Lager in Oberschlesien, jedes RAD-Lager im gesamten Deutschen Reichsgebiet ist verpflichtet, diese Treue zu halten und zu wahren, den Geist deutscher Gesinnung zu pflegen und mit unserem geliebten Führer, Adolf Hitler, auf die Vorsehung zu vertrauen. Einer für alle, alle für einen, das ist sein Wahlspruch, aber wer ihn verrät, muss aus unseren Reihen ausgestoßen werden. Wer ihn verrät, hat das Recht verloren, unser Kamerad zu sein. Ich habe die Pflicht, Sie davon in Kenntnis zu setzen, dass der Vater einer der Maiden dieses Lagers zu diesen Verrätern gehört. Ich bin benachrichtigt worden, dass der Vater von Arbeitsmaid Ruth Niemann des Hochverrats angeklagt und vor das Volksgericht gestellt worden ist. Das Urteil ist noch nicht gefällt, und da Arbeitsmaid Niemann heute Nacht mit hohem Fieber in die Krankenstube gekommen ist und so stark phantasiert, dass sie nicht ansprechbar ist, habe ich noch keine Untersuchung einleiten können, inwieweit Arbeitsmaid Niemann an diesem verwerflichen Verrat beteiligt war. Falls mir eine von Ihnen diesbezügliche Mitteilungen zu machen hat, bitte ich Sie, nach diesem Appell in mein Zimmer zu kommen. Bis auf Weiteres ist es auf jeden Fall verboten, mit Arbeitsmaid Niemann zu sprechen oder anderweitig in Kontakt zu treten.«

Sie schwieg, und alle waren so still, dass man kaum ihren Atem hörte. »Gerade wir«, fuhr die Lagerführerin fort, »die wir die Ehre haben, dem Deutschen Reich werktätig zu dienen und seine Grenzen zu schützen, müssen Seele und Geist sauber und ehrlich halten. Denken Sie immer daran: Sie sind die Garanten der Zukunft! Ihre Treue ist Deutschlands Treue! Ihre Ehre ist Deutschlands Ehre! Wer zweifelt, der lügt! Wir müssen stets dem treu zur Seite stehen, der sein ganzes Leben uns und der deutschen Volksgemeinschaft gewidmet hat. Heil Hitler! Wegtreten!«

Dumpfes Stiefelpoltern, aber immer noch Schweigen.

Erst auf der Treppe und in den Ks brach es los. Wie findest du denn das? Was sagst du denn dazu? Also – irgendwie hat diese Ruth ja was Jüdisches, so was Heimtückisches. Ja, ja, ich hab' auch schon immer gedacht … Ja, mir ist sie gleich so anders vorgekommen …

Die Studentin warf Charlotte einen abwartenden Blick zu, und Charlotte schrie wütend: »Haltet doch den Mund! Keiner von euch hat bisher was gesagt oder gefühlt oder gedacht! Lasst euch doch nichts einreden! Das ist doch Quatsch! Und es ist ja noch gar nichts bewiesen! Sie hat doch gesagt, er ist nur beschuldigt worden – das muss doch gar nicht stimmen! Und Ruth hat doch noch gar nichts sagen können, sie hat doch Lungenentzündung.«

Die Mädchen schwiegen und wandten sich ab. Sie ließen Charlotte stehen und sprachen miteinander, leise und eifrig, und die Studentin lachte und sagte zu Charlotte: »Das hast du nun davon! Ich hab' dir ja gesagt, misch dich nicht ein!«

»Das hast du nicht!«, rief Charlotte. »Du hast nur gesagt, du wolltest nichts damit zu tun haben! Du …« Charlotte hielt mitten im Satz inne, die andern starrten sie an.

Icke fragte: »Hast du was davon gewusst?«

»Na los!«, sagte die Studentin spöttisch. »Löffle deine Suppe aus!«

Charlotte warf den Kopf zurück und schaute die andern an, eine nach der anderen. Und eine nach der anderen senkte die Augen, und Charlotte wusste, sie wären am liebsten weggelaufen.

»Ja«, antwortete sie laut und deutlich, »Ruth hat mich gestern Abend um Hilfe gebeten. Sie hatte einen Brief von ihrer Mutter bekommen. Sie hat nicht gewusst, um was es geht. Sie hat nur gewusst, dass ihr Vater in Gefahr ist, und sie hat Angst gehabt. Sie war ganz außer sich vor Angst. Ich hab' ihr nicht helfen können. Aber wenn ich was gewusst hätte, ich hätte ihr bestimmt geholfen. So – und nun rennt runter zu unserer Lagerführerin und verpetzt mich. Mir ist das egal. Mir ist das wirklich egal. Ich weiß nicht, was Ruths Vater getan hat, aber ich weiß, dass Ruth keine Verräterin ist. Und ich möchte überhaupt mal wissen, wie ihr euch aufführen würdet, wenn eure Väter …«

»Lass meinen Alten aus dem Spiel!«, fiel ihr Icke ins Wort. »Und blas dich doch nicht so auf! Wir haben das doch gar nicht so gemeint! Es ist ja nur … Also 'ne Schande für unser Lager ist das doch, das musst du zugeben! Wenn das die andern erfahren!«

»Wer soll das denn schon erfahren? Meinst du, unsere Lagerführerin geht damit hausieren?«, fragte Ingrid. »Ich finde: Schwamm drüber!«

»Über alles?«

»Ja, Schwamm über alles!«, antwortete Ingrid freundlich. »Ich finde, Charlotte ist eine gute Kameradin.«

»Alle für einen?«, fragte Icke.

»Na ja«, sagten die andern.

»Und was ist mit Ruth?«, drängte Charlotte.

»Mensch, biste verrückt?«, fauchte Icke sie an. »Misch dich da bloß nicht ein! Sonst nützt es nischt, wenn wir die Klappe halten.«

»Macht, was ihr wollt«, sagte Charlotte dickköpfig, »ich komm' schon zu ihr durch.«

Sie kam aber nicht zu ihr durch. Das Krankenzimmer war versperrt, und als sie Tilly fragte, wer Ruth das Essen brächte, antwortete Tilly: »Immer eine von den Führerinnen.«

Das war also nichts, und die Fenster lagen auch zu hoch.

Und dann kam Mitte Januar die Heimarbeit: große quadratische Holzplatten, doppelt so breit wie die Esstische, wurden von Soldaten von einem Lastwagen abgeladen und mit riesigen Rollen mit Draht und Stacheldraht ins Haus gebracht.

»Sechsundzwanzig Maiden aus unserem Lager werden die ehrenvolle Aufgabe haben«, sagte die Lagerführerin, als alle am Nachmittag zum Sonderappell zusammengegongt worden waren, »unseren tapferen Soldaten an der Front unmittelbar zu helfen und das Leben zu retten. Zuvor möchte ich sagen, was eigentlich selbstverständlich ist: dies ist eine ›Pst-Aktion‹, also keine Bemerkungen im Dorf, auch keine Andeutungen in den Briefen nach Hause. Wir arbeiten jetzt unmittelbar für die Front. Ostlandverteidiger zu sein – das sollte für Sie alle ein erhebendes Gefühl sein!«

Was die Mädchen mit Stolz erfüllen sollte, bedeutete: Jeden Tag acht Stunden an den Brettern zu sitzen, die wie eine Strickliesel mit starken und sehr langen Nägeln beschlagen waren, und Draht um die Nägel zu drehen. Dann wurden auf die vielfachen Drahtschlingen andere Schlingen so gelegt, dass sie als Verbindungsstück vier Schlingenkränze schnitten. An den Schnittstellen wurden die jeweiligen Endschlaufen mit Draht oder Stacheldraht verbunden, der Draht dann abgezwickt und eine neue Schicht von Drahtschlingen darauf gelegt und festgezwackt, bis die Nägel nichts mehr fassten. Dann wurden die Matten mit Hilfe von sechs bis acht Maiden von den Holzunterlagen abgenommen und in einem Raum neben der Küche gestapelt.

»Diese Matten«, erklärte die Lagerführerin, »kann man nun auseinanderziehen, dann sind es Panzersperren, die vor den Stellungen unserer Soldaten ausgelegt werden und den Ansturm des bolschewistischen Feindes stoppen.«

Sie saßen nicht in den Kameradschaftsgruppen vor den Holzbrettern, aber jede Brettarbeitsgemeinschaft versuchte sofort, mit den anderen um die Wette zu arbeiten und mehr und schneller als die anderen zu produzieren. Acht Matten pro Tag – das war der Rekord. Sie hatten nur eine unzureichende Anzahl von Schutzhandschuhen mitbekommen, und die waren auch nur aus dünnem Stoff und zerschlissen schon am ersten Tag. Danach mussten alle mit nackten Händen arbeiten, und so sehr sie auch aufpassten – weil es kein Heftpflaster gab –, sie rissen sich die Finger an den Drahtenden immer wieder blutig.

Charlotte taten nach dem ersten Tag die Handgelenke weh, und als sie sich wusch, merkte sie, dass sie stark geschwollen waren. Sie ging nach dem Abendessen in die »Heilstunde«, die die Blonde jeden Tag abhielt, und sagte: »Ich glaube, ich brauche was für meine Hände.«

Die Blonde schaute die Handgelenke an, sagte ihr, sie solle sich auf das Wachstuchsofa legen, steckte ihr ein Thermometer unter die Achsel und ließ sie liegen, während sie eine andere Maid versorgte, die aus einer Drahtwunde so stark blutete, dass die Blonde einen Druckverband anlegen musste. Danach zog sie Charlotte das Thermometer unter der Achsel hervor, betrachtete es schweigend und sagte: »Wahrscheinlich Gelenkrheumatismus.«

Sie zog Watte aus einem Beutel, tränkte die Watte mit Öl, umwickelte Charlottes Handgelenke mit der Ölwatte und wickelte noch eine elastische Binde darüber.

»So«, sagte sie, »das lassen Sie drauf. Nur zum Waschen wieder abnehmen.«

»Danke schön«, sagte Charlotte und ging mit ihren weißen Kaninchenpfoten zum Singen.

Am nächsten Vormittag beugte sich Charlotte so weit

über die Drahtmatten, dass sich die Enden der Schlaufen in ihren Verbänden verfingen. »Aua!«, schrie sie auf. »Hilfe!«

Ihre beiden Nachbarinnen versuchten sie zu befreien, aber sie zappelte und riss dabei so heftig, dass die Binden zerfetzten.

»Ach, was stellen Sie sich aber auch so ungeschickt an!«, sagte die Blonde. »jetzt muss ich Sie neu verbinden!«

»Soll ich schon mal mit Arbeitsmaid Eynhuf ins Heilzimmer gehen und die Packung abwickeln?«, fragte Ingrid eifrig. »Vielleicht kann man den Anfang von den elastischen Binden noch gebrauchen!«

»Na gut«, sagte die Blonde, »dann retten Sie, was zu retten ist! Hier ist der Schlüssel! Ich komme gleich nach.«

Ingrid und Charlotte gingen zum Heilzimmer, und als sie die Tür aufschlossen und hinter sich zugezogen hatten, flüsterte Ingrid: »Los, mach rasch! Ich schließ' einfach ab, und wenn sie vorher kommt, dann sag' ich, das hätt' ich aus Versehen gemacht!«

»Du bist ein Wonneproppen!«, sagte Charlotte und drückte Ingrid spontan an sich. »Hier, nimm aber zuerst das Gewickel!« Sie streifte die Packungen ab, und Ingrid nickte und begann, die Knäuel sorgfältig zu entwirren.

Charlotte drückte die Klinke von der Tür auf, die das Heilzimmer mit der Krankenstube verband. Das Herz klopfte ihr bis zum Halse. In der Krankenstube standen drei Betten. Im mittleren lag Ruth, ganz flach und reglos unter der dünnen Decke. Sie hatte die Augen geschlossen, aber als sie das Geräusch der Tür hörte, riss sie sie auf, und Charlotte erschrak selbst bis ins Mark, als sie die nackte Angst in Ruths Blick sah.

»Tun sie dir was?«, flüsterte sie. »Behandeln sie dich nicht gut?«

Ruth begann zu weinen. »Ach, dass du gekommen bist!«, schluchzte sie. »Ich hab' schon gedacht, du kommst nie!«

»Ich konnte doch nicht!«, sagte Charlotte und kniete sich neben Ruths Bett auf den Boden. »Sie haben uns verboten, mit dir zu sprechen. Sie haben dich eingesperrt. Ich wollte Tilly dazu bringen, dass ich mit dem Essen zu dir kann …«

»Ich weiß«, sagte Ruth schwach, »ich hab's mir schon gedacht, weil immer nur die Führerinnen kommen. Sie …«

»Ja was?«, fragte Charlotte besorgt.

»Sie sagen mir nichts. Sie sagen mir gar nichts! Ich weiß nicht, was sie Vater vorwerfen, ich weiß nicht, ob er schon verurteilt ist. Ich weiß gar nichts! Hat jemand von euch zufällig eine Zeitung geschickt bekommen?«

Charlotte schüttelte den Kopf. »Nur ganz alte, sicher vier Wochen alt«, antwortete sie.

»Und in den Nachrichten war nichts?«

»Ich weiß nicht. Wir haben nichts gehört.«

Ruth, die sich halb aufgerichtet hatte, ließ sich wieder auf das flache Kissen fallen. »Und ich hab' immer noch Fieber«, flüsterte sie, »ich werd' immer ohnmächtig. Ich kann nicht weg. Und ich kann Mutter nicht schreiben.«

»Soll ich das tun?«

»Würdest du das wagen?«

»Sag mir die Adresse!«

Ruth wiederholte sie zweimal, dann nickte Charlotte und sagte: »Ich steck' den Brief Sonntag irgendwo im Dorf ein oder auf dem Bahnhof, ja?«

»Ach, danke! Aber sag ihr nicht, dass es mir so schlecht geht! Nur, dass ich krank bin.«

»Und sonst?«, fragte Charlotte, »ich hab' nämlich so was wie Theater gespielt, damit ich ins Krankenzimmer konnte. Ingrid steht Schmiere. Wir haben sicher nicht viel Zeit.«

»Ach – sonst …« Ruth machte eine Handbewegung. Sie glühte, und die Lippen waren ganz rissig.

Ingrid riss die Tür auf. »Schnell!«, zischte sie. »Ich glaub', sie kommt!«

Charlotte warf Ruth eine Kusshand zu. »Ich lass' mich morgen noch mal frisch verbinden, dann schau' ich wieder zu dir rein!«

Schon war sie draußen, schon hatten sie die Tür lautlos zugezogen, schon saß sie auf dem Behandlungsschemel und hielt den Rest der elastischen Binde stramm, den Ingrid neu aufwickelte.

Die Blonde betrachtete die noch verwendungsfähigen Reste, nickte zufrieden, versorgte Charlotte frisch und schickte beide Maiden zu den Panzermatten zurück.

Zum Abendessen bekam jede Maid einen Apfel zum Nachtisch. Charlotte steckte ihren Apfel in die Kleidertasche. Für Ruth, dachte sie.

Am nächsten Tag wagte sie es aber nicht, sich die Verbände wieder zerreißen zu lassen. Sie drehte und wendete die Hände dafür so hin und her, dass ihr die Gelenke zwar noch stärker weh taten, dass aber die Watteeinlagen an beiden Seiten herausrutschten.

Ingrid sammelte sie wortlos auf und fragte die Blonde: »Können Sie Charlotte gleich hier frisch verbinden?«

»Was ist das für ein Unfug!«, fuhr sie die Blonde an. »Es sind zwar keine offenen Wunden, aber so eine Entzündung muss trotzdem hygienisch behandelt werden! Bringen Sie Arbeitsmaid Eynhuf ins Heilzimmer, und wickeln Sie die Binden bitte wieder so gut wie gestern auf!«

Ingrid schritt mit ernster Miene vor Charlotte her ins

Heilzimmer, schloss auf, zog die Tür zu, doch als sie sich triumphierend umdrehte, sah sie, dass Charlotte wie vom Donner gerührt mitten im Zimmer stand. Die Tür zur Krankenstube stand weit offen.

Vorsichtig schlich sich Charlotte näher und schaute um die Ecke. Das Bett in der Mitte war leer. Sie wurde vor Schreck ganz blass und griff nach Ingrids Hand.

»Sie ist weg!«, stammelte sie. »Ingrid, sie ist weg!«

Ingrid trat neben sie und schaute auch in die leere, kahle saubere Krankenstube. »Ja«, bestätigte sie, »Ruth ist weg.«

Sie merkten beide nicht, wie die Blonde eintrat und sich hinter die Maiden stellte. »Selbstverständlich ist sie weg«, antwortete sie kühl, »eine Lungenentzündung mit Komplikationen übersteigt das, was man in einer Lagerkrankenstube behandeln kann. Wo sind die Binden? Noch nicht fertig?«

Schweigend wickelten Ingrid und Charlotte die elastischen Binden ab und auf, schweigend legte die Blonde die Packung wieder um Charlottes Handgelenke, und dann fragte sie: »Das sitzt nun wohl für die nächsten Tage, oder?«

»Ja«, murmelte Charlotte, und als sie und Ingrid draußen standen, flüsterte sie: »Was haben sie mit ihr gemacht? Wo ist sie jetzt wohl?«

»Nun reg dich nicht auf!«, sagte Ingrid. »Sie wird in Breslau im Krankenhaus sein, oder in Oppeln. Wo denn sonst?«

»Sie lassen sie verrecken!«, schluchzte Charlotte. »Sie lassen meine Ruth verrecken!«

»Das glaub' ich nicht!«, sagte Ingrid energisch. »Sie sind biestig, aber sie sind doch keine Mörder!«

»Nein?«, fragte Charlotte.

»Nein!«, antwortete Ingrid. »Und jetzt komm, los!«

Charlotte hatte bei der Arbeit viel Zeit zum Nachdenken. Viel Zeit, sich zu fragen: Hab' ich überhaupt ein Auto gehört? Und: Warum hat niemand für Ruth gepackt? Sie braucht doch Taschentücher oder ihren Kamm. Oder hat etwa in der Nacht jemand alles geholt? Vielleicht adressieren sie ja in der Schreibstube die Post für Ruth um, und jemand sieht die neue Anschrift. Oder ob sie alle Briefe abfangen und lesen und gar nicht weitergeben?

Sie hatte jedoch keine Zeit und keine Gelegenheit, etwas zu unternehmen, die Arbeit ging weiter, und nach drei Tagen war die Kammer so voll von Panzermatten, dass es den Maiden schwerfiel, die neuen fertigen Arbeitsstücke auf den vorhandenen Stapel zu wuchten und zu stemmen. »Die werden doch nie abgeholt«, sagte eine Maid, und Charlotte blieb vor der Landkarte stehen, die im großen Raum an einer Sperrholzplatte hing und auf der Stecknadeln mit bunten Köpfen anzeigten, wie die Front verlief.

Mitte Januar fuhr ein Wehrmachtswagen vor, und die Maiden stürzten in die Kammer und begannen, die Matten herunterzuzerren.

»Lassen Sie das!«, sagte die Wirtschafterin. »Das ist unser Nachschubwagen!«, und sie kommandierte sechs Maiden ab, die beim Ausladen helfen sollten. Ein Karton mit rot und weiß karierten Gardinen, Monatsbinden, Hunderte von Paketen, Wolldecken, Marmeladeneimer und Eimer mit Himbeerkompott.

»Auf den Boden«, befahl die Wirtschafterin, und kaum war der letzte Konserveneimer verstaut, schallte der Gong durchs Haus: »Sonderappell!«

Die Lagerführerin ließ antreten, abzählen, stellte fest, dass kein Mädchen fehlte, und erklärte dann, die eigenen

Linien müssten im Rahmen der allgemeinen Frontbegradigung bis nach Oberschlesien zurückgenommen werden und das Nachbarlager und dieses Lager seien im Rahmen der Rückführung aus gefährdeten Gebieten verlegt worden. Sie warteten noch auf den Marschbefehl, aber ab sofort herrschte Alarmbereitschaft.

Und was ist mit Ruth, dachte Charlotte, ist für Kranke auch Alarmbereitschaft?

Alarmbereitschaft bedeutete: das Stroh aus den Kopfkissen ziehen und die gesamte RAD-Ausrüstung samt Holzpantinen im Kissenbezug zu verstauen. An jeder Seite des Sackes wurde eine Schlinge aus dickem Bindfaden angeknotet, sodass man sich den Kissenbeutel wie einen Rucksack überhängen konnte.

Alarmbereitschaft bedeutete: eiserne Rationen in der Küche abwiegen. Jede bekam einen Beutel Zucker, einen Beutel Haferflocken, und die Studentin fing an, das Frühstücksbrot abends auf der Ofenplatte zu rösten und zu den Haferflocken zu packen. »Sicher ist sicher«, sagte sie.

»Warum holt denn niemand unsere Koffer vom Boden?«, fragte eine Maid.

»Privatsachen bleiben hier«, erwiderte eine der Führerinnen, »wir kommen ja wieder her. Es handelt sich nur um die Frontbegradigung.«

Die Maiden schwiegen, bis die Führerin wieder außer Hörweite war. »Also ich«, sagte Charlotte, »ich nehme mit, was ich in den Sack kriege.«

»Und die verdammten Holzpantinen lasse ich gleich hier«, setzte Icke hinzu.

»Du bist mir eine schöne KÄ!«, sagte Charlotte und lachte.

»KÄ-Stellvertreterin«, korrigierte Icke, »zur KÄ kriegen

sie mich nicht, und wenn sie sich auf den Kopf stellen. Und meine Privatklamotten sind mir auch wichtiger als die Pantinen. So.«

Alarmbereitschaft bedeutete: in den Kleidern schlafen. Wachdienst, zu dem sie sich alle zwei Stunden ablösten. Charlotte hatte in der ersten Nacht um Mitternacht Wache. Vor den Fenstern hingen die neuen rot und weiß karierten Gardinen, im großen Kachelofen bullerte die letzte Glut. Der große Raum sah endlich einmal gemütlich aus, und Charlotte genoss es, allein und schweigend in der halben Dunkelheit zu sitzen und in ihrem *Faust* zu lesen.

Alarmbereitschaft bedeutete auch, nachts in der dunklen K zu liegen und aufzuwachen, weil die Geräusche der Front so laut wurden, dass man nicht mehr schlafen konnte. Es grollte und dröhnte, und Charlotte, die das fast eintönige Wummern nicht bestimmen konnte, nicht wusste, wie weit es entfernt war, ob es kam oder ging, ob es Verteidigung oder Angriff war, Charlotte hatte Angst.

Alarmbereitschaft bedeutete auch, stumm mit anzuschauen, wie sich fast lautlos ein Treck aus dem Dorf bildete, wie Wagen nach Wagen, bis zum Rande beladen und mit Decken und Planen bespannt, den steilen lehmigen Weg hinaufgeknarrt kam. Die alten Frauen und die Kinder saßen auf den Böcken, dick vermummt und die Füße in Säcken, die mit Stroh gefüllt waren, und die jungen Frauen und die wenigen Männer gingen neben den Wagen her, um die Pferde nicht schon an der ersten Steigung zu belasten. Sie fuhren am Lager vorbei, Tag und Nacht, sie starrten herüber, aber keiner winkte oder grüßte, auch die Bauern nicht, bei denen Maiden gearbeitet hatten. Sie fuhren langsam und schwerfällig weiter, am Bahnhof vorbei, und verschwanden im nebligen Schneedunst.

Ob Michalskis auch schon aufgebrochen sind?, dachte Charlotte. Und was sie wohl mitnehmen mögen? Das Bett? Das Eingemachte? Den blechernen Jesus? Die Gänse? Die Würste? Und hinten am Wagen die Kühe oder die Ziegen?

»Wenn die Bauern schon fliehen dürfen«, sagte eine der Breslauer Maiden, »dann könnten wir doch eigentlich auch los.«

»Ich möchte nicht nach Böhmen, sondern nach Hause«, murmelte Ingrid, »aber wer weiß, ob die nicht auch schon auf dem Treck sind.«

Am nächsten Tag hörten sie mitten im Mattenflechten, die immer noch nicht geholt worden waren, Geschrei. Das Dröhnen der Front war noch näher gekommen, man konnte jetzt einzelne Einschläge, konnte Artilleriefeuer und ganz fern das bellende Geknatter eines Maschinengewehrs hören und vor diesem Lärm Geschrei von Mädchen. Sie kamen durch den Schnee gelaufen, Maiden in ihren graubraunen Mänteln, und sie zerrten zwei Kameradinnen mit, die offensichtlich nicht mehr richtig laufen konnten. Icke behauptete später, die Spur im Schnee sei blutig gewesen, aber sicher war, dass die Blonde all ihre Maiden an die Arbeitsbretter zurückscheuchte und mit der Lagerführerin den anderen Maiden entgegenging. Die Mädchen sahen nichts von diesen Maiden und trafen nicht mit ihnen zusammen. Sie verfolgten nur, dass im Büro heftig gesprochen wurde, sie hörten, dass im Heilzimmer etwas geschah, hörten leise Stimmen, das Klirren von Instrumenten, das Hin und Her von Schritten. Dann sahen sie, dass die Maiden das Lager in einem geordneten Trupp verließen und zum Bahnhof marschierten. Kein Wort darüber beim abendlichen Appell, kein Kommentar.

Danach, beim Waschen, bestürmten sie die KÄ, die im Heilzimmer geholfen hatte, mit Fragen. »Ich darf euch nichts sagen, haben sie gesagt, das schwächte die Moral.«

»Es schwächt meine Moral viel mehr, wenn ich mir vorstellen muss, dass ich auch so durch den Schnee humpeln muss«, schrie eine von ihnen, »angeschossen wie ein Karnickel!«

»Pst! Sei still! Ich bitte dich, pass doch auf!«, zischten die anderen, stürzten sich auf sie und hielten ihr den Mund zu und wandten sich dann zu der KÄ. »Also, was war?«

»Sie hat es ja schon gesagt. Sie hatten noch keinen Marschbefehl. Das Dorf war längst leer. Vorschriftsmäßig zurückgeführt von ihrem Bauernführer. Aber sie hatten noch keinen Marschbefehl, und die Lagerführerin sagte, ohne Marschbefehl, das wäre Sabotage. Sie findet auch, man hätte uns längst alle zum KHD einziehen und zu Frauenbataillonen ausbilden sollen.«

Keiner wusch sich mehr, alle schauten die KÄ an, die unablässig ihren Waschlappen mit Wasser tränkte und wieder ausdrückte. »Na ja, und dann waren sie plötzlich mitten in der Front, richtig überrollt, und da sind die Maiden einfach losgerannt. Schock oder Panik.«

»Werden die jetzt bestraft?«, fragte Ingrid.

»Eigentlich ja«, antwortete die KÄ, »aber ich glaube in diesem Fall – es hat ja zwei von ihnen ganz schön erwischt.«

»Wie denn?«

»Das Lager hat einen Treffer abbekommen«, fuhr die KÄ fort, »und deshalb haben sie ja auch wegmüssen, versteht ihr? Da kann man also gar nichts gegen sie sagen. Das tut nur ihre Lagerführerin. Die wollte, dass sie das Lager verteidigen.«

»Mit was denn?«, fragte die Studentin. »Mit Suppenerbsen? Mein Gott – was die hier mit uns machen, das ist ja Mord! Meine Verwandten, die in Oels gelebt haben, die hatten schon längst gepackt, als wir erst hierher eingezogen worden sind. Und wenn wir nicht morgen hier weggehen, dann fahre ich allein.«

»Da hättest du heute schon mit dem Nachbarlager aufbrechen müssen. Der Zug, der heute Abend um 18 Uhr gefahren ist, das ist der letzte Zug gewesen.«

Sie schrien nicht, und sie bewegten sich nicht. Charlotte dachte: Aber meine echte Seife, die nehm' ich auch noch mit. Und eine fragte: »Ja, aber wie sollen wir denn wegkommen?«

»Zu Fuß«, antwortete die KÄ, »wie die anderen auch.«

Und Ruth, dachte Charlotte. »Was ist denn mit denen in Krankenhäusern?«, fragte sie. »Müssen die auch zu Fuß weg?«

Die KÄ warf einen flüchtigen Blick auf Charlotte. »Lazarette und Krankenhäuser haben Vorrang. Die werden immer zuerst abtransportiert, zur Not mit Lastwagen.«

Und wenn der Lastwagen voll ist?, dachte Charlotte. Wenn sie sich sagen, für die Tochter eines Verräters wollen wir keinen kostbaren Transportraum verschwenden?

Vor der Küche traf sie die Dicke, sie trat schnell zu ihr und fragte: »Was ist mit Ruth? Wissen Sie, in welches Krankenhaus sie gebracht worden ist? Und ob sie von da aus auch wegtransportiert wird?«

Die Dicke schaute sie flüchtig an. »Arbeitsmaid Niemann ist nach Oppeln gekommen«, antwortete sie, »da werden sie sicher ordnungsgemäß evakuieren. Das ist ja ein richtiger Eisenbahnknotenpunkt.«

»Und ihre Sachen?«

»Ach, richtig!«, sagte die Dicke. »Gut, dass Sie mich daran erinnern! Aber darum kümmern wir uns schon!«

Charlotte blieb stehen. Hatte sie sich wirklich mehr erhofft? Sie lief rasch hinauf in die K, riss einen Zettel aus ihrem Notizblock, schrieb Ruths Adresse drauf, faltete den Zettel ganz klein zusammen und steckte ihn in die Brusttasche zu der Elfenbeinkugel. Irgendwann werd' ich schreiben, dachte sie. Irgendwann …

War es die letzte Nacht im Lager? Charlotte hatte keine Wache, aber sie konnte nicht schlafen. Sie hatten wie immer die Fahne eingeholt, sie hatten wie immer gesungen:

»Siehst du im Osten das Morgenrot,
ein Zeichen zur Freiheit, zur Sonne,
wir halten zusammen, ob lebend, ob tot,
mag kommen, was immer da wolle.

Deutscher, wach auf, und reihe dich ein,
wir schreiten dem Siege entgegen!
Frei soll die Arbeit, frei wollen wir sein
und mutig und trotzig verwegen.

Jugend und Alter, Mann für Mann
umklammern das Hakenkreuzbanner,
ob Bürger, ob Bauer, ob Arbeitsmann,
sie schwingen das Schwert und den Hammer.

Für Hitler, für Freiheit, für Arbeit und Brot.
Deutschland erwache, ende die Not!
Volk, ans Gewehr! Volk, ans Gewehr!«

Sie hatten mittags und abends einen Suppenteller voll Himbeerkompott als Nachtisch bekommen. Zwischen den zusammengeschrumpften Beeren schwammen weiße Würmerleichen, und Charlotte hatte zuerst methodisch eine nach der anderen herausgefischt und an den Tellerrand gelegt, aber dann hatte sie gemerkt, dass sie nie damit fertig werden würde, und aß das Kompott, ohne hinzusehen.

Am nächsten Morgen, gleich nach dem Frühstück, Sonderappell. Die Lagerführerin sagte, sehr ernst und sehr ruhig, der Marschbefehl sei eingetroffen, russische Panzerspitzen hätten Krakau erreicht, sie sollten die letzten Sachen ins Marschgepäck tun, das Lager so aufräumen und zurechtmachen, dass sie oder andere Maiden es jederzeit wieder betreten und weiterarbeiten könnten.

Wer zuerst mit Packen und Fegen fertig war, wurde von der Blonden denen zugeteilt, die das Lager von außen rüsteten. Sie holten die Flagge ein, die gerade gehisst worden war, sie machten die Tür zum Stall und zum Schweinekoben auf, damit Bertha, die ein letztes Mal Futter in den Trog geschüttet bekam, herauslaufen und sich im Dorf etwas zu fressen suchen konnte. Sie zogen die Panzermatten auseinander und legten sie wie eine Sperre aus Sprungfedern um das Haus herum. Charlottes Handgelenke taten so weh, dass es ihr bei dieser Arbeit die Tränen in die Augen trieb. Sie wickelte die Ölwatte mit frischen elastischen Binden doppelt dick um die Handgelenke, und dann begann das, was ihr nur in Bruchstücken in der Erinnerung blieb: der Marsch durch das leere, einsame stumme Dorf, der Marsch durch den Schnee, der Marsch in das Gedonner der Front hinein, über das Eisenbahngleis, auf dem ein Zug stand, der einen Volltreffer bekommen hatte. Aufgesprengtes, zerfetztes Metall und Holz, der Schnee übersät von Trümmern, dazwischen Blechdosen mit Schoko-Cola. Sie steckten sich die Schokolade in die Manteltaschen, jemand schrie: »Auf Plünderung steht Todesstrafe!«, es begann zu schneien. Sie verließen den versumpften, vereisten Landweg, marschierten zum Eisenbahngleis zurück und auf dem Bahndamm entlang. Flieger über ihnen, nur das Geräusch, unsichtbar im Schneegestöber. Trotzdem warfen sie sich in den Bahngraben, legten die Arme über den Kopf, warteten, bis das Brummen verklang. Es wurde früh dunkel, schon am Nachmittag. Ein Dorf, ein paar Höfe und Hütten, voll von Soldaten, Fahrzeugen, Geschützen. »Was macht ihr Mädchen denn hier? Seid ihr denn verrückt geworden?«

Essen aus der Gulaschkanone. Schlaf im Stehen in einer Scheune, halb im Schnee. Dann plötzlich ein Beben, das unmenschliche Zischen und Heulen, Aufschläge, Detonationen. Jemand schrie: »In Deckung, ihr Mädchen!«

Ein Soldat zerrte Charlotte und Traudel hinter sich her, stieß sie gegen die Außenmauer, legte sich halb quer über sie, keuchte: »Liegen bleiben!«, und sie lagen im Schnee, hielten sich die Ohren zu, verloren das Gefühl für Zeit, hörten nur das Krachen und Heulen und das Knattern und Rumpeln der eigenen Geschütze.

Dann irgendwann in der unglaublichen Stille, die dem Angriff folgte, Aufruf zum Aufstellen, Abzählen. Niemand fehlt? Nein, niemand fehlt. Niemand das Marschgepäck verloren? Nein, niemand das Marschgepäck verloren. Sie standen in Zweierreihen im Finstern, manchmal blitzte es am Horizont auf. Manchmal ein einsamer Einschlag, ein einzelner Schuss. Dann rumpelte ein Lastwagen heran, ein Soldat sprang aus der Führerkabine, klappte hinten die Rückwand herunter und half den Maiden, auf die

Ladefläche zu klettern. Als Letztes wurden die Rucksäcke hinaufgereicht. Die Mädchen sahen, dass ein paar Soldaten neben dem Laster standen und zuschauten, wie sie verladen wurden. Als alle und alles im Wagen waren, klappte der Soldat die Rückwand wieder hoch, stieg in die Kabine, und der Lastwagen rumpelte langsam und ohne Lichter los.

Es war kalt hinten auf der Ladefläche, und die Maiden drängten sich dicht aneinander.

»Wir müssen das wie in den Bergen machen«, sagte Tilly, »wenn uns da ein Unwetter überrascht, hocken wir uns ganz dicht zusammen, und wer innen im Ring warm geworden ist, der löst die äußeren ab!« Sie pressten sich noch dichter aneinander, aber der Wagen holperte auf dem vereisten Feldweg so stark auf und ab, dass sie immer wieder auseinandergestoßen wurden. Sie hakten sich ein, klammerten sich aneinander, sie konnten nicht mehr stehen, weil die Kälte an ihren Füßen biss, sie kauerten sich auf den Boden, kippten um, dann irgendwann hoch über ihnen das dumpfe eintönige Brummen von Bomberverbänden und irgendwann Halt an einem Kreuzweg am Rande eines Waldes. Der Soldat sprang aus dem Führerhaus, klappte die Rückwand wieder hinunter, und ein Mädchen nach dem anderen sprang in den Schnee, zog seinen Sack hinter sich her, und als Letztes stiegen die Führerinnen aus.

Antreten, durchzählen, Zweierreihe, und während der Soldat vorsichtig wendete und wieder davonfuhr, marschierten sie ins Dunkel hinein, bis Schatten auftauchten, Häuser wieder, Bäume, Zäune, eine richtige Straße, ein Bahnhof. Er lag tot und einsam da, keine Kessel mit Muckefuck, keine NS-Schwester, kein Zug.

Sie warteten die ganze Nacht. Sie hatten sich in die Wartehalle gesetzt, auf die Holzbänke, auf den Fußboden. Neben der Wartehalle hatte der Bahnhof einen Treffer bekommen, die Türen waren herausgerissen, der Wind fegte durch alle Ritzen, und sie froren so, dass sie nicht schlafen konnten, auch die nicht, die einen Platz auf einer Bank erwischt hatten.

Im Morgengrauen klapperte es in der Ferne, und die Lagerführerin rannte auf den Bahnsteig. Kein Bahnbeamter mehr, kein Licht in einem der Dienstzimmer, kein Signal, das rasselnd ein Zeichen gab.

»Was soll ich tun?«, schrie sie verzweifelt. »Wir müssen den Zug stoppen!«

»Nehmen Sie die Fahne«, rief die Blonde und riss die Lagerfahne aus ihrem Sack. Dann sprangen die beiden vom Bahnsteig auf die Gleise, nahmen die RAD-Fahne wie ein Bettlaken zwischen sich und schwenkten sie auf und ab, auf und ab. Der Zug, ein leerer Munitionszug, fuhr ohnehin langsam, sodass der Zugführer die beiden Frauen sah. Sie sprangen zur Seite, als sie merkten, dass ihr Signal wahrgenommen worden war und dass der Zug mit ohrenbetäubendem Quietschen klirrend und klappernd zu halten begann. Der Lokführer beugte sich aus seinem Stand hinaus, und die Lagerführerin schrie durch den Lärm zu ihm hinauf, er schrie zurück, und dann kletterte einer der Zugbegleiter auf den Bahnsteig und ging Wagen für Wagen ab, bis er ihnen endlich einen Viehwagen aufsperrte, auf dem Boden noch Stroh und Mist, sie stiegen ein, und die Tür wurde hinter ihnen verriegelt.

Dann begann es wieder, fahren und halten und fahren. Schlafen und reden und sich zu bewegen versuchen. Flüche und Gejammer, und immer nur ein Licht wie im Keller, das durch die Luftklappen hoch oben unter dem Dach drang.

Abermals verging das Gefühl für Zeit und Raum, die Fähigkeit, zu empfinden.

Manchmal hielt der Zug auf offener Strecke, einer der Männer kam angerannt, klinkte die Tür auf und schrie: »In Deckung! Tieffliegerangriff!« Sie wollten sich unter den Zug auf die Schottersteine werfen, aber die Mariner, schon weit vom Zug entfernt, brüllten zurück: »Weg vom Zug! Weg vom Zug! Der ist doch das Ziel!«, und sie rannten schwerfällig durch Gestrüpp, über verschneite Äcker, blieben in Schneewehen stecken, stolperten, stürzten, gruben sich in den Schnee, duckten sich hinter Büschen und Bäumen. Jedes Mal danach: antreten, durchzählen. Niemand fehlt? Niemand fehlt. Weiter. Manchmal blieben sie in einem Wald stehen, und die Männer sagten: »Pinkelpause.« Wenn alle hinter Bäumen und Büschen wieder hervorgekommen waren, wieder: antreten, durchzählen. Niemand fehlt? Niemand fehlt.

Manchmal blieben sie auf freier Strecke stehen, und Tilly hatte schon die Hälfte von ihrer eisernen Ration aufgegessen. Sie mischte sich Haferflocken und Zucker in der Handfläche und sagte ungerührt: »Was ich esse, muss ich nicht mehr am Buckel schleppen.«

Als es wieder Nacht und wieder Morgen geworden war, hielten sie in einem richtigen Bahnhof. Die Türen wurden aufgesperrt, und die Männer sagten: »Hier bekommt ihr sicher einen Zug nach Prag.«

Der Bahnhof war heil und freundlich, die Wartehalle von einem großen Koksofen geheizt, aber es gab keinen Muckefuck, keine Suppe, gar nichts. Die Lagerführerin hielt allen den Marschbefehl unter die Nase, aber die Bahnbeamten zuckten die Schultern, und die Blonde sagte wütend: »Verdammtes Tschechenpack.«

»Ob wir vielleicht in der Stadt etwas bekommen?«, schlug Icke vor.

»Wie denn?«, fragte die Wirtschafterin dagegen. »Wir haben ja keine Marken, und die hier würden uns doch lieber verhungern lassen.« Die Studentin holte ihr getoastetes Brot heraus.

Es war steinhart geworden, »aber das ist gerade das Gute«, sagte sie, »du hast es lange im Mund, und wenn du es dann endlich aufgeweicht hast, ist es sicher doppelt so dick geworden.«

Sie bekamen nichts zu essen, aber sie bekamen einen Zug, einen Personenzug, der langsam und gemächlich durch das Land ruckelte, und in Böhmen lag viel weniger Schnee, die Erde und das Gras schimmerten dunkel und fahlgrün zwischen Schneestreifen hervor, die Pappeln an Flüssen und Bächen rieselten mit den welken Blättern vom Vorjahr, und Charlotte hockte am Fenster und konnte sich nicht satt sehen an der anmutigen Lieblichkeit dieses Landes.

Sie hatte keinen Hunger mehr. Er hatte sie nur am ersten Tag gequält, aber jetzt machte sie es wie Tilly, und die gelegentliche Handvoll Haferflocken und Zucker hielt sie wach und ruhig.

Sie fuhren noch einmal diesen Tag und die Nacht, und im Morgengrauen des nächsten Tages fuhr der Zug auf einem Hügelkamm entlang. Unten im Tal eine Stadt im Dunst des Morgennebels, und als die Sonne aufging, fing der Nebel Feuer und glühte golden und rauchig, und eine sagte ergriffen: »Die Goldene Stadt! Das ist ja wirklich die Goldene Stadt!«

Aber Prag war nur der Bahnhof für sie, ein großer lärmender hoher Bahnhof, eine warme Wartehalle, Prag war endlich wieder Muckefuck und Erbsensuppe, schon als

Frühstück in das Kochgeschirr geklatscht, und die Nachricht, dass sie ihr Anschlusszug erst am späten Nachmittag erreichen würde.

Tilly zupfte Charlotte am Ärmel. »Komm«, flüsterte sie, »wir schauen uns Prag an.«

»Aber wir bekommen doch keinen Ausgang!«

»Lass mich nur machen«, sagte Tilly und zog Charlotte mit sich zur Lagerführerin.

»Arbeitsmaid Habenicht meldet sich aus persönlichen Gründen ab«, sagte sie, »ich hab' einen Onkel im Schwarzenbergpalais wohnen. Da ist er Schuster, und er wird sich Sorgen machen, was aus mir geworden ist, und ich möchte die Charlotte mitnehmen, damit ich nicht so allein bin unter den Tschechen.«

Die Lagerführerin musterte Tilly und Charlotte misstrauisch.

»Wie heißt der Onkel denn?«, fragte sie.

»Swoboda«, antwortete Tilly schnell.

»Swoboda!«, antwortete die Führerin. »Na gut, aber spätestens um 17 Uhr seid ihr wieder da!«

»Danke«, sagte Tilly, und als sie draußen waren, den Bahnhof und seinen Gestank von Kohle und Eisen und Staub hinter sich hatten und auf der Straße standen und auf eine Tram warteten, da lachte sie und fügte hinzu: »Ob sie wohl weiß, dass hier jeder zweite Swoboda heißt?«

Charlotte lachte auch, sie war müde und gleichzeitig so aufgekratzt wie in ihrem Leben noch nie, und sie fragte: »Wo wollen wir denn hin? Kennst du Prag?«

»Keine Spur«, sagte Tilly, »aber wenn wir erst mal die Moldau entdeckt haben, ergibt sich das schon alles. Auf der einen Seite ist die Altstadt, und gegenüber ist die Kleinseite.«

Der Bahnhof war heil, und die Straßen waren unzerstört. Es kam auch eine Tram, aber sie konnten die Schilder nicht lesen und wandten sich an die Leute, die um sie herumstanden. »In welche Straßenbahn müssen wir steigen, wenn wir zur Karlsbrücke wollen?«

Die Leute warfen einen Blick auf die Hoheitszeichen auf den Broschen, Hüten und Mänteln, schauten den Mädchen ins Gesicht und wandten sich schweigend ab.

»Sie verstehen uns nicht«, sagte Charlotte.

»Macht nichts«, meinte Tilly, »ich glaube, ich weiß, in welche Richtung wir fahren müssen, und wenn das falsch ist, dann fahren wir einfach wieder zurück.«

Sie stiegen also in die nächste Straßenbahn und fragten die Schaffnerin: »Wie viel kostet das, zweimal zur Karlsbrücke?«

Die Frau sagte etwas auf tschechisch, laut und mehr zu den anderen Fahrgästen als zu den Mädchen, und Charlotte, die wieder nichts verstanden hatte, hielt ihr eine Handvoll deutscher Münzen hin, Groschenstücke aus Leichtmetall und zwei Markstücke mit dem Hitlerporträt auf der Rückseite.

Die Schaffnerin lachte laut und schlug Charlotte unter die Handfläche, sodass die Münzen in die Luft flogen und auf den Fußboden klirrten und herumkollerten.

»Na hören Sie mal!«, rief Tilly empört. »Was machen Sie denn da?«

»Ach, lass doch«, sagte Charlotte hastig, »das ist nicht so schlimm. Ich heb' das Geld schon wieder auf.« Sie bückte sich und blieb dann neben Tilly stehen. »Wenn Sie unser Geld nicht haben wollen«, sagte sie laut und deutlich, »dann fahren wir eben so mit.«

Sie blieben in einem ungemütlichen Schweigen stehen,

aber sie hatten Glück, fuhren in der richtigen Richtung quer durch die Altstadt und sahen nach ein paar Minuten den Fluss und die Brücke. Sie stiegen aus, gingen durch den dünnen Schneematsch auf die Brücke, lehnten sich auf das steinerne Geländer, schauten zu den verwitterten Heiligen empor, und nach einer Weile spuckte Tilly kräftig und mit Schwung in den Fluss.

»Einmal in seinem Leben«, sagte sie danach, »muss man in die Moldau gespuckt haben, und außerdem ist mir nach Ausspucken zumute gewesen.«

»Ja – aber vor wem hast du ausgespuckt?«, fragte Charlotte.

Tilly schaute Charlotte eine Weile an, und dann begann sie zu lachen und lachte so, dass sie sich die Seiten halten musste und dass ihr die Tränen über die Backen liefen, und Charlotte vergaß ihre Bedrückung und ihren Zorn und lachte mit, lachte ebenso ausgelassen und erleichtert, lachte, weil sie noch lebte, lachte, weil sie wirklich nicht wusste, was sie denken sollte, lachte, weil die steinernen Heiligen mit so freundlichen schief gelegten Köpfen über sie hinwegschauten, lachte, weil es einfach guttat, mit einem anderen Menschen zu lachen, den man mochte.

»Los«, sagte Tilly keuchend, »und jetzt schauen wir uns die feindliche Stadt an.«

Sie rannten zur Kleinseite hinüber, immer den Hradschin vor Augen, sie verirrten sich in den alten Gassen, sie standen plötzlich in einem Park, sahen durch das kahle Geäst ein Barockschloss schimmern, liefen auf Zehenspitzen die Mauer entlang von Tor zu Tor, bis sie eins fanden, das offenstand, fragten Leute nach dem richtigen Weg, stießen auf Mürrische und Freundliche, trafen eine Frau, die Deutsch sprach oder die willens war, mit ihnen Deutsch zu sprechen, und der sie vor lauter Erleichterung ihr Abenteuer mit der Schaffnerin erzählten.

»Wie alt seid ihr?«, fragte die Frau.

»17«, antworteten beide einstimmig.

»17«, wiederholte sie und fragte weiter: »Und wo kommt ihr her?«

»Aus unserem Arbeitslager in Oberschlesien«, entgegnete Tilly, »das haben wir der Frontbegradigung wegen räumen müssen.«

»Und daran glaubt ihr?«, fragte die Frau weiter.

Sie schwiegen unsicher, und die Unbekannte setzte hinzu: »Seht ihr, deshalb ist die Schaffnerin so wütend gewesen.«

»Aber was sollen wir denn glauben?«, fragte Charlotte, und Tilly wandte ein: »Das hat sie doch gar nicht wissen können!«

Die Frau lächelte und zuckte die Achseln. »Das ist nicht meine Sache«, sagte sie, »und zum Hradschin braucht ihr gar nicht erst hinaufzugehen, es ist alles zugesperrt.«

Alles war geschlossen – oder für sie geschlossen? –, und sie sahen die Burg und die Paläste und die Bürgerhäuser nur von außen. Dann versuchten sie es bei einer Kirche in der Altstadt, und siehe, sie war geöffnet, und sie traten in die muffige Dämmerung.

Tilly beugte das Knie und schlug das Kreuz. Charlotte blieb stocksteif neben ihr stehen, faltete nur die Hände und betrachtete die goldene und marmorne Pracht fast feindselig. Sie blieben eine Weile in der Kirche sitzen und erholten sich, und dann wanderten sie wieder weiter. Sie bummelten den Wenzelsplatz auf und ab, und dann begann es schon wieder dunkel zu werden, und der Magen knurrte ihnen, denn sie hatten sich auch nirgendwo etwas zu essen kaufen können. Kein richtiges Geld, keine Marken.

»Was meinst du«, fragte Charlotte, »wo Ruth jetzt ist?«

Tilly zuckte die Achseln. »Weiß der Himmel. Ich denk', viel besser und viel schlechter als wir wird sie auch nicht dran sein. Krankenhäuser werden doch immer zuerst evakuiert.«

Sie schwieg, musterte Charlotte und fragte: »Du machst dir Sorgen, hm? Du glaubst ihnen nicht?«

Charlotte nickte.

»Aber schau«, sagte Tilly sachlich, »dass es so gekommen ist, kann doch auch ihr Glück gewesen sein. Wer hat denn jetzt noch Zeit für Untersuchungen und hochnotpeinliche Verhöre, he? Ich mach' eine Wette: Wenn die gesund ist, lassen die Leute im Spital sie laufen und schicken sie heim. Unser Lager gibt's ja eh nicht mehr – also!«

Charlotte schwieg. »Ich weiß nicht«, sagte sie schließlich.

»Wissen kann jetzt keiner was«, antwortete Tilly, und dann sahen sie den Bahnhof vor sich und gingen hinüber, obwohl es noch keine 17 Uhr war, und sie wurden mit der Nachricht begrüßt, dass sie nun doch erst am Morgen Richtung Pilsen weiterfahren könnten.

Die Maiden hatten es sich schon auf dem Fußboden bequem gemacht und die Rucksäcke so zurechtgestaucht, dass sie sie als Kopfkissen gebrauchen konnten. Es gab wieder einen Schlag Eintopf, und Charlotte aß so langsam wie möglich, um das Gefühl des Sattseins lange zu genießen. Nach einer Stunde war sie sowieso wieder hungrig, aber von der Wanderschaft durch die Stadt waren Tilly und sie so müde, dass sie sofort einschliefen. Charlotte wachte manchmal auf, weil sie fror oder weil ihr der Rücken auf dem kalten Steinboden weh tat, und sie war froh, als es wieder Morgen war, als sie sich nacheinander im stinkenden Bahnhofsklo die Hände und das Gesicht wuschen, als sie einen Becher heißen Ersatzkaffee und ein Brötchen bekamen. Die Watte und die Binden um Charlottes Handgelenke waren unterdessen kohlrabenschwarz geworden.

Antreten, durchzählen, Abmarsch auf Bahnsteig soundso. Ein ruckelnder, schuckelnder Bummelzug bis Pilsen, dann direkt Anschluss und eine Reise mitten ins Märchenland hinein. Sie stiegen um in einen Zug mit einem schnaufenden, fauchenden Lokomotivchen, das mit Holzkloben gefeuert wurde, ungeheuer große und weiße Dampfwolken ausspie und wie ein kleiner wütender Drache nun wieder tief verschneite Hügel und Berge mit hohen dunklen Tannen und Fichten hinaufschnaufte. Charlotte saß wieder am Fenster und schaute wie verzaubert hinaus. Sie konnte die kleine Lokomotive immer wieder sehen, denn die Gleise wanden sich in so vielen Serpentinen und Kurven und Schleifen die Hänge hinauf, als ob der kleine wilde Drache unaufhörlich seinen Schweif bewundern wollte. Blauer strahlender Himmel über allem, am Nachmittag, als der Hunger wieder besonders heftig wurde, bald überglänzt von einem Sonnenuntergang in Violett und Rosa, der an der Seele zerrte. Am Ziel erwartete sie als Krönung der Märchenfahrt Rapunzels Turm: das RAD-Lager war mitten im verschneiten Städtchen in einem Schloss mit einem dicken gedrungenen Turm untergebracht, direkt unter dem Dach. Die Maiden erwarteten sie schon, festlich gekleidet in Blusen, erste Garnitur, und begrüßten sie mit einem Lied. Dann hielt jede Lagerführerin eine kleine Ansprache, die Gastgeberin freundlich und kurz, Charlottes Lagerführerin erschöpft, leise und auch kurz.

Waschen, Spinde einräumen, frühes Abendessen: Maggibrühe mit Fadennudeln. Sie aßen bis sie platzten, und die anderen Maiden schauten ihnen schweigend und staunend zu. Die meisten von ihnen waren schon vorzeitig zum KHD gezogen, deshalb hatten sie Platz, und deshalb liefen die Lebensmittelzuteilungen noch gerade so lange automatisch weiter, bis die Neuen sich angemeldet haben würden.

Die Lagerfahne wehte auf dem Rapunzelturm, und zum Fahneneinholen ging es durch die dunkle Wendeltreppe nach oben. Sie standen vor den Zinnen und sangen:

»Alle stehen wir verbunden
unter unsrer Fahne Schein.
Da wir uns als Volk gefunden,
geht nicht einer mehr allein.

Alle stehen wir verpflichtet
Gott, dem Führer und dem Blut.
Fest im Glauben aufgerichtet,
froh im Werk, das jeder tut.

Alle wollen wir das Eine:
Deutschland, du sollst leuchtend stehn.
Woll'n in deinem hohen Scheine
unser aller Ehre sehn.«

Sie wurden früh ins Bett geschickt, und sie schliefen, nun endlich an einem Ziel, traumlos und fest wie die Steine.

Am nächsten Tag setzte die Lagerroutine ein, als hätte sich nichts geändert. Frühsport, Küchendienst, Fahnenhissen, Singen und Schulung, Hausdienst, Waschküche, nur keine Gartenarbeit: Oben im fünften Stock gab es nichts umzugraben, und unten ums Schloss herum war es erstens verschneit und zweitens Privatbesitz.

Charlotte bekam wieder eine Außendienststelle. Ihr Bauer hieß Stücker, und eine Maid flüsterte ihr zu: »Im Dorf sagen sie der ›grausame Stücker‹ zu ihm. Und Kriegsgefangene hat er auch.«

Der Weg zum grausamen Stücker führte vom Schloss die Hauptstraße entlang zum breit angelegten großen Marktplatz, wo sich Kirche und Gasthaus gegenüberlagen, und ein Haus war stattlicher und wohl gefügter als das andere. Über der Bäckertür tanzte eine goldene Brezel, beim Friseur blitzte die kupferne Barbierschüssel überm Schaufenster, und vor der Apotheke zum Schwan war es der stolze Vogel mit geblähten Flügeln aus weiß angemaltem Schmiedeeisen. Der Marktplatz hatte einen Brunnen und eine Sonnenuhr an der Mauer vom Rathaus, und der festgetretene Schnee auf dem Weg war so sauber wie Zuckerguss. Die Wirtschaft vom grausamen Stücker lag genau gegenüber von der goldenen Bäckerbrezel.

Der grausame Stücker hatte ein Herzleiden – deshalb war er wohl nicht eingezogen worden –, eine Wirtschaft, in der nur noch das Bier über die Straße verkauft wurde, eine hässliche, hagere ältliche Tochter, die im verwaschenen Kittel herumlief und über alles mäkelte, und einen alten Vater, der jenseits vom breiten Backsteinflur in einer kleinen Ausgedingekammer hauste, Tabak schnupfte, dass ihm der lange weiche weiße Bart zwischen Nasenlöchern und Mund gelblichbraun geätzt war, der täglich ein frisches weißes Hemd, aber nie eine andere Hose oder Unterhose angezogen bekam und dem die Flöhe aus dem Hosenbund hüpften.

Den Großvater sah Charlotte als Erstes. Sie betrat die Wirtschaft durch die große Tür und stand auf einem breiten und langen düsteren Flur, der mit Steinen gepflastert war. Rechts war eine Tür nur angelehnt, und Charlotte sah einen alten weißhaarigen Mann, der sich Schnupftabak auf die Daumenmaus schüttete und geräuschvoll einatmete.

Als Nächstes sah sie die Stücker-Tochter. Sie schoss den langen Flur entlang auf Charlotte zu, fragte: »Sind Sie eine von den Neuen? Kommen Sie rein! Na endlich, ich hatte schon so lange eine beantragt! Können Sie nähen?« Sie zog Charlotte quer durch die geräumige hohe Gaststube zu einer Treppe, die in die Wohnung hinaufführte, zerrte sie vor einen Kleiderschrank in ihrem Schlafzimmer, riss die Tür auf und sagte: »Das da muss länger gemacht werden, und das ist zu weit, und aus dem und aus dem will ich eins gemacht haben, wissen Sie, wie man das heute so trägt.«

»Ja«, antwortete Charlotte, »aber ich kann keine Kleider nähen.«

»Sie sind keine Schneiderin?«, fragte die Stücker-Tochter empört. »Aber ich habe doch extra gesagt, ich will eine Schneiderin haben!«

»Dazu kann ich gar nichts sagen«, erwiderte Charlotte, »ich bin hierher geschickt worden.«

»Können Sie denn stricken?«, fragte die Stücker-Tochter.

»Ja, das haben wir in der Schule gelernt.«

»Sie sind doch nicht etwa eine von den Oberschülerinnen?«, fragte die Stücker-Tochter entsetzt.

»Ja«, erwiderte Charlotte bockig.

»Ach du liebe Zeit«, stöhnte die Stücker-Tochter, »dann kann ich Sie ja nur putzen und abwaschen lassen und in den Stall schicken!«

Als Charlotte das erste Mal in der düsteren Küche im Halbstock abwusch, nach einem schweigenden Mittagessen mit dem Alten, dem grausamen Stücker, der mit düsterem Gesicht das gekochte Rindfleisch und die Kartoffeln und das Kraut in sich hineinschaufelte und danach ohne ein Wort aufstand und in sein leeres großes Gastzimmer ging und sich mit einem zweiten Glas Bier an einen Tisch am Fenster setzte, von wo er im tiefen Schweigen auf den Marktplatz starrte, war die Seifenbrühe so fett, dass sich ein dicker Talgstreifen am Rand der Zinkwaschschüssel abgesetzt hatte.

»Das wird nicht weggeschüttet!«, befahl die Stücker-Tochter. »Das bekommen die Piephendel.«

Da sah sie zum ersten Mal den Polen.

Die Stücker-Tochter war mit ihr aus der Küche getreten. Von der Hintertür führte eine Holztreppe zum Hof hinab, zum Schuppen, zur Scheune und zum Hühnerstall.

»Da gießen Sie das Abwaschwasser aus, neben den Brunnen. Die Hendel kommen dann schon von allein«, sagte die Stücker-Tochter, und als sie sah, dass Charlotte einen scheuen Blick auf den Mann vor dem Schuppen warf, setzte sie hinzu: »Das ist unser polnischer Kriegsgefangener. Er soll ein Partisan gewesen sein. Ich weiß nicht, wie er heißt. Man darf ja sowieso nicht mit ihnen sprechen.« Und damit verschwand sie wieder.

Charlotte stand allein mit der Zinkwanne oben an der Treppe. Unten, unter dem Vordach der Scheune, trieb der Pole einen Schleifstein mit dem Fuß an und wetzte ein großes breites Messer. Er schaute zu Charlotte empor, ein unrasierter Mann in mittleren Jahren. Sie ging vorsichtig mit ihrer Bütte die Treppe hinunter, goss das Wasser neben dem Brunnen aus, und der Pole hörte mit dem Wetzen auf und schaute ebenso wie Charlotte zu, wie sich die Hühner um das Fett balgten. Er lachte, und Charlotte lachte auch und ging wieder in die Küche hinauf.

Dort stand der grausame Stücker neben dem Herd und sagte: »Komm mit.« Es ging vom Schankraum über eine Wendeltreppe hinunter in den Keller, wo die Bierfässer lagerten, zur Bierpumpe mit ihrem mannshohen Eisenrad mit einem vom vielen Anfassen blanken Holzgriff, das Charlotte drehen und drehen und drehen musste – ihr schienen es schon Stunden zu sein, aber es war sicher nur eine halbe –, bis der grausame Stücker aus dem Schankraum herabrief: »Genug!«

Dann musste sie die Gaststube scheuern, in der sicher seit Monaten, wenn nicht seit Jahren kein Gast gewesen war, und den Sägemehlofen frisch füllen und das Extrazimmer scheuern, in dem auch seit Monaten oder Jahren keine Gesellschaften mehr stattgefunden hatten. Und dann war es Zeit, durch das Bilderbuchstädtchen in das Bilderbuchschloss zurückzumarschieren.

Am nächsten Morgen schickte sie die Stücker-Tochter gleich auf den Hof. »Gehen Sie Hühner fühlen!«

Charlotte lief die Küchentreppe hinunter, und unter dem Vordach vom Schuppen stand wieder der Pole und schnitzte Kochlöffel.

»Was ist: Hühner fühlen?«, fragte Charlotte, die nicht nähen und nicht schneidern und sicher auch nicht ordentlich stricken konnte und nichts von Hühnern verstand. Der Pole schmunzelte. Er legte das Schnitzmesser und das Löffelholz beiseite, klopfte sich die Hände sauber und kam unter dem Vordach hervor. Er ging langsam vor Charlotte her zum Hühnerstall, hockte sich vor die Hühnerstiege, die noch mit der Klappe versperrt war, schob sie mit der einen Hand nach oben, hielt die andere Hand vors Hühnerloch, fing das erste Huhn, das hindurchschlüpfen wollte, und ließ die Klappe wieder hinuntergleiten. Er hielt das

Huhn vorsichtig bei den Flügeln, nahm Charlottes Hand und führte sie zum Hühnerbürzel. »Ei? Fühlst du Ei?«

Charlotte wurde rot und zog die Hand wieder zurück.

Der Pole lachte. »Macht man, weil Huhn soll Ei in Stall legen. Ei zum Essen. Ei nicht unter Busch und weg und verloren. Fühl mal: Ei?«

Charlotte rieb sich die Hand an der Schürze ab und griff dem Huhn dann tapfer an den Bürzel. Alles war weich und warm, und die feinen Federn kitzelten.

Charlotte schüttelte den Kopf. »Ich kann kein Ei spüren«, sagte sie.

Der Pole murmelte: »Wollen mal kucken!«, und tastete das Huhn ebenfalls mit geschlossenen Augen am Bürzel ab. Dann äußerte er entschieden: »Nix Ei!«, und ließ das Huhn davonflattern.

»Aha«, sagte Charlotte, »kein Ei – Freiheit für einen Tag.«

»Ja«, antwortete der Pole und nickte, »Freiheit. Freiheit für Hühner, nix für uns.«

Charlotte schwieg, und dann ließen sie gemeinsam ein Huhn nach dem anderen durch das Hühnertürchen schlüpfen, tasteten es ab und stopften es entweder wieder zurück in den Stall oder ließen es auf den Hof flattern. Als sie fertig waren, fragte der Pole: »Wie alt – du?«

»17 Jahre«, antwortete Charlotte.

Er hob die Hände. »Wie viel?«

Charlotte streckte beide Hände in die Höhe und dann noch einmal eine Hand und zwei Finger von der anderen. Er zählte die Finger langsam nach und sagte dann in seinem schwerfälligen Deutsch: »So alt wie meine Tochter. Wo ist der Vater?«

Charlotte zuckte die Achseln. »In Russland.«

»Soldat?«

»Ja«, sagte Charlotte, »Soldat.«

»Schlecht«, murmelte er, »kannst du *Gegrüßet Maria*?«

Charlotte nickte.

»Sag's mir in deiner Sprache.«

Sie sprach langsam:

»Gegrüßet seist du, Maria,
Voll der Gnade,
der Herr ist mit dir,
du bist gebenedeit unter den Weibern,
und gebenedeit ist die Frucht deines Leibes Jesus.
Heilige Maria, Mutter Gottes,
bitte für uns Sünder,
jetzt und in der Stunde unseres Todes, Amen.«

»Gut«, sagte er, »danke. Nun ich …« Aber ehe er mit dem polnischen Gebet beginnen konnte, riss die Stücker-Tochter die Küchentür auf und rief: »Wo bleiben Sie denn? Sind Sie denn noch nicht fertig?« Dann sah sie Charlotte neben dem Polen, starrte von einem zum anderen und keifte los: »Scher dich weg, du Partisanenschwein! Und Sie kommen rauf! Haben Sie denn den Verstand verloren, sich mit ihm abzugeben? Zum Arbeiten ist er da, und er kann sich bei mir nicht beklagen, er bekommt mehr und besser zu essen, als er verdient, aber warten Sie nur, ich zeig' Sie bei Ihrer Führerin an! Kann nicht einmal nähen und schmeißt sich einem dreckigen Kriegsgefangenen an den Hals! Wissen Sie denn nicht, was die tun, die und die Russen? Sie morden und sengen und vergewaltigen die deutschen Frauen im Angesicht ihrer Kinder und erschlagen sie dann!«

»Ich«, fing Charlotte an, aber die Stücker-Tochter fuhr

ihr sofort über den Mund und schrie: »Kommen Sie sofort rauf! Ich warte schon auf Sie! Wir haben Kundschaft, und wenn man Sie braucht, sind Sie nicht da!«

Der Pole schnitzte schon wieder an seinem Löffel, und Charlotte, verärgert, drückte sich an der Stücker-Tochter vorbei in die Küche.

Da saß die Kundschaft, ein Flieger, der seine zweite Hose ordentlich über dem Arm trug.

»Los«, sagte die Stücker-Tochter, »bügeln Sie die Hose!« und warf sie Charlotte hin. »Das Bügelbrett steht beim Großvater, und die Eisen sind schon auf dem Herd.«

Fast blind vor Tränen, Wut und Angst stolperte Charlotte über den Flur, in das stickige Altenzimmer, suchte nach dem Bügelbrett, während der Großvater »Hahaha!« machte und sich eine frische Prise in die Nase zog, fand es schließlich hinter dem Schrank, stellte es auf, lief über den Flur in die Küche und klinkte den Holzgriff in das schwere Bügeleisen, das auf den Herdringen direkt über der Glut aufgeheizt wurde.

»Vergessen Sie den feuchten Lappen nicht!«, schrillte die Stücker-Tochter und warf ihr ein ausgewrungenes Handtuch über die Schulter. »Oder wollen Sie unserem tapferen Soldaten die Hose versengen?«

Charlotte schwieg und stieß das heiße Bügeleisen so fest auf die Hose und den feuchten Lappen, dass es aufzischte und der Lappen braune Ränder bekam.

Dann wurde sie ruhiger und bügelte die Hose so gut, wie sie es konnte. Der Flieger saß unterdessen in der Schankstube neben dem grausamen Stücker und trank ein Bier.

»Gut«, sagte er, als ihm Charlotte seine noch dampfende Hose brachte, »danke schön, Arbeitsmaid. Können Sie meine Jacke auch noch aufplätten?«

»Sicher«, antwortete Charlotte, und während sie sich mit dem bockigen blauen Wollstoff von Kragen und Ärmeln abmühte, kam der Soldat zu ihr ins Altenteil, winkte dem Großvater zu, der wieder »Hahaha!« machte und zurückwinkte, und setzte sich Charlotte gegenüber.

»Wo kommt ihr eigentlich her?«, fragte er.

Sie schaute ihn misstrauisch an. »Wieso wollen Sie das wissen?«

Er lachte. »Ein Spion bin ich nicht. Mich interessiert nur, wo sie euch noch herumscheuchen.«

»Wir kommen aus Oberschlesien«, erwiderte Charlotte steif, »aber wir sind hier nur im Rahmen der Frontbegradigung. Wir fahren bald wieder zurück.«

»Haben sie euch das gesagt?«

Charlotte nickte. »Wir haben das Lagerschwein und all unsere Sachen dagelassen. Es ist nur …«

»Hör mal, mein Kind«, sagte der Flieger, »schlag dir das aus dem Kopf, und pass lieber besser auf dich auf! Wir haben diesen Krieg verloren. Schon seit Stalingrad. Woher bist du denn?«

Charlotte zögerte wieder, ehe sie ihm antwortete.

Er schwieg, während er sich seine Jacke anzog, und sagte dann: »Mich geht's ja nichts an. Aber ich kann dir nur einen guten Rat geben: Hau ab, solange du noch abhauen kannst.«

Das war vor dem Mittagessen, und sie arbeitete und aß und arbeitete wie eine Puppe. Hau ab, wenn du kannst. Ein Soldat harrt dort aus, wohin ihn die Pflicht stellt. Ein Soldat sagt: Hau ab, wenn du kannst. Scher dich weg, du Partisanenschwein, und *Gegrüßet seist du, Maria*, und sie sah wieder den Onkel in der Badewanne liegen. War das im letzten Sommer oder im vorletzten gewesen? Er hatte Fronturlaub bekommen, ein Glücksfall und eine Belohnung für das EK I oder den Gefrierfleischorden? Aber nein: für den gab's keinen Urlaub. Er war gekommen, und er hatte ein Urlauberpaket mitgebracht, was alle Soldaten an der Reichsgrenze erhielten: Dauerwurst und Fett und Tee oder Kaffee und Zucker und Zigaretten, und der Großvater hatte den Badeofen mitten in der Woche geheizt, und der Junge lag im heißen Wasser, im echten Seifenschaum, in einem Rest Kiefernnadelöl, das das Wasser grün und glasig machte. Seine Beine waren voller Furunkel, und er sagte: »Schrubb mir den Rücken. Ach, was hab' ich davon geträumt, dass ich wieder zu Hause bin und dass mir jemand den Rücken schrubbt.«

Und dann war er in Tränen ausgebrochen, er, der erwachsene junge Mann mit dem EK I, er saß im grünen Badewasser und weinte so verzweifelt, dass Charlotte die Bürste fallen ließ und erschrocken fragte: »Was ist denn? Soll ich Mami holen?«

»Nein, bloß nicht«, hatte er gestammelt, und dann war es aus ihm herausgebrochen: dass sie gegen Partisanen eingesetzt waren und dass es ein Heckenkampf gewesen war, und dass sie bei keinem Dorf wussten, ob die Bauern nicht doch mit den Partisanen unter einer Decke steckten und nur darauf warteten, sie zu verraten, und dass sie eine Patrouille überfallen und alle Mann niedergemacht hatten, und dass sie aber auch einen Spitzel hatten und ein Partisanennest ausheben konnten, und dass sie alle Partisanen aufgeknüpft hatten. »Gehenkt, Charlotte. Wir selber, mit unseren eigenen Händen. An den Bäumen aufgehenkt, einen neben den anderen. Wir mussten. Wir wollten nicht. Wir mussten. Aber das ist kein Krieg mehr, sag' ich dir, das ist Mord, und wenn ich 100 Jahre alt werde, das kann ich nie vergessen. Ich, mit meinen eigenen Händen.«

Sie hatten nie wieder davon gesprochen, und Charlotte wusste, er würde mit keinem anderen Menschen auf der Welt darüber reden können, und das war ihr fast das Schlimmste. Nicht tun können, was eine Folge davon wäre. Oder hätte er etwas dagegen tun können? Ein Soldat – was ist ausharren? Was ist Pflicht? Könnte sie Zeuge sein, wenn der Pole aufgeknüpft würde? Könnte er Zeuge sein, wenn Frauen in Gegenwart ihrer Kinder von russischen Soldaten geschändet und erschlagen würden? Wenn sie geschändet und erschlagen würde?

Ihr Onkel hatte geweint und war dann doch, blass und gefasst, mit längst nicht abgeheilten Furunkeln wieder an die Front gezogen. Der Vater von Ruth hatte zu Hause bleiben können und hatte sich auf die Seite derer gestellt, die verfolgt wurden. Warum ist Ruth nicht da?, dachte sie verzweifelt und dann: Wo mag sie jetzt sein? Ob sie wieder gesund ist? Ob sie noch lebt?

Sie ging durch die Bilderbuchstadt ins Lager zurück, und der Himmel war strahlend blau, vom zarten Sonnenuntergangsrosa überhaucht, der Schnee knirschte, und im Lager herrschte ein ungeheurer Aufstand, weil ein Gruppenprüfer gekommen war und alles und jedes zählte und abhakte und registrierte: Tische und Stühle und Töpfe und Teller, Fensterscheiben und Betten, Hocker und selbst die Holzbretter unter den Strohdecken.

Charlotte wurde es beim Singen schlecht, und die Blonde nahm sie gleich mit in die Heilstube. Charlotte hatte Fieber, und die Blonde untersuchte ihre Handgelenke, machte ihr frische Ölverbände, gab ihr Medizin und den Befehl, in die Krankenstube und ins Bett zu gehen. Charlotte zog sich fröstelnd aus und schlief im leeren Krankenzimmer sofort ein.

Der nächste Tag verging für sie ohne Wecken und Frühsport. Sie lag still im Bett, lag so, dass sie zum Fenster hinausschauen konnte, in den Park mit seinen verschneiten Bäumen, auf die weißen Berge im Hintergrund. Wenn sie sich etwas drehte, verschob sich die Landschaft so, dass die Hügel fast denen glichen, die sie von zu Hause kannte. Sie lag und wünschte, sie müssten nie von hier weg.

Gestern in der Schulung hatte die Lagerführerin davon gesprochen, dass sie bald zurückfahren würden, »sowie unser Führer den entscheidenden Schlag von Oberschlesien aus gegen die Russen geführt haben wird«.

Sie musste wieder an das Erschrecken denken, als sie beim letzten Sonderappell in Oberschlesien von der notwendigen Flucht erfuhren und wie sie dann jeden Schrank und jeden Spind abgeschlossen und versiegelt und selbst die Stopfwolle gerecht verteilt und mit den Sonderausweisen ausgegeben hatten.

Sie dachte wieder an den Mann, der in Pilsen mit ihnen in ein Gespräch gekommen war, ein Reichsdeutscher aus Linz, der sich bitterlich über das »arbeitsscheue, unverschämte Tschechenpack« beklagte und erzählte, wie schwer seine Stellung unter ihnen sei, die – »ein offenes Geheimnis, aber nicht zu ändern« – Sabotage trieben und sofort zum Feind überlaufen würden, wenn man sie zu Soldaten auszubilden versuchte.

»Da fühlt man sich in der deutschen Uniform so richtig wohl und stolz als Deutscher!«, hatte eine der Maiden gesagt. »Und jeder deutsche Soldat« – sie waren mitten in einen Truppentransport geraten – »ist einem ein Stück Heimat.«

Charlotte stöhnte. Hier in der Rapunzelstadt gab es keine Schilder mehr mit großen tschechischen Aufschriften, unter denen klein und kaum sichtbar die deutschen Stadt- oder Straßennamen standen, hier wurde deutsch gesprochen und alles deutsch geschrieben. Sprachinsel. Deutschtumsinsel. Blut und Boden.

Charlotte wälzte sich hin und her. War es denn nicht logisch, dass die Tschechen sie hassten? Dass ihnen schon der Anblick ihrer Uniformen verhasst war? Dass sie für einen Block Briefpapier in Prag das nahmen, was Charlotte selbst als »unverschämten Preis« bezeichnet hatte?

Sie schlief wieder ein und schlief, bis sie das Heulen der Alarmsirenen weckte. Die Blonde steckte den Kopf herein und befahl: »Ziehen Sie sich den Mantel über und Wollsocken und Stiefel an, und kommen Sie mit uns hinunter.«

Wollsocken – die Großmutter hatte ihr auf ihre Bitte hin sofort welche gestrickt und gleich nach Weihnachten abgeschickt. Wo mochten die gelandet sein? Verbrannt? Von einer Bombe in die Luft gesprengt? Oder in einer Posthalle in Breslau, wo niemand mehr Päckchen und Pakete weiterverteilte?

Der Luftschutzkeller, tief unten im Schlossgewölbe, war viel zu klein. Sie waren jetzt 75 Maiden, 40 aus Oberschlesien und 35 Einheimische. Das Lager war eigentlich für höchstens 40 Maiden eingerichtet, und in den nächsten Tagen wurden 20 neue Maiden erwartet, die im Januar eingezogen worden waren. Die meisten Mädchen rechneten fest damit, dass sie bald zur Luftwaffe kämen, was dadurch bestätigt zu sein schien, dass sie an einem der ersten Tage das Luftwaffen-Soll an Bekleidung zugeteilt bekommen hatten. Unten am Fluss lag noch ein großes Arbeitsdienstlager für 300 Arbeitsmänner. Ein paar von den Maiden wurden immer zum Kochen und Nähen im Männerlager eingeteilt.

»Die beneiden uns«, erzählte Icke, die sich neben Charlotte auf eine der schmalen Holzbänke gesetzt hatte, »weil wir im Schloss wohnen. Und guck mal« – sie stieß Charlotte an –, »das ist unser Fürst! Der, dem das Schloss gehört!« Sie deutete auf einen alten Herrn, dem gerade die schlesischen Führerinnen vorgestellt wurden und der, wie Charlotte in ihrem ersten Brief nach dem absoluten Postverbot nach Hause schrieb, »wie Opi immer oben herumdibbert und uns die Drahtfunkmeldungen und den Stand der Luftkämpfe mitteilt«

Sie fing, nach der Entwarnung wieder im Bett, diesen ersten langen Brief nach Hause in der Hoffnung an, dass sie ihn nun bald auch abschicken dürfte. »Ihr ahnt gar nicht, wie schön es hier ist, so halb ist es schon Gebirge, tiefdunkle Tannenwälder, schwer von Schneelasten, Täler, ein Dörfchen, ein kleiner Bach zwischen Schneepolstern, ein Turm, eine Ruine auf der Höhe – da geht einem das Herz auf. Es sieht alles aus wie aus dem vorigen Jahrhundert. Als wir hier ankamen, hätte ich heulen mögen vor Freude über so viel Schönheit, aus Müdigkeit, aus Heimweh, aus dem Gefühl der restlosen Verlorenheit heraus, doppelt bewusst durch die Ruhe und den Frieden hier und weil wir alles überstanden hatten und noch lebten. Dass wir in einem solchen Frieden leben dürfen! Als wir hier das erste Mal nach der Flucht Nachrichten hörten, da ging es uns wie dem Reiter über den Bodensee. Was mag meine Frau Michalski machen?

Unser Lager liegt 85 Stufen hoch im efeuumsponnenen Turm – ach, wo wohl die anderen Lager aus Oberschlesien gelandet sind? Die armen Breslauerinnen unter uns!

Wie mag das mit der Post werden? Wir haben unsere neue Adresse noch beim Postamt in der Stadt angegeben, aber da sind ja sicher auch die Russen. Wart Ihr sehr aufgeregt, als Ihr die Nachrichten gehört habt? Ich habe etwas Fieber und liege im Bett, und es wird mir erst jetzt alles so richtig klar. Wie schön wäre es, wenn ich in den Heimatbezirk zum Kriegshilfsdienst entlassen würde. Denn hier bleiben wir auch nicht lange. Wie glücklich bin ich, dass Ihr nicht in Breslau wohnt! Ich bin ja nur gespannt, wann die erste Post von Euch hier ankommt.«

Dann schrieb sie an Ruths Mutter. Sie schrieb: »Ich bin eine Freundin von Ruth. Ruth hatte Lungenentzündung, deshalb ist sie nach Oppeln ins Krankenhaus gekommen. Ich weiß nicht, wohin das Krankenhaus evakuiert worden ist. Wenn Ruth wieder nach Hause kommt, grüßen Sie sie bitte von mir und sagen Sie, ich hätte immer an sie gedacht, und dies ist meine Heimatadresse …«

Die Briefe gingen noch am gleichen Tag ab, die Postsperre war aufgehoben worden, und am nächsten Tag ging es Charlotte so viel besser, dass sie wieder aufstehen wollte.

»Morgen!«, versprach die Blonde, und am nächsten Morgen war Charlotte fieberfrei und wurde zur Schonung in der Küche eingesetzt, wo Tilly voll Wonne mit einer tschechischen Hilfsarbeiterin zusammensaß, die kaum Deutsch konnte und eigentlich nur zum Abwaschen und Kübelhinuntertragen da war.

Tilly sagte mit ihr aber die ganze böhmische Mehlspeisenlitanei auf und verständigte sich mit beredten Gesten. »Das ist Mehl, ein griffiges Mehl, verstehst du? Meinst du das?« Und mit Fingern und Zahlen auf alten Briefumschlägen und Literkrügen als Maßangabe versuchte sie die Rezepte herauszubekommen für Haluschka und Liwanzen,

Dalken und Dukatenbuchteln, Povesen und Sterz, Schkubanken und Striezel, Powidltascherl und Potizen, Golatschen und Poganzen, Tommerl und Muskatzin-Koch.

»Ein Gottesgeschenk!«, rief Tilly immer wieder aus und umarmte die Tschechin. »Ein Labsal für meine Seele! Komm her, Charlotte, sperr die Ohren auf! So was erlebst du nicht alle Tage! An der Quelle zu sitzen. Rezepte direkt aus der warmen Hand geschenkt zu bekommen! Also noch einmal: Du zerbröselst die Germ mit Zucker, ja, so machen wir das auch. Und was Powidl ist, na, also damit bin ich aufgewachsen.«

In der Küche war es warm, und die beiden Köchinnen lachten und wisperten, zählten und schrieben, malten und summten, und es duftete nach dem Germteig, der sich unter dem sauberen Küchentuch langsam hob, und es gab mittags Buchteln mit Vanillesauce, es schmeckte nach Kindheit und Sommerferien, und Charlotte schrieb sich auf einen Bogen vom Prager Briefpapier das Rezept von den Buchteln auf: »Man macht einen Teig von 7 dl Mehl, dünnem Dampfl von 2 Deka Germ (Hefe), die man mit 2 dl Milch, einem Löffel Zucker und ein wenig Mehl abgesprudelt hat, 5 Deka Butter oder Rinderschmalz, 2 Dottern, ein wenig Salz und der noch nötigen Milch und gibt beim Abschlagen Schnee von zwei Klar dazu und lässt ihn gehen. Dann treibt man ihn halbfingerdick aus, schneidet ihn zu viereckigen Flecken, bestreicht diese mit Salse oder mit Mohn-, Nuss-, Zwetschken- oder Rosinenfülle und rollt sie zusammen, legt die Rollen nebeneinander in eine Kasserolle, wobei man jede seitwärts und oben mit Butter bestreicht, deckt sie zu, lässt sie wieder gehen und bäckt sie. Dann stürzt man sie, löst sie auseinander und bestreut sie mit Zucker.«

Jedes Mal, wenn sie später im Leben böhmische Buchteln buk – nie schmeckten sie wieder so gut wie damals im efeuübersponnenen Rapunzelturm –, sah sie wieder die Küche und die beiden Mädchen vor sich. Icke hätte Sabotage geschrien, wenn sie dabei gewesen wäre, aber es war keine Sabotage, die beiden waren Schwestern, Schwestern in der Lebensfreude, Schwestern in der Verlorenheit, Schwestern in dem, was sie erwarteten, liebten und taten.

Es war Sonntag, sie hatten am Nachmittag frei, und Charlotte ging mit ein paar anderen ins Kino, sah die *Feuerzangenbowle* mit Heinz Rühmann, und der Film riss sechsmal, und dazwischen war Alarm, und sie mussten in den allgemeinen Luftschutzkeller, der im Kellergewölbe von einem Weinhändler war, wo es immer noch nach Wein und Schimmel roch.

Am Montag konnte sie wieder zum grausamen Stücker, der sie fast freundlich begrüßte und gleich sagte: »Gehen Sie zum Franz.«

Sie fuhr mit dem Polen Stroh von der Scheune jenseits des Flusses in den Schober im Hof. Sie mussten ein paarmal hin- und herfahren, und Franz gab ihr die Zügel. So lernte Charlotte im Stehen zu kutschieren, nachdem sie sich beim ersten Mal kräftig auf den Podex gesetzt hatte. Sie lernte es, die Gegenbewegung zwischen Wagenfläche und Zügeldruck in den Knien auszubalancieren. Sie lernte es, die Strohballen im Schwung vom Scheunenboden auf die Ladefläche zu werfen, sie lernte es nicht, die Strohballen mit der Forke vom Wagen wieder nach oben in den Zwischenboden im Schober zu stemmen. Die Arme knickten ihr immer wieder ab, wenn sie die Ballen bis zu den Schultern hochgewuchtet hatte. Sie kriegte den Kniff nicht heraus, wie man die Ballen leicht und ohne viel Kraftanstrengung hochwarf und – wupps – auf dem Boden hatte. Sie setzte wider alle Vernunft ihre Kräfte ein und versuchte es verbissen und mit zitternden Armen, bis Franz ihr die Forke aus der Hand nahm und sagte: »Lass. Ich allein. Du hinauf auf den Boden und Ballen aufstapeln.« Das ging. Sie lernte auch, mit der Häckselmaschine umzugehen. Sie lernte es, Viehfutter aus Häcksel und Hafer zu mischen. Sie mistete den Schweinestall aus. Sie fühlte Hühner. Sie lernte mit einer großen Handsäge zusammen mit Franz Holz zu sägen, bis sie einen solchen Muskelkater im Arm hatte, dass er fast taub war. Sie lernte es, ebenso schnell wie Franz Holz zu hacken und an der Schoberwand aufzustapeln, und die einzige Verletzung, die sie davontrug, war ein Riss im linken Zeigefinger, als das Sägeblatt aus dem Stamm und in ihre Hand rutschte.

Sie arbeitete gern vorm Schuppen auf dem Hof. Das frisch geschnittene Holz duftete gut, die Sonne schien schon warm, der Himmel strahlte mild und blau, und Franz war ein geduldiger Partner.

Vor der Arbeit im Hof musste sie immer alle leeren, unbenutzten Zimmer und Säle abstauben, überall Betten machen, Fenster und Messing putzen, und nach dem Mittagessen saß sie mit der Stücker-Tochter im Hof in der Sonne oder in der Schenke und stopfte und strickte. Sie lernte Kartoffelklöße auf böhmische Art zuzubereiten, lernte Mohnpielen zu kochen, sie lernte das *Gegrüßet seist du, Maria* auf polnisch, jeden Tag eine Fürbitte, und Franz lernte es auf deutsch, auch jeden Tag eine Fürbitte, und wenn sie nachmittags fortging, machte er ihr das Kreuzzeichen auf die Stirn.

In der Schenke saß der Alte mit dem Luftwaffensoldaten, der einzigen Einquartierung in dem großen leeren Haus, und der Soldat erzählte von zu Hause, von Rheinhessen, wo sein Vater einen Weinacker besaß, und der grausame Stücker prahlte, wie er es angestellt hätte, nicht zum Volkssturm eingezogen zu werden. »Ich habe zwei Söhne an der Front«, sagte er, »das reicht für eine Familie.«

»Er bekommt von ihnen nie Post, und er schreibt ihnen auch nicht«, schrieb Charlotte. Sie dagegen schrieb und schrieb, ohne dass sie wusste, ob ihre Briefe ankamen. Aber sie schrieb, weil es das Einzige war, was ihr ein Gefühl der Geborgenheit gab, und auch das war brüchig, denn noch hatte keine Maid Post von zu Hause bekommen.

Charlotte träumte, dass alle Maiden in die Heimatbezirke entlassen worden seien. Sie träumte, sie reiste heim, tagelang, acht oder zehn Tage lang, aber die Großmutter stand in der Haustür und sagte: »Nein, dich wollen wir nicht haben! Du bist uns viel zu dick geworden!« Charlotte weinte im Traum so, dass sie davon aufwachte, und dann war auch gleich Alarm, und am Sonntag war dreimal Alarm, aber es gab das süße Kuchenbrot zum Frühstück, und alle konnten sich so viel nehmen, wie sie wollten.

Montag war »ein toller Tag«, wie Icke sagte. Sie fuhren zu viert nach Marienbad zur Lagergruppe, Bekleidung für die neuen Maiden holen. Sie mussten zweimal umsteigen, und auf der Rückfahrt schnauften sie unter dem Gepäck, aber sie genossen den Tag wie einen Ferientag. Marienbad war nicht zerstört, ein Kurort zwischen dunklen Tannenbergen, steile Straßen, prächtige Hotels, Villen und Kurhäuser und Brunnenanlagen, voll von Verwundeten, die hinter den Mädchen herpfiffen.

»Wir können uns ja noch an den Frieden erinnern«, sagte Icke, »aber meine kleene Schwester, die ist erst im Krieg geboren, und in Berlin is' ja nu wirklich nicht schön. Also, wenn die so was wie hier sehen könnte, ick weiß gar nicht, was sie dann für 'n Gesicht machte.«

Am nächsten Tag wurde Charlotte einem Sondereinsatz zugeteilt. Sie kam mit Icke in das Männerlager, das auch Flüchtlinge aufgenommen hatte: die Frauen der RAD-Führer, die aus dem Osten, aus Polen, aus dem Korridor, aus den besetzten Gebieten geflohen waren. Manche kamen aus Lagern, die in Umsiedlerdörfern eingerichtet worden waren, Dörfer, aus denen die Polen vertrieben worden waren, um deutschen Bauern Platz für ihre Erbhöfe zu machen.

Charlotte sollte dort in der Schule die Kinder unterrichten, aber als die beiden Maiden ankamen, war nichts vorbereitet oder organisiert, und die Mädchen richteten einen provisorischen Kindergarten ein und kamen nach dem ersten Tag voll Hin und Her und Drüber und Drunter abends todmüde im Schloss an.

»Das Schlimmste«, erzählte Icke den anderen, »das waren die Weiber! Du meine Güte! Was die für ein Gelabere beim Mittagessen gemacht haben! Die müssen wirklich wie die Maden im Speck gelebt haben. Ick möchte nicht wissen, wo sie es hergehabt haben! Vom Krieg haben die noch nischt gespürt, und hier haben die gemeckert, dass man nicht jeden Tag um neun Uhr seine Milch und nicht jeden Mittag sein Kompott und seinen Braten hätte. Braten! Stellt euch das mal vor! Und so was will den Umsiedlern die Grundbegriffe von deutscher Kultur beigebracht haben! Die armen Kinder tun mir bloß leid. Die sind so verzogen, die möchtest du am liebsten pausenlos verdreschen, aber Charlotte lässt das nicht zu. Sie sagt, ick soll ihnen lieber Geschichten erzählen. Icke! Na – denen könnte ick vielleicht was erzählen!«

»Aber schön war's doch«, sagte Charlotte und lachte, »das ist wenigstens was Sinnvolles. Der grausame Stücker hat mich ja nur angefordert, weil es bei denen einfach zum guten Ton gehört, eine Arbeitsmaid im Haus zu haben. Seine Tochter muss sich jeden Tag den Kopf wie verrückt zerbrechen, damit ihr eine Arbeit für mich einfällt.«

Über Arbeitsmangel brauchte sich Charlotte jetzt nicht mehr zu beklagen. Charlotte und ihre Kameradin richteten eine regelrechte Vorschule ein. Sie hatten einen kleinen Raum dafür bekommen, und sie setzten einen Eisenofen, damit die Stube warm gemacht werden konnte. Sie gingen zur Lehrerin der Hauptschule, um sich Bücher und Anregungen zu holen, sie hörten im Radio, dass Küstrin, keine 100 Kilometer östlich von Berlin, von den Russen eingenommen worden war, sie gestanden sich gegenseitig, »das Beste wäre, wenn man jetzt zu Hause sein könnte!«, sie stellten fest, dass es zu tauen begann und dass dort, wo sie im Park hinter dem Schloss eine weite Wiesenfläche vermutet hatten, ein großer See ans Licht zu schmelzen begann. Der Himmel war voll treibender Wolken, und der Schneematsch drang durch Stiefel und Socken. Außer in den Holzpantinen hatten sie ständig nasse Füße.

Die Schule begann, und die Frauen der Arbeitsdienstführer kümmerten sich überhaupt nicht mehr um ihre Kinder, sondern überließen sie auch nach den Schulstunden den Arbeitsmaiden. Abends sank der Schultrupp vollkommen erledigt ins Bett, und Charlotte schwor sich: »Alles werde ich: nur nicht Lehrerin!«

Als sie an einem Spätnachmittag wieder ins Lager kamen, fuhr ein Personenauto vorm Schloss vor. Der Fahrer blieb sitzen, und ein Mann in Uniform stieg aus, ein Feldwebel. Er wartete, bis die beiden Maiden herangekommen waren, grüßte und fragte: »Ist hier im Haus das Arbeitsdienstlager?«

Sie nickten und schauten ihn neugierig an.

»Gibt es eine Marlene bei euch?«

Sie nickten wieder, und der Feldwebel sagte zufrieden: »Dann bin ich hier richtig.« Er stieg hinter ihnen her die 85 Stufen hinauf, stellte sich mitten auf den Flur und rief mit dröhnender Stimme: »Marlene!«

In das erstaunte Schweigen hinein erklang aus einer K die Stimme von Marlene: »Ja? Wer ist das denn? Ist was ...?« Und dann schrie sie: »Vater! Das ist Vater!« Sie stürmte aus der K, rannte auf ihn zu und warf sich in seine Arme.

»Jawoll, mein Kind, jawoll, mein Kind, und ich bin froh, dass ich dich endlich gefunden habe!«, sagte er ruhig. »Pack jetzt sofort deine Sachen und komm mit. Ich gebe dir fünf Minuten. Lass den ganzen Uniformquatsch da. Zieh deine eigenen Sachen an. Und jetzt hopp!«

Marlene, eine kleine blonde Maid aus Greifswald, stand vollkommen verwirrt vor dem Vater. »Aber ich muss mich doch abmelden«, stammelte sie, »die Lagerführerin ... Und die Seifenkarten ... Und unsere Ausweise. Ich ...«

»Pack!«, sagte der Vater, und die Studentin fasste Marlene einfach an der Hand und flüsterte: »Ich helf' dir. Wach auf, Mensch, für dich ist es vorbei! Danke Gott auf den Knien, dass du so einen Vater hast!«

Und dann brach die Hölle los: Die Lagerführerin und die Blonde stürzten sich auf den Feldwebel, fragten und schrien und drohten und fassten ihn am Ärmel, aber der Feldwebel wiederholte nur immer den einen Satz: »Ich bin gekommen, um meine Tochter zu holen. Alles andere interessiert mich nicht.« Damit wehrte er die Frauen ab, und als die Lagerführerin mit Disziplinarstrafe und Kriegsgericht drohte, sagte er: »Meine Damen, falls Sie es noch nicht wissen sollten: Die Russen stehen überall auf deutschem Reichsgebiet. Ich weiß nicht, wie Sie das mit Ihrer Verantwortung halten, aber ich habe diesen Wagen gestohlen, um meine Tochter holen zu können, und ich werde mein Kind heil nach Hause bringen. So, und jetzt werden Sie mich bitte entschuldigen. Ich muss abfahren!«

Er nahm Marlene den Kopfkissensack ab, obwohl die Wirtschafterin jammerte: »Das ist RAD-Eigentum!«, lief rasch die 85 Stufen wieder hinunter, Marlene hinter ihm, und alle Maiden drängten sich stumm an das Flurfenster und schauten auf den Schlosshof hinunter, wo Marlene einstieg, den Sack neben sich legte und mit dem Soldaten am Steuer und ihrem Vater abfuhr, ohne sich noch einmal umzudrehen oder zu winken.

»Das ist ein Vater!«, murmelte Ingrid. »Aber meiner kann gar nicht kommen. Der ist in Russland.«

»In Russland?«, fragte die Studentin. »Höchstens an der Oder oder vor Stettin!«

Die Führerinnen scheuchten die Maiden von den Fenstern weg, und dann folgte Appell auf Schulung und Schulung auf Appell. Die Lagerführerin verlas den letzten Artikel von Joseph Goebbels im *Reich*, verlas die letzte Führerrede, und zum Schluss teilte sie mit, der Bürgermeister von Breslau, Doktor Spielhagen, sei vor dem Denkmal Friedrichs des Zweiten auf dem Breslauer Ring auf Befehl des Gauleiters in seiner Eigenschaft als Reichsverteidigungskommissar standrechtlich hingerichtet und erschossen worden, weil er »ohne Befehl die Stadt Breslau und seinen Posten verlassen wollte. Wer den Tod in Ehren fürchtet, stirbt ihn in Schande.«

Eine unruhige Nacht, zweimal Alarm, zweimal vorm

Wiedereinschlafen als letztes Bild das Mädchen, das vom Vater zum Auto geführt wird, zweimal der Kampf, um das Bild vom Bürgermeister zu verdrängen, der morgens um sechs Uhr zusammengeschossen wird.

Am nächsten Tag wieder Schule, und nachmittags, nach Liedern und Schulung, der Ruf: »Charlotte! Zur Lagerführerin!«

Charlotte saß mit ihrer KÄ, mit Traudel und mit Tilly in der Heilstube und stopfte, und die KÄ zischte ihr zu: »Wir wissen, weshalb sie dich rufen lässt. Sie will dich zur KÄ verpflichten. Sag bloß nein!«

Charlotte bekam Herzklopfen und sagte: »Klar, ich sträube mich bis zum Letzten!«

Die Tür zum Zimmer der Lagerführerin war nur angelehnt, und Charlotte blieb in der Tür stehen. »Arbeitsmaid Eynhuf meldet sich zur Stelle.«

»Kommen Sie herein, und machen Sie die Tür hinter sich zu«, sagte die Lagerführerin freundlich, und dann sprach sie von der schweren, aber schönen Aufgabe, andere zu führen, sprach von den Erfolgen, die Charlotte mit ihren Kindern unten im Männerlager vorzuweisen hätte, sprach von der Pflicht, die der Einzelne dem Ganzen schulde, und sagte, dass sie Charlotte als KÄ für das KHD-Halbjahr verpflichten wolle.

Charlotte stand da und hörte zu, und als die Lagerführerin fertig war und abwartend schwieg, platzte sie heraus: »Nein, danke, ich möchte aber nicht.«

»Nun«, antwortete die Lagerführerin, »das habe ich erwartet. Ich möchte auch keine voreilige Zustimmung. Überlegen Sie sich noch einmal alles in Ruhe. Und schließlich: Wenn Sie nicht bereit und willens sind, diese Aufgabe freiwillig zu übernehmen, kann ich Sie zwingen. Ich kann

Sie dem Bezirk auch ohne Ihre Einwilligung melden. Also: Überlegen Sie gut!«

Damit war Charlotte entlassen und ging wie betäubt in die Heilstube zurück.

»Wie war's denn?«, fragten die anderen. »Was hat sie gesagt? Haben wir recht gehabt?«

»Ja«, murmelte Charlotte, »ihr habt recht gehabt.«

»Na – und was hast du gesagt? Nein?«

Charlotte nickte. »Aber –«, sagte sie, »es hat, glaub' ich, gar keinen Sinn. Sie kann mich zwingen.«

Die Maiden schwiegen. »Also«, fing Tilly an, »da gibt's Tricks. Garantiert. Kannst du nicht sagen, du willst Medizin studieren? Oder Schwester werden? Sozialberufe sind bei so was immer gut.«

»Ich weiß nicht«, murmelte Charlotte unglücklich, und zu Traudel sagte sie später, als sie nach dem Lichtausmachen im Dunkeln lagen und nicht einschlafen konnten: »Ich will nicht RAD-Führerin werden, verstehst du das? Zuerst dachte ich, RAD kann ganz gut sein, besser als BDM, weil man eine gemeinsame Aufgabe hat und dem ganzen Volk hilft. Aber jetzt: Das macht mich ganz krank, wenn ich nur daran denke, dass ich dabeibleiben müsste. Der RAD ist alles andere als das, was ich mir als Lebensideal vorstelle, das denkst du doch auch, nicht? Alles, was zu Hause unser Lebensinhalt war, Geist und Seele und Wissen, davon ist hier nichts vorhanden. Und Kameradschaft? Also, ich weiß nicht. Na und dann: Wer weiß, wie lange ich dann nicht heim kann? Das sagen doch alle: Wen der RAD mal gefangen hat, den hält er. Alle, die was können, wollen nicht dabeibleiben und müssen gezwungen werden. Und diejenigen, die zur Führerin gut genug sind, die sind vielleicht nett, aber intelligent sind sie sicher nicht.«

Die Nacht war wieder schlimm und unruhig. Charlotte schlief fast gar nicht, grübelte und heulte und dachte an den Vater, der seine Tochter fortgeholt hatte, und dachte an ihr Zuhause und wusste nicht aus noch ein.

Am nächsten Abend ging die Sonne in voller roter Pracht hinter den Bergen unter, und wieder wurde Charlotte nach Singen und Schulung zur Lagerführerin gerufen. Sie fing gar nicht von dem gemeinsamen Thema an. Sie unterhielt sich ganz allgemein mit Charlotte über ihre Pläne und Ziele, erwähnte, was die Menschen in Oberschlesien alles verloren hätten, erzählte davon, wie die Russen alle Frauen, Mädchen und Kinder behandelten, die sich nicht vorschriftsmäßig abgesetzt hatten, weil sie nicht glauben wollten, dass die Russen brutale Tiere und Untermenschen seien. Sie vergewaltigten die Frauen, sie zündeten die Häuser an, sie verschleppten die Menschen in Arbeitslager nach Sibirien oder in den Kaukasus, sie ließen sie verhungern, sie vertrieben die Bauern von ihren Höfen, sie erschlügen jeden, der ihnen gefährlich erschien.

»Wir müssen alles Persönliche in den Hintergrund rücken, Charlotte. Jetzt im Augenblick gilt nur die Pflicht, mehr denn je.«

Da platzte Charlotte heraus: »Also gut, ich willige ein, allerdings nur aus der Überlegung heraus, dass Sie mich ja doch zwingen können und ich mich nicht zwingen lassen will.«

Die Lagerführerin winkte ab. »Lassen Sie nur, Charlotte«, sagte sie, »ich wollte noch gar nichts hören. Wir wollen nichts überstürzen.«

Charlotte stand wie ein begossener Pudel da, meldete sich stotternd ab und ging ins Heilzimmer zurück.

»Na?«, fragten die anderen gespannt.

»Ich habe zugesagt, aber sie hat mein Ja gar nicht hören wollen«, sagte Charlotte verwirrt.

»Dann wehr dich weiter!«, riefen die anderen durcheinander. »Gib nicht nach! Lass dich nicht ins Bockshorn jagen! Weigere dich!«

Charlotte schwieg, wieder ließen sie in der Nacht die Gedanken nicht schlafen. Was sollte sie glauben? Was konnte sie glauben? Wie sollte sie sich entscheiden? Was war richtig? Sie dachte an den Luftwaffensoldaten beim grausamen Stücker und wünschte, sie könnte die Sache mit ihm besprechen, mit irgendeinem Menschen, der wirklich Bescheid wusste.

Am nächsten Morgen sangen sie beim Fahnenhissen:

»Wir treten ohne Gewehre an,
marschieren ohne Waffen:
ein junges Heer im eig'nen Land,
was hat das Heer zu schaffen?

Wir stehn für das Deutschland von morgen bereit,
drum müssen wir heute marschieren,
an unserer Straße wartet die Zeit,
sie muss unsre Trommel rühren.

Und vor uns reitet der Tod im Schritt,
der hat uns manchen genommen.
Die Toten gehn bei der Fahne mit,
sie sind zum Appell gekommen.

Die Toten gehn bei der Fahne mit,
solang wir weitermarschieren,

die Toten haben den festen Tritt,
dass wir den Schritt nicht verlieren.

An unserer Straße wartet die Zeit,
sie muss unsre Trommel rühren –
wir stehn für das Deutschland von morgen bereit,
drum müssen wir heute marschieren.«

Danach klopfte Charlotte bei der Lagerführerin an. »Ich will zusagen«, sagte sie mit klarer Stimme, und sie meinte es nicht als Kompromiss, sie wollte ihr Leben bejahen können, sie wollte ihre Pflicht so tun, dass der Großvater damit einverstanden sein könnte. Sie hoffte natürlich auch, dass sie als KÄ trotz der totalen Urlaubssperre ein paar Tage Urlaub bekäme, und sie dachte sich: Als KÄ lebt man sicherer als im KHD, wenn man zur Rüstung oder zur Flak kommt.

Die Lagerführerin schaute sie eine Weile schweigend an, und dann breitete sich langsam ein Lächeln über ihr Gesicht, und sie rief: »Ach, wie ich mich freue, dass Sie sich zu diesem Entschluss durchgerungen haben, Charlotte!«

Und Charlotte setzte hastig hinzu: »Aber Führerin will ich nicht werden! Nach dem KHD-Halbjahr will ich wie die anderen raus aus diesem Kram. Ich weiß, dass manche mit etwas Glück in die Rüstung in ihrem Heimatbezirk entlassen werden.«

»Aber liebes Kind«, sagte die Lagerführerin herzlich, »bei meinen KÄs habe ich immer dafür gesorgt, dass sie ordnungsgemäß entlassen werden, das wird sich nicht ändern, das verspreche ich Ihnen! Ich bin froh, dass Sie zugesagt haben, das Nachwuchsproblem wird immer schwieriger. Und übrigens: Sie ersten drei Briefe sind da, für Sie ist auch einer dabei!«

Charlotte kamen vor Aufregung und Freude und Erleichterung fast die Tränen. Post von zu Hause? Endlich! Nach wie vielen Tagen? 20? Sie wusste es schon nicht mehr genau, dachte nur: Wenn die Post so schnell zu uns findet, dann dauert die Reise heim doch sicher keine acht Tage.

»Mensch«, sagte Icke, »du bist ja vollkommen bescheuert. Wenn du jetzt ja sagst, dann verpflichten sie dich bestimmt auch zur Führerin. Und dann die Entlassung: Du bleibst doch nicht bei unserer Lagerführerin! Weißt du denn, zu was für einer du dann kommst?«

War also alles falsch? Charlotte hatte ganz kalte Lippen vor Angst. Wem konnte sie glauben? Wer hatte recht? Sie dachte nur an den Brief, den sie heute Abend bei der Postverteilung bekommen würde, und sie beschloss, den Großeltern sofort zu schreiben, dass sie sie rechtzeitig nach dem KHD-Halbjahr anforderten. Als was? Charlotte wurde es fast schlecht vor Angst, eine Entscheidung getroffen zu haben, deren Folgen sie gar nicht absehen konnte.

Die Post war keine Freude. Der Brief konnte nicht der Erste sein, den die Großeltern nach Böhmen geschrieben hatten, die Großmutter antwortete auf Charlottes Bericht von ihrer Arbeit beim grausamen Stücker und regte sich über alles auf. Dass Charlotte zu schwer arbeitete, dass sie keinen heilen Wollsocken mehr hätte und dass sie mit einem Kriegsgefangenen zusammen arbeitete.

Komisch, dachte Charlotte, bei Schura hat sich niemand aufgeregt.

Schura war ein Mädchen von der Krim gewesen, eine Fremdarbeiterin, deportiert und zwangsverpflichtet, im Reich zu arbeiten. Sie war einer Nachbarin zugeteilt worden, Mutterkreuzträgerin, wozu man mindestens vier Kinder haben musste. Schura war ein fröhliches Mädchen, still, weil es nur mühsam Deutsch sprach, tüchtig, weil der Bauerntochter die Arbeit in einem Stadthaushalt selbst mit fünf Kindern und einem großen Garten kaum Mühe machte. Schura wurde nach Strich und Faden ausgenutzt, wurde wie eine Gerätschaft in der Nachbarschaft ausgeliehen, niemand kümmerte sich um sie, auch die Großmutter hatte sich nie um Schura gekümmert, hatte sie nur arbeiten lassen und war freundlich zu ihr gewesen, wenn sie gut funktionierte, und unausstehlich, wenn Schura nicht sofort begriff, was die Großmutter wollte.

Später merkte Charlotte, dass es die Großeltern mit ihrer Sorge um Charlotte anders gemeint hatten. Es ging darum, dass man sie, das deutsche Mädchen, allein mit einem männlichen polnischen Kriegsgefangenen zusammen arbeiten ließ, und sie schrieb umgehend zurück: »Ihr braucht Euch wirklich nicht aufzuregen. Die Lagerführerinnen prüfen jede Stelle, zu der wir geschickt werden. Ich arbeite nur halb so viel wie Schura, und Franz, der polnische Kriegsgefangene, könnte mein Vater sein.«

Die Post kam und ging also wieder, und Charlotte schrieb auf dem Prager Briefpapier, bei dem Bogen für Bogen unten mit einem grauen Strich versehen war, auf denen stand: »Vorsicht ist Klugheit!« – »Erhalte deine Körperkraft.« – »Die Postkarte spart Papier!« – »Immer wieder, noch mehr Papier sparen!« Da stand auch: »Eine zeitgemäße Kunst: mit wenig Worten viel zu sagen!«, und Charlotte spürte plötzlich, dass sie nicht Worte genug oder nicht die richtigen Wörter besaß, um den Großeltern das zu erzählen, was sie wirklich bedrückte und mit Furcht erfüllte.

Sie dachte an die kleine Stadt zu Hause, friedlich und unzerstört am Fuße der Berghänge über dem Fluss. Wenn die Großmutter zum Einkaufen in die Stadt ging, grüßte sie fast jeder, und sie blieb alle naslang stehen, um sich mit jemandem zu unterhalten. Was konnte dort eine Gefahr sein! Selbst die Sache mit Großvater war keine Bedrohung geworden. Das war damals gewesen, als die SA-Leute die Synagoge angezündet hatten und am nächsten Morgen die Fensterscheiben der Geschäfte in der Hauptstraße – die schon Adolf-Hitler-Straße hieß – eingeschlagen hatten, die Juden gehörten. Der Großvater, der auf dem Weg in die Kaserne an den Scherben und an den SA-Leuten vorbeigekommen war, die auf die Reste der Schaufenster mit weißer Farbe »Juda verrecke!« schmierten oder »Judensau raus!«, hatte vor Empörung gekocht und am Abend, als er vor der NS-Frauenschaft einen Vortrag über sachgemäße Verdunklung halten musste, seiner Seele Luft gemacht. »Meine Damen«, hatte er gesagt, »das ist eine Schande für unsere Stadt, dass ehrlichen Mitbürgern die Fenster eingeschlagen und die Möbel auf die Straße geworfen werden. Das kann nicht im Sinne unseres Führers und Reichskanzlers geschehen sein, und ich bedauere die Vorfälle aufs Außerordentlichste!«

Schon am nächsten Vormittag war er zum Kreisleiter zitiert worden, und als Charlotte mittags aus der Schule kam, saß die Großmutter verweint im Sessel und schluchzte in ihr Spitzentaschentuch. »O Gott, kann der Mann denn nicht seinen Mund halten! Er reißt uns alle ins Verderben! Sie werden ihn verhaften und ins Gefängnis werfen, und wir können sehen, wo wir bleiben!«

»Hör auf mit dem dummen Gejammer«, sagte der Großvater böse und verstört, »darum geht's doch gar nicht, was aus mir oder aus uns wird! Es geht darum, was sie mit den Juden gemacht haben. Das ist nicht anständig, und davon lasse ich mich nicht abbringen.«

»Aber sie haben dich angezeigt!«, schluchzte die Großmutter. »Und wenn du ins Konzentrationslager kommst, geht es wohl uns alle an!«

Vor Kurzem hatten sie in der *Berliner Illustrierten* einen Fotobericht über eins der Konzentrationslager gelesen, die die Nationalsozialisten überall eingerichtet hatten und in denen »politische Gefangene in Schutzhaft sind«. Man hatte auf den Fotos gesehen, wie die Insassen Sport trieben, Zeitung lasen, politische Diskussionen abhielten, zum Essenfassen anstanden und in großen lichten Hallen irgendeine Arbeit verrichteten. Was sollte wirklich aus ihnen werden, wenn der Großvater in so ein Lager käme?

Die Großmutter verlor keine Zeit. Sie ließ sich vom Großvater die Namen der drei oder vier Frauen geben – »150-prozentige Naziweiber« –, die den Großvater angezeigt hatten, und studierte vor allem die Anschriften. »Die wohnen alle im Untertal«, murmelte sie. Das war die Siedlung am Stadtrand, die von den Nazis schnell aus Holzhütten zusammengebaut worden war, um minderbemittelten Volksgenossen und Familien mit vielen Kindern eine Unterkunft zu beschaffen, und wo die Putzfrau der Großmutter und der Gärtner einer Nachbarin wohnten, die eingeschworene Kommunisten gewesen und ebensolche eingeschworenen Nationalsozialisten geworden waren.

»Frau Major«, hatte die alte Putzfrau eines Morgens mit Tränen in den Augen zu Großmutter gesagt, »ich habe gnä' Frau ja oft bestohlen, das werden Frau Major gewiss gemerkt haben. Aber jetzt können Frau Major mir trauen. Jetzt glauben wir an den Führer, und der Führer hat gesagt: Ein guter Nationalsozialist stiehlt nicht! Frau Major können jetzt an allen Schränken die Schlüssel stecken lassen!«

Die Großmutter zog sich sorgfältig um, bis sie zwar immer noch würdig und ehrfurchtgebietend, aber doch irgendwie auch bescheiden und schlicht aussah, und machte sich mit der Adressenliste auf den Weg ins Untertal. Charlotte nahm sie mit, hielt sich, wie ihr schien, mehr an ihr fest, als dass sie sie an der Hand führte, und marschierte als Erstes zur Putzfrau. Charlotte musste draußen vor der grün angestrichenen Holzhütte warten, und nach einer Weile kamen alle beide heraus, hochrot und mit nassen Wangen.

Dann gingen sie zu dritt nacheinander zu allen Frauen, die den Großvater angezeigt hatten, und die Großmutter und die Putzfrau redeten so lange, so heftig und so unwiderstehlich auf die Weiber ein, bis eine nach der anderen auch in Tränen ausbrach, der Großmutter um den Hals fiel und hoch und heilig versprach, sofort zum Kreisleiter zu gehen und zu sagen, dass alles nur auf einem Missverständnis beruhte. Ja, natürlich, so ein anständiger aufrechter Herr wie der Großvater, der konnte das ja gar nicht anders sehen! Nein, natürlich hatte er niemanden der Lüge bezichtigt, auch nicht die SA, und selbstverständlich – wie die Großmutter allein mit dem Sohn und dem verwaisten Enkelkind durchkommen sollte ... Und dann fiel die Putzfrau ein und beteuerte, was für eine gute Gnädige die Großmutter sei, und sie hätte »nie was gesagt gegen unsereinen, auch nicht, als ich noch gestohlen habe, sondern ganz im Gegenteil: immer ein Herz für die armen Leute und immer lustig und nie angeschrien, und bei jeder schweren Hausarbeit mit angepackt, und immer, wenn sie gebacken hatte, etwas abgegeben und angeboten«, und Charlotte, die stocksteif und halb tot vor Verlegenheit daneben stand, wurde in die feuchte Umarmung der Frauen hineingezogen, »das arme

Kind, das ja niemanden hat als den Großvater, und wer soll denn sonst für das Kind sorgen?«

Der Kreisleiter, berichtete die Großmutter am nächsten Tag beim Mittagessen, hatte sich an den Kopf gefasst, aber da standen die vier Weiber vor ihm und heulten und schworen ab und widerriefen, und die Großmutter stand als Wache hinter ihnen und gab ihnen die Stichworte.

»Wir haben es geschafft«, sagte sie stolz, »aber der Kreisleiter hat mir gesagt: Ihr Mann ist haarscharf am KZ vorbeigekommen, gnädige Frau. Na, wie scharf, ist mir ganz egal. Hauptsache dass.«

Und dann ging das Leben weiter, und der Gärtner der Nachbarin war unterdessen Straßenfeger geworden, und der Großvater blieb oft bei ihm stehen und unterhielt sich mit ihm, natürlich über Politik, und die Großmutter sagte: »Halte bloß den Mund! Das ist doch immer noch ein Kommunist reinsten Wassers!«, und der Großvater antwortete bockig: »Das ist mir ganz egal! Der Mann hat recht!«, und die Großmutter flehte: »Dann brüllt doch wenigstens nicht so laut, wenn ihr euch unterhaltet! So kann es ja die ganze Stadt hören, und ein zweites Mal klappt das mit dem Kreisleiter nicht wieder!«

Die Stadt hörte den Großvater und den Straßenfeger immer weiter brüllen, aber sie kümmerte sich nicht um sie. Man ließ die beiden das sagen, was viele selber dachten, und wenn es gesagt war, war es gut. Man schimpfte, aber man unternahm nichts. Man sagte: »Wenn der Krieg erst einmal vorbei ist, dann wird das alles besser werden, dann wird richtig aufgeräumt. Jetzt müssen wir einfach durchhalten. Jetzt dürfen wir dem Führer nicht in den Rücken fallen!« Und sonst passierte auch gar nichts. Man lebte so vor sich hin, das Untertal blieb das Untertal, die Kinder gingen in die Schule, bei Alarm lief man in den Keller, auf dem Rasen vorm Haus pflanzte man Kartoffeln und auf die Blumenbeete Tomaten, und Bomben fielen woanders.

Wie sollte Charlotte erklären, dass ihr diese Sicherheit unerträglich zu werden begann? Dass sie sich bei Franz, mit dem sie sich, wie die Großmutter fürchtete, »abgab«, sicherer und glücklicher fühlte, als wenn sie die Briefe von zu Hause las, die nun wieder im stetigen Strom eintrafen und die früher ihre einzige Zuflucht gewesen waren?

Sie rettete sich in überschwängliche Liebesbeteuerungen an die Großmutter, sie schrieb Sätze, die sie nicht glaubte, die sie aber glauben wollte: »Was würde ich nur ohne Eure Briefe anfangen – Ihr seid mir in Gedanken so nahe –, ich fühle mich ganz in Eure Liebe eingehüllt. Verdiene ich das überhaupt?«

Unten auf den Briefbögen stand: »Vorsicht ist Klugheit!« und »Umschlaglose Briefbögen verwenden!«

Und dann schrieb sie: »Mein Geburtstag! Ihr ahnt nicht, was das bedeutet! Ohne Euch und doch inniger denn je mit Euch verbunden. 18 Jahre bin ich nun alt und darf in jedes Kino gehen …«

Sie wurde in der Früh von den anderen Maiden durch ein Lied geweckt. Sie sangen das schlesische Lied:

»Und in dem Schneegebirge,
da fließt ein Brünnlein kalt;
und wer das Brünnlein trinket,
wird jung und nimmer alt.

Ich hab daraus getrunken
gar manchen frischen Trunk,

ich bin nicht alt geworden,
ich bin noch allzeit jung.

Ade, mein Schatz, ich scheide,
ade, mein Schätzelein.
Wann kommst du aber wieder,
Herzallerliebster mein?

Wenn's schneiet rote Rosen
und regnet kühlen Wein.
Ade, mein Schatz, ich scheide,
ade, mein Schätzelein.

Es schneit ja keine Rosen
und regnet keinen Wein:
so kommst du auch nicht wieder,
Herzallerliebster mein!«

Die Maiden hatten einen kärglichen Kerzenstummel auf einen Hocker geklebt, die Post darum geordnet, eine Maid trug ihn neben Charlottes Bett, und alle marschierten an ihr vorbei und drückten ihr die Hand.

Die Kinder ihrer kleinen Schule sangen später ebenfalls, und die Frauen der Führer hatten den Teller beim Mittagessen mit einem Kranz aus Efeu geschmückt.

Abends saß ein dicker kleiner Guglhupf auf Charlottes Teller, und vorm Schlafengehen teilte sie ihn mit ihrer K. Jeder bekam einen Krümel. Wenn doch Frieden wäre, dachte sie, während sie genussvoll daran lutschte. Wenn alles nur ein Traum wäre … Aber dann schlief sie ein, den süßen Kuchengeschmack noch im Munde.

Am nächsten Tag war schon während des Vormittags

zweimal Alarm. Charlotte sah die Flugzeuge fliegen, es war ein Angriff auf die Nachbarstadt, und sie gingen gar nicht in den Luftschutzbunker, sondern standen in der Sonne und schauten zu, wie die Spielzeugmaschinen hoch über den blauen Himmel zogen, wie hinter dem Berg eine dunkle Wolke aufstieg, wie man trotz des hellen Tageslichtes den Feuerschein erkennen konnte.

»Brandbomben«, stellte eine der Frauen fest. Im Lager wartete ein Brief von zu Hause auf sie, in dem ihr die Großmutter Vorwürfe machte, dass sie sich als KÄ hatte verpflichten lassen. »Das wäre doch sicher nicht nötig gewesen.«

Charlotte seufzte. Was sollte sie darauf antworten? Sie freute sich, dass sie zu viel zu tun hatte, um zum Nachdenken zu kommen, und sie erzählte in ihren Briefen nur noch Unverfängliches: wie die Kinder waren, was sie mit ihnen machte, welche Erfolge sie bei ihnen hatte, welche Kinder besonders nett waren, welche was für einen lustigen Streich gespielt hatten.

Sie schrieb nicht, dass sie sogar darüber nachgedacht hatte, sich über das halbe Jahr hinaus zu verpflichten. Ich komme ja doch nicht heim, dachte sie, ob ich nun im RAD bleibe oder in der Munitionsfabrik arbeite.

Sie sprach mit einer Jungführerin, die sie unten im Lager kennengelernt hatte und die ebenfalls gegen ihren Willen gezwungen worden war, sich zu verpflichten. Sie riet Charlotte jedoch, sich auf jeden Fall von zu Hause anfordern zu lassen. Auf Sozialberufe würde trotz allem Rücksicht genommen.

Und dann kam wieder ein Brief mit Brotmarken und 30 Mark als Einlage, und die Großmutter schrieb: »Deine Freundinnen Anneliese und Erika sind schon wieder zu

Hause! Ich verstehe gar nicht, warum sie Dich nicht auch zu uns zurückschicken. Soll ich nicht mal an Deine Führerin schreiben, dass sie Dich freilässt? Das wäre doch zu schön, wenn wir wieder eingehakt zusammen in die Stadt gehen könnten …«, und Charlotte stopfte die Marken sofort wieder in einen Umschlag und schrieb dazu: »Ihr werdet immer dünner und schickt mir noch Marken. Macht das nicht noch einmal! Wir werden schon satt, und wenn ich entlassen werde, bekomme ich so viel Proviant mit, wie ich brauche. Und bitte, schreibt nicht an meine Lagerführerin. Es hat gar keinen Zweck. Ich werde hier noch meine Erkundigungen einziehen, aber ich glaube, wenn ich als Säuglingsschwester oder so was Ähnliches von einer Klinik bei Euch angefordert werde, das wäre das Beste. Ob man das direkt über den Bezirk oder anders macht, weiß ich noch nicht. Aber bitte, rege Dich über nichts auf, was mich betrifft! Es wird schon alles gut werden, und ich bin ein Sonntagskind. Und übrigens: Alle unsere KÄs sind entlassen worden. Also habe ich berechtigte Hoffnung, dass ich ebenfalls nach einem halben Jahr zu Euch heimkomme. Da lacht die Sonne wieder!«

Sie war nun 18 Jahre alt, hatte 15 Pfund zugenommen, musste sich den Uniformrock umtauschen und passte nicht mehr in ihren eigenen Privatrock.

»Komisch«, sagte sie zu der Studentin, »so viel kriegen wir doch gar nicht zu essen!«

»Das hängt wahrscheinlich gar nicht damit zusammen«, antwortete die Studentin, »hast du deine Regel noch?«

»Nee. Die hab' ich seit November kein einziges Mal gehabt.«

»Überhaupt nicht mehr?«

Charlotte schüttelte den Kopf.

»Ich glaube, dann ist es kein Wunder, dass du dicker geworden bist. Aber da solltest du irgendetwas machen.«

»Ist es denn gefährlich?«, fragte Charlotte.

Die Studentin zuckte die Achseln. »Ich weiß es nicht. Ich hab' ja erst ein Trimester Medizin studiert gehabt. Aber ich glaube, gut ist es nicht.«

»Ach, lass man«, sagte Charlotte, »mir ist es so ganz bequem.«

Sie hatten immer etwas Besonderes vor: Abschied für die KÄs, Begrüßung der neuen einheimischen Maiden. Eine Feier für die Flüchtlinge aus der Abteilung. Ein Balladenabend zum Geburtstag der Lagerführerin. Sie lebten wie im Inneren einer Kugel. Charlotte dachte nicht mehr an die Zukunft. Sie sang: »Nur der Freiheit gehört unser Leben …« und »Haltet eurer Herzen Feuer wach durch alle schwere Not …«

Sie sang:

»Herz der Völker, Vaterland!
Wenn die Feinde dich umringen,
nun bei Gott! Es muss gelingen,
bleibe mutig, halte stand!«

Sie sang:

»Land unter diesen Sternen,
die hoch wie die Treue sind,
Land, du sollst glauben lernen,
dass nun der Tag beginnt.

Land, gute Muttererde,
die Halme stehen im Felde gut,

frei steht in jedem Herde
das Feuer und die Glut.

Land über tausend Jahren,
die Ströme nach den Meeren gehn,
und heben sich Gefahren,
du wirst gehütet stehn.

Du Land aus unserm Herzen,
in deinen Bergen wächst das Erz,
sieh uns, wer dich will treffen,
der trifft in unser Herz.«

14 Tage nach ihrem Geburtstag bekam sie das Geburtstagspaket von zu Hause: Wollsocken, Kekse, Seife, und sie bedankte sich nur mit einer Postkarte, weil sie keine Zeit für einen Brief hatte.

Die nächste Postkarte hatte gar keinen Absender, denn Charlotte war auf der Reise nach Linz.

Das war so gekommen: Charlotte saß mit Tilly und Liesel, einer anderen KÄ, in der K und half den anderen, ihre Bekleidung zur Abgabe fertigzumachen. Sie sprachen darüber, dass ihre Führerinnen sie bald verlassen würden.

Da ging die Tür auf, die Lagerführerin kam herein, setzte sich zu ihnen, schwatzte etwas mit ihnen und fragte schließlich, ob Tilly und Liesel nicht Lust hätten, mit Charlotte, ihr und den anderen Führerinnen nach Österreich zu fahren.

Die Mädchen lachten, sagten: »Aber natürlich! Wann soll die Reise denn losgehen?«, und die Lagerführerin antwortete: »Übermorgen!«

Die Maiden schwiegen verblüfft, und nach einem kurzen Hin und Her stellte sich heraus, dass die Lagerführerin Anweisung hatte, die KÄs und Tilly mit nach Linz zu nehmen, wohin der Bezirk fünf, Oberschlesien, abgesetzt worden war.

Der letzte Tag verging mit Packen und Abschiednehmen, und dann begann die Fahrt in das Bezirkslager, die in normalen Zeiten etwa einen halben Tag gedauert hätte und zu der sie so plötzlich aufgebrochen waren, dass Charlotte erst wieder zu sich kam, als sie in Budweis im Puff saß.

Das Puff lag im Keller eines großen Hauses in der Nähe vom Bahnhof, und es war so geräumig, dass es als öffentlicher Luftschutzkeller umfunktioniert worden war. Im Eingang stand noch immer die samtbeschlagene Kasse mit Messingstangen und Mattglasscheiben, der Raum selbst war üppig mit roten Samtsofas in lauschigen Nischen ausgestattet, und von den Wänden lachten leicht bekleidete Mädchen, mit kühner Hand gemalt, die in Bäumen mit reifen Kirschen saßen und sich neckisch die roten Früchte in die ebenfalls kirschroten Münder steckten.

Die Mädchen hatten es sich auf dem schwellenden Samt gemütlich gemacht, und Charlotte schrieb auf einem der Marmortischchen ihre erste Postkarte von der Reise.

»Sie ist wesentlich komfortabler als das, was ich in der letzten Zeit erlebt habe, aber trotzdem anstrengend genug. Wir sind schon drei Tage unterwegs. Meine Führerinnen kommen zur Luftwaffe, Liesel, die eine KÄ, vielleicht auch. Sie hat sich als Führerin verpflichtet, weil sie nicht weiß, was sie sonst tun soll. Sie hat noch nichts von ihrer Mutter und ihren Geschwistern aus Oberschlesien gehört, aber heim kann sie sowieso nicht, weil da ja die Russen sind.«

Entwarnung. Zurück zum Bahnhof. Neben Charlotte

standen zwei fremde Maiden, und Charlotte stieß plötzlich einen Schrei aus: Es waren zwei Mädchen aus ihrer Klasse, und sie fielen sich unter Lachen, Tränen und »Wo kommst du denn her?« in die Arme. Die beiden reisten aus einem Lager bei Dresden in den Kriegshilfsdienst, und Charlotte erfuhr zum ersten Mal, dass in der Nacht von ihrem Geburtstag Dresden so schwer bombardiert worden war, dass alles abgebrannt und nur noch Trümmer geblieben waren und dass der Kriegshilfsdienst auf ein ganzes Jahr verlängert worden war. »Wer weiß, wer von uns zuerst zu Hause ist!«, sagte sie zum Abschied.

Fahren und Halten und Umsteigen und Fahren und Stehen und Muckefuck in die Feldflasche gießen lassen und Suppe aus der Gulaschkanone fassen.

Nach weiteren drei Tagen: Linz, wo sie in einen Angriff gerieten, der Bahnhof und Gleise so zerstörte, dass sie in einen Bus verladen und bis zur nächsten heilen Station verfrachtet wurden.

Das Ziel: die Bezirksschule, die in einem weißen freundlichen Barockschloss mit alter Zugbrücke und Schlossgraben untergebracht war. Das ganze Haus wimmelte von KÄs und Führerinnen. Sie schliefen auf Matratzen und Pritschen, es gab keinen Dienst, sondern nur ein ermüdendes Durcheinander von Warten und Schulung und Einzelgesprächen und Mitteilungen und Warten und Singen, und nach und nach erfuhren sie, dass wirklich alle Führerinnen zur Luftwaffe beordert wurden und dass Charlotte, Liesel und Tilly in ein Lager in der Nähe von Salzburg kämen.

Charlotte war enttäuscht, aber zu erschöpft, um sich Sorgen zu machen: Mit der verlängerten KHD-Zeit und der absoluten Urlaubssperre sank ihre Hoffnung, in diesem Sommer noch heimzukommen. Sie wanderte mit den KÄs und den Führerinnen aus ihrem alten Lager in das Dorfgasthaus, und sie feierten bei Most und Kerzenlicht Abschied. Durch die Reise waren sie sich alle nähergekommen, und Charlotte fiel dieser Abschied schwerer, als sie es sich gedacht hatte.

Am nächsten Tag Abfahrt in das neue Lager, das auch in einem kleinen alten Schloss lag, direkt vorm Dorf, am Ausgang des Tales. Zur anderen Seite hin erhoben sich Berge, alles war hier noch tief verschneit, und im Lager wohnten schon 20 oder 30 Maiden, alles Flüchtlinge aus Oberschlesien. Die Neuen wurden freundlich begrüßt, in die Hausordnung eingereiht und wieder vollständig eingekleidet.

Die meisten Maiden arbeiteten in einer großen Flick- und Nähstube, die für kaputte Hemden und andere Uniformstücke des Männerlagers eingerichtet worden war, und Charlotte kam in die Küche, wo sie Tilly wiedertraf.

»Ich weiß gar nicht, was hier los ist, die sind, glaub' ich, gar nicht richtig auf uns eingerichtet«, sagte Tilly, »die Lebensmittel reichen hinten und vorne nicht, und schau dir diese Erdäpfel an: alle erfroren! Wie soll ich denn hier kochen?«

Charlottes erste Aufgabe war es, eine Kartoffelmiete hinter dem Schloss im Garten zu öffnen und besseren Nachschub zu holen. Sie wusch und kochte die Kartoffeln, und als sie die heißen Knollen auf die Fingerspitzen nahm und flink pellte, sagte Tilly zufrieden: »Für einen Laien arbeitest du gut. Da hab' ich ja wieder mal Glück gehabt, dass du bei mir gelandet bist!«

Es schneite draußen unaufhörlich, und Charlotte fand die Lagerführerin auf den ersten Blick nett und charmant und bewunderte ihre erstklassig gearbeiteten Privatblusen und Kleider.

»Fall doch nicht auf die rein«, sagte Liesel, »weiß der Himmel, wo die ihre Klamotten her hat. Das möchte ich gar nicht so genau wissen.« Charlotte hatte viel zu tun, denn außer ihr gab es für Tilly keine Hilfe in der Küche, und beide waren abends rechtschaffen müde.

Dabei hatte der Lagerbetrieb wieder voll eingesetzt, vom Fahnenhissen am Morgen mit *Deutschland, heiliges Wort …* über Singen und Schulung, Holzsägen und Holzhacken für das Küchenfeuer, Töpfe mit Sand scheuern, weil es kein Scheuerpulver mehr gab, Kleiderappell, Spindappell, Stiefelappell, Sport, Dauerlauf mit Gasmaske.

Dazu zogen sie sich die Trainingsanzüge an und stülpten die Gasmaske vors Gesicht. Darunter stank es, und Charlotte hatte schon im Stehen das Gefühl, gleich ersticken zu müssen. Beim Marschieren ging es noch, aber wenn der Befehl kam: »Dauerlauf, marsch, marsch!«, begann der Todeskampf. Der Filter der Gasmaske ließ nicht so schnell so viel Luft durch, wie ein laufendes Mädchen verbrauchte, deshalb begann nach ein paar Schritten die Atemnot. Charlotte hatte das Gefühl, dass ihr das Herz in der Brust zerspränge, aber es war verboten, die Gasmaske zu lockern oder mit dem Finger darunterzufahren, und der Dauerlauf war noch ein Vergnügen gegen das, was passierte, wenn der Befehl lautete: »Den Hang hinauf, marsch, marsch!«

Leichtfüßig trabte ihnen die Führerin voran, senkrecht durch den fast knietiefen Schnee den Wiesenhang hinauf. Wenden. Zurück. Wieder hinauf. Oben angekommen, stürzte Charlotte in den Schnee.

»Auf, auf, wer ist denn das da? Aufstehen! Den Hang hinunter, marsch, marsch!« Aber Charlotte blieb liegen, und als ihr die Führerin ärgerlich die Maske abnahm, hatte sie blaue Lippen und war ohnmächtig. »Anstellerei!«, schimpfte die Führerin, und die anderen Maiden, dankbar dafür, dass sie eine Ausrede hatten, die Gasmasken abzunehmen, schleiften Charlotte durch den Schnee den Hang hinunter und ins Lager zurück.

Tilly erzählte später: »Die Lagerführerin hat einen furchtbaren Krach gemacht. Ob das denn jetzt noch nötig wäre, diese Schleiferei, und die andere Führerin hat gesagt: Jetzt erst recht und bis zum letzten Moment, und auf jeden Fall haben wir's dir zu verdanken, dass wir wenigstens nicht mehr den Hang hinaufmüssen mit den Gasmasken.«

Acht Tage vergingen relativ friedlich, sie hatten einen Scharlachfall, waren in Quarantäne, durften dann am nächsten Sonntag wieder ins Kino, Charlotte bekam eine Augenentzündung, wurde zum Arzt in das Dorf geschickt und genoss es, die alten Häuser mit der Lüftlmalerei und den schönen geschnitzten Holzbalkonen zu betrachten, bekam Tropfen und eine dunkle Brille verschrieben, und dann holte sie der Krieg wieder ein. Tiefflieger brausten durch das Tal, und einmal schmetterte eine Salve direkt in ihr Badezimmer, in dem sich Charlotte und ein paar andere Maiden nach dem Sport am Vormittag duschten. Sie schrien wie verrückt, hielten sich die Waschschüsseln vor den nackten Leib und sammelten nachher die leeren Patronenhülsen auf, von denen eine oder zwei über die Kacheln gescheppert waren.

Einmal zog eine Zigeunerfamilie mit großen breiten Autos durch das Dorf, aus Ungarn, wie die Leute sagten, ein anderes Mal war es ein Zirkus mit Kamel und Elefant, die wie die Begleiter der Heiligen Drei Könige langsam und gemächlich durch die verschneiten Dorfstraßen zogen.

Und immer wieder ein Leiterwagen mit stummer Besatzung, vermummten alten Frauen, eingewickelten Kindern, erschöpften Frauen, die das Pferd führten, manchmal mit einer Kuh, die am langen Seil verschlafen hinterhertrottete. Manchmal der Wagen noch hoch beladen mit Kisten und Kasten, die Teppiche als Planen darüber gespannt, manchmal geplündert und fast leer. Manchmal huschte ein schwarzes glattes Auto mit SS-Leuten durch das Dorf. Manchmal war es ein Militärtransport, oft ein Konvoi aus Rot-Kreuz-Fahrzeugen.

Irgendwann ein Feiertag mit Aufmarsch und Flaggen an jedem Haus, Feststunde im Kino, Palmen und Lorbeerbäumen, Beethoven und Reden vor Vertretern von Partei, Staat und Wehrmacht, Liedern und Trommelwirbel. Charlotte schloss die Augen, um nur die Musik hören zu müssen.

Nach der abendlichen Schulung hieß es: »Charlotte, komm mal zur Lagerführerin!«

Charlotte ging ahnungslos in das auch mit rohen hellen Holzmöbeln eingerichtete Führerzimmer, wo die Lagerführerin sie eisig begrüßte. »Arbeitsmaid Eynhuf, Sie hatten von Ihrer oberschlesischen Lagerführerin ein glänzendes Zeugnis. Ich möchte wissen, wie das zustande gekommen ist.«

»Wie bitte?«, fragte Charlotte verstört, und dann ging es los mit »Mitten in der Feierstunde einschlafen ... Unglaubliches Verhalten ... Miserables Vorbild für die einheimische Bevölkerung ... Tiefste Interesselosigkeit an dem, was uns allen heilig ist ... Kein Platz unter denen, die noch treu zur Fahne stehen ... Schon öfters aufgefallen, dass Sie sich der Gemeinschaft nicht einfügen. Aber das wird Konsequenzen haben. Erst mal Ausgangssperre. Abtreten.«

Vollkommen verstört taumelte Charlotte aus dem Zimmer, Tilly fast in die Arme, die versucht hatte zu lauschen. Sie hörte sich schweigend an, was Charlotte berichtete, und dann sagte sie: »Hör zu, in zwei Wochen ist hier sowieso eine sogenannte Überprüfung. Ich hab' das Gefühl, die will jetzt schon ein paar von uns systematisch abschießen. Die politische Lage ist eh schon gar keine Lage mehr. Ich werd' mir irgendetwas einfallen lassen, dass ich auch angeschissen und rausgeschmissen werde, und wenn wir dann in ein anderes Lager sollen, verdünnisier' ich mich auf dem Wege.«

»Ist das nicht sehr gefährlich?«

Tilly zuckte die Achseln. »Wenn uns die Russen oder die Amerikaner im Lager erwischen, ist das auch gefährlich. Für die ist Uniform doch gleich Uniform, und die Rot-Kreuz-Schwestern haben sie auch gefangen genommen.«

An diesem Abend holte Charlotte zum ersten Mal den Zettel heraus, den ihr die Großmutter im November mit eingesteckt hatte: lauter Adressen von Freunden, Bekannten und Verwandten für den Fall, dass Charlotte eine Zuflucht brauchte. Sie überflog nachdenklich die Orte: Greifswald – da waren jetzt die Russen. Stettin – auch die Russen. Oels – längst die Russen. Berlin – unerreichbar und sicher auch bald von Russen eingeschlossen. Königsberg – schon seit Wochen die Russen. Augsburg – ja, das wäre die einzige Möglichkeit, wenn da nicht schon die Amerikaner oder die Franzosen sind. Wer war denn das überhaupt? Sie las den Namen, und dann fiel ihr ein Foto ein: zwei kleine Buben am Strand, dahinter zwei Mütter in eleganten Sommerroben mit Hüten, die bis fast an die Nasenspitze reichten. Ludwigslust 1922. Da war ich noch gar nicht auf der Welt. Ludwigslust – nur eine Frage der Zeit, bis es die Russen auch hatten ... Ob es diese Frau aus Augsburg überhaupt noch gibt? Ob sie noch lebt? Ob sie nicht längst umgezogen ist oder ob das Haus am Ende bombardiert und eine Ruine ist? Und ob sie sich noch an die Großmutter erinnert? Charlotte meinte sich zu erinnern, dass die beiden Frauen, die sich über die gleich alten Söhne damals kennengelernt hatten, zu Weihnachten immer Briefe oder Karten ausgetauscht hatten, und sie machte auf jeden Fall ein Kreuz vor die Augsburger Adresse.

In diesen Tagen hörte auch endgültig die Angst auf und die Fähigkeit, alles zu empfinden. Charlotte wurde gleichgültig. Es wurde ihr alles gleichgültig. Sie wachte auf, sang und hörte zu, arbeitete und machte Pause, sie dachte nicht nach, sie reagierte und bewegte sich mechanisch, und die Tage vergingen wie von selbst. Der Schnee taute, ein blauer strahlender Tag folgte dem anderen, fern hinter den Tannenbergen erhob sich das Gebirge und leuchtete firnenweiß herüber, und sie stopften und stopften die Drillichhosen der Arbeitsmänner und pellten Kartoffeln, und einmal fehlte beim Morgenappell eine Maid, und sie mussten noch einmal durchzählen und noch einmal, und die Zahl stimmte immer noch nicht, die Führerinnen machten verkniffene Gesichter und ließen abends nach der Schulungsstunde einen Aufsatz schreiben über den Leitartikel von Joseph Goebbels im *Reich*.

Unter dem Schnee kam der erste Huflattich heraus, der Hang, auf dem sie Übungen mit der Gasmaske gemacht hatten, war gelb überzogen. Der Garten neben dem Lager stand voller Johannisbeerbüsche und Himbeerhecken, am Rande der Gemüsebeete kam eine Reihe Schneeglöckchen heraus, und Charlotte war froh, als sie Gartendienst hatte. Sie jätete und hackte und grub um und säte Samen, von denen sie wusste, dass sie sie nie würde blühen sehen.

Irgendwann war Ostern, ein warmes, sonniges Ostern, und vom Dorf schollen die Glocken herüber. Es gab am

Sonntag für jede Maid ein rotes Ei mit einer Lebensrune, sie sangen *Es geht eine helle Flöte ...* und:

»Wenn die Stürme Leben wecken,
hebt im Land ein Singen an,
und das Lied soll alle schrecken,
die der Winter hält im Bann.

Fort mit allen, die noch klagen,
die mit uns den Weg nicht wagen.
Fort mit jedem schwachen Knecht:
nur wer stürmt, hat Lebensrecht.«

Das war alles. Und keine Post. Seit Böhmen keine Post, und wenn Charlotte einen Brief abgab, sagte die Führerin: »Damit würde ich allmählich aufhören. Die Post geht ja doch nicht mehr so weit.«

Nach Ostern hatte Charlotte Hausdienst, der vor allem darin bestand, mit breiten flachen Bürsten, in die man wie in Pantoffel schlüpfte, das Barockparkett zu wichsen. Charlotte flog wie eine schwerfällige Motte über das helle und dunkle, das honigfarbene und das fast schwarze Holz und wienerte es genau in der Richtung der Holzmaserung.

Niemand sprach mehr viel, tagsüber hallten die Stimmen der Führerinnen über sie hin, abends krochen sie rasch in ihre Betten, kratzten sich eine Kuhle in den Strohsack, zogen sich die blau karierte Decke über die Ohren und versuchten sofort einzuschlafen. Es war oft Alarm, am Tag und in den Nächten, und sie schwebten in einem sonderbaren Erschöpfungszustand zwischen nie ausgeschlafener Müdigkeit und Schlaflosigkeit.

Kurz nach Ostern, kurz nach einer Schulung über den totalen Krieg und den »letzten entscheidenden Vergeltungsschlag, den unser Führer vorbereitet«, kam eine Kommission ins Lager und löste die Hälfte der Belegschaft auf, weil ein neuer Trupp Flüchtlinge aus Posen erwartet wurde. Charlotte und Tilly wurden mit ein paar anderen Maiden einem Lager in der Nähe von Linz zugeteilt. Rüstungseinsatz hieß es lakonisch, und es wurde weder vom KHD noch von einer Dienstverpflichtung gesprochen.

»Frag nicht so lang«, sagte Tilly, »wer weiß, wo sie dich sonst hinschicken.«

Charlotte packte abermals – zum wievielten Mal? – die Holzpantinen und die Stukas und die Militärnachthemden in den Kissenbeutel, sie standen wieder auf einem Bahnhof, der diesmal freundlich aussah, die ersten Stiefmütterchen in den Blumenkästen, verwitterte Holzpracht im abblätternden Schönbrunner Gelb, Gras zwischen den Gleisen, ein alter Stationsvorsteher, der die Kelle nur mit zitternden Händen halten konnte und mit den Mädchen in der Sonne auf den Zug wartete. Sie fuhren und stiegen aus, weil Alarm war, und stiegen ein und fuhren und stiegen aus, weil ein Tieffliegerangriff begann, und bewegten sich sparsam und mechanisch und lagen im warmen Gras und sahen über sich die Flieger ziehen, hörten das böse, hohe Sirren und Brummen und stiegen wieder ein, und es wurde Abend, ehe sie ihre Station erreichten.

Die Führerin, die sie begleitet hatte, marschierte vor ihnen her aus der Stadt heraus, durch Wiesen und Wald, bis sie wieder Wiesen und ein offenbar sehr großes eingezäuntes Gebiet erreichten, in dem Baracke an Baracke lag.

»Was ist das?«, fragte Tilly plötzlich ganz wach.

»Ein Gefangenenlager?«

»Die eine Hälfte ist ein Gefangenenlager, die andere ein Straflager«, antwortete die Führerin, »Ihr kommt in die Baracken für die Dienstverpflichteten.«

Sie marschierten zum hohen Gattertor, das ein Soldat bewachte, sie marschierten zwischen den Baracken hindurch bis zu denen, die ganz am äußersten Ende lagen. Jenseits des Drahtzaunes senkten sich die Wiesen zu einem See, am anderen Ufer wieder Hügel mit blauschwarzen Tannenwäldern, dahinter ein Berg, breit und rund und oben noch voll Schnee, der im Feuer des Sonnenuntergangs glühte.

Die Führerin meldete die Maiden, übergab die Papiere und verschwand, ohne sich zu verabschieden. Sie blieben stehen, wurden flüchtig begrüßt und gleich in die Ks eingeteilt. Die Räume waren niedrig, eng und verwahrlost, die Maiden, die sie schweigend anstarrten, sahen ebenso verwahrlost aus, und als Charlotte mit dem zugeteilten groben Bettzeug den Strohsack im Doppelbett – oberes Bett – beziehen wollte, fragte sie erstaunt: »Was ist denn da drin? Das ist doch kein Stroh!«

Eine der Maiden schüttelte den Kopf. »Holzwolle«, antwortete sie, »du wirst schon sehen, wie du darauf schläfst.«

Das erfuhren sie noch nicht in dieser ersten Nacht, denn alle, die Kriegsgefangenen, die Zwangsverpflichteten und die Arbeitsmaiden, arbeiteten nachts in der Munitionsfabrik, die in einem großen Waldstück zwischen Lager und See lag.

Sie hatten gerade Zeit, die Spinde einzuräumen und die Arbeitskleidung anzuziehen, da hieß es: »Appell, Antreten, Durchzählen, Abmarsch zur Kantine!«

Die Kantine lag vor der Munitionsfabrik, und sie aßen an langen Tischen zwischen den zwangsverpflichteten Frauen, die in den Baracken neben ihnen wohnten. Die Frauen trugen Kittelschürzen, hatten breite flache Gesichter und sprachen eine Sprache, die Charlotte nicht verstand.

»Das sind Ukrainerinnen«, sagte eine Maid aus dem Lager, »und schaut euch nur die Haare und die Hände an! Wir kriegen hier bei Gott nicht viel zu essen, aber wenn ich das sehe, vergeht mir der Appetit, und ich möchte am liebsten kotzen.«

Die Frauen trugen Kopftücher, doch der Haaransatz, der ungeschützt war, schimmerte kupferrot und gelblich, und die Haut auf Händen und einzelnen Gesichtspartien war dottergelb verfärbt.

»Das ist sicher eingeätzt«, flüsterte die Maid, »das kannst du gar nicht mehr abwaschen.«

»Arbeiten wir da auch?«, fragte Charlotte.

Die Maid schüttelte den Kopf. »Dazu haben sie ja die Ukrainerinnen. Die arbeiten allein in der chemischen Abteilung.«

»Und wir?«

»Am Band und beim Transport. Aber komm, wir müssen uns anstellen.«

Sie stellten sich an und bekamen an der Theke von einer anderen Ukrainerin eine Kelle dünne Suppe in einen Blechnapf geklatscht und dazu ein Stück Brot, vielleicht zweihundert Gramm, klitschig, schwer und feucht.

Charlotte balancierte den Teller vorsichtig zu einem Tisch, und die andere Maid setzte sich neben sie. »Iss langsam«, sagte sie, »es gibt keinen Nachschlag, und das Brot ist unser Frühstück.«

»Sonst nichts?«, fragte Charlotte.

»Sonst nichts«, antwortete die andere, »heb es gut auf und steck es irgendwohin, wo du heute Nacht nicht dran kannst, sonst isst du es nämlich doch auf, und dann knurrt dir morgen der Magen. Aber pass auf, dass es dir nicht geklaut wird.«

Nach dem Essen wickelte Charlotte das Brot in ein Taschentuch, stopfte es in die Manteltasche, und dann ging es – »Antreten! Durchzählen! Aufstellen in Zweierreihen!« – von der Kantine in den Wald. Schweigemarsch aus Müdigkeit.

Zuerst sahen sie die Arbeitsgleise, dann die dunklen Formen von Güterwagen zwischen den Bäumen, dann die Blöcke von flachen, lang gestreckten Gebäuden. Sie wurden verteilt, immer zwei oder drei arbeiteten in einer Gruppe, kamen in ein Gebäude.

Charlotte lernte in diesen Nächten, wie man Granaten in kleinen Karren transportiert, wie man sie von den Karren in die Güterwagen hievt, wie man Munitionskisten verlädt, wie man fertige Granaten mit einem Öllappen abwischt, wie man Zünder einsetzt, wie man die Stunden in den schwach beleuchteten Fertigungshallen übersteht, ohne bei der Arbeit einzuschlafen, wie man es vermeidet, bei Alarm in den stickigen, stinkenden unterirdischen Bunker zu gehen – »Die reinste Mausefalle!«, sagte Tilly –, ohne dass ihr Fehlen auffiel.

Morgens, zwischen fünf und sechs Uhr, schlurften sie ins Lager zurück, aßen im Gehen das klitschige Brot, und im Lager gab es erst Appell und Fahnenhissen, Singen und Stubendienst, ehe sie auf ihre Holzwollsäcke kriechen und versuchen konnten zu schlafen. Sie schliefen immer schlecht und unruhig, denn die Holzwolle der Säcke gab nicht nach. Sie bildete tückische Huckel und Mugel, sie war nicht elastisch und warm, sondern feucht und starr, und Charlotte hatte im Traum immer das Gefühl, von steilen Berghängen abzurutschen.

Sie schliefen unruhig, denn sie hatten Hunger, von draußen klang Lärm herein, und mindestens einmal am Vormittag war Alarm.

Charlotte schaffte es wieder, zumindest nicht in den Bunker zu gehen. Auch im Lager war er unterirdisch, und es roch nach Kot und Urin, und wenn es Charlotte gelang, legte sie sich hinter den Lüftungsschacht des Bunkers ins Gras und döste in den unbeschreiblich blauen heiteren Himmel hinauf.

Um zwölf gab es wieder eine Suppe, danach durften sie noch einmal zwei Stunden schlafen, dann wie immer Schulung und Singen und um achtzehn Uhr Abmarsch in die Munitionsfabrik.

Und dann fehlten die beiden ersten Maiden. »Die sind fort«, sagte Tilly, »die wohnen hier in der Gegend. Pass auf, ich geh' auch bald!« Es gab Sonderappell, es gab den ganzen Tag Verhöre und Strafappelle, es gab kein Abendessen und kein Frühstück, aber es half alles nichts. Am nächsten Tag kam wieder eine Maid weniger ins Lager zurück, als ausgezogen waren.

Kein Schlaf, Sonderappelle, Spindappelle, und abends sangen die Kriegsgefangenen – waren es Russen? Oder Polen? – ihre melancholischen, klagenden Lieder in den Sonnenuntergang hinein, in das Rosa und Gold und Violett, und es hallte über die Wiesen, es scholl über den See, und Charlotte hatte das Gefühl, als zerspränge ihr das Herz in der Brust. Sie krümmte sich zusammen und biss sich auf die Knöchel, um nicht in Tränen auszubrechen.

Sie hatte keine Ahnung, was draußen, außerhalb von Lager und Munitionsfabrik, geschah. Sie hörten kein Radio, sie bekamen keine Zeitung in die Hand, sie hatten Ausgangssperre, es gab keine Post, sie kamen mit keinem

Menschen außer den Führerinnen, den Kriegsgefangenen und den Arbeitern in der Fabrik zusammen, und mit den einen konnten sie sich nicht unterhalten, weil sie ihre Sprache nicht verstanden und weil es verboten war, und die anderen sprachen nicht mit ihnen.

Tage und Nächte gingen ineinander über. Einmal ein Sondereinsatz zu einem Bautrupp der Wehrmacht. Sie marschierten zu fünft oder sechst mit einer Führerin in die Stadt, durch die Stadt hindurch zum Fluss, über den sich eine steinerne Brücke schwang, helle, fast weiße Steingeländer auf dunklen rötlichen Quadersteinen, um die das grüne Wasser des Flusses gurgelte. Soldaten hatten unter den Brückenbögen Sprengladungen angebracht, und die Maiden mussten Schutt und Erde abtransportieren. Als sie sich wieder zum Abmarsch formierten, kam von der Stadt her ein Zivilist gerannt, schrie und fluchte, und als er die Brücke erreicht hatte, brüllte er: »Sauhunde, verfluchte! Lassts mir mei Brucken in Ruh!«

Die Soldaten schauten gleichgültig zu, wie er auf die Brücke rannte und wütend mit den Füßen aufstampfte. »Das is mei Brucken«, schrie er weiter, »und ich bleib' hier stehen, da könnt ihr machen, was ihr wollt, wenn ihr die Brucken in die Luft sprengts, dann müsst ihr mich mit in den Himmel jagen.«

»Das ist der Bürgermeister«, sagte einer der Soldaten, »hoffentlich holt ihn seine Frau noch da runter, ehe wir sprengen müssen. Seinetwegen können wir nicht warten. Befehl ist Befehl.«

Sie zündeten sich eine Kippe an und rauchten ruhig und konzentriert und schauten auf die Uhr und sagten zu den Maiden: »Macht, dass ihr abhaut! Gleich knallt's hier!«

Noch einmal: Antreten, Durchzählen, Zweierreihen und

marsch, marsch – links, zwei, drei, vier, links, zwei, drei, vier.

Sie hörten keine Detonation. Es wummerte und dröhnte erst sehr viel später, aber das war während des Alarmes, und es konnte auch eine Bombe gewesen sein. Aber es war das Ende, und am nächsten Tag gab es wieder einen Sonderappell, bei dem ohne viel Umstände verkündet wurde: Das Lager wird aufgelöst, und alle Maiden bekommen eine Fahrtbescheinigung zur Heimatadresse.

Tilly triumphierte: »Zwei Tage, höchstens drei, und ich bin daheim.«

Die Führerin, die die Fahrtbescheinigungen ausschrieb, las die Heimatanschrift und sagte: »Bei Ihnen sind englische Truppen in Anmarsch. Haben Sie eine vorläufige Heimatadresse?«

»Nein«, sagte Tilly hartnäckig, »ich komme schon durch. Schreiben Sie nur meine richtige Anschrift hin. Und du?«, fragte sie dann und wandte sich an Charlotte. »Was machst du? Willst du mit zu uns? Ich komm' bestimmt durch, und zur Not hab' ich eine Tante in Gloggnitz.«

»Da sind die Russen«, sagte die Führerin, und danach schwieg Tilly, und als Charlotte an die Reihe kam, fragte die Führerin: »Und Ihre vorläufige Heimatadresse?«

Charlotte nannte Namen und Wohnort der fremden Frau, Ludwigslust 1922, und die Führerin warf Charlotte einen scheelen Blick zu und sagte: »Schloss Waldhofen? Na, Ihnen kann's ja nicht schlecht gehen. Wenn man ein Schloss hat, in das man sich zurückziehen kann …«

Charlotte schwieg. Sie nahm den Fahrschein, faltete ihn sorgfältig zusammen und setzte sich mit Tilly in die K und machte ihre Sachen zur Abgabe fertig. Den Rock, eine Bluse und den Mantel durften sie behalten, aus allen anderen

Stücken wurden die Wäschezeichen herausgetrennt, und dann stellten sie sich an die Schlange der anderen Maiden, die ebenfalls ihre Sachen abgaben.

»Man sollte sich eine Decke organisieren«, sagte eine Maid leise.

»Zu spät«, antwortete ihre Nachbarin, »die besten haben sich schon die Führerinnen zurückgelegt, und der Rest, das sind nur Pferdekotzen.«

Sie standen neben dem Putzmittelschrank, und ganz unten sah Tilly einen Karton mit der grauen Schwimmseife, die sie immer zugeteilt bekommen hatten. »Seht euch das an«, sagte Tilly, »ein ganzer Karton voll! Und Montag hat es geheißen, dass keine Seife gekommen wäre.«

Stillschweigend und ohne ein Wort der gegenseitigen Verständigung bückten sie sich alle rasch, nahmen sich zwei oder drei Stück Seife und steckten sie in den Ausschnitt oder in die Strümpfe.

Und dann klappte das Gattertor auf, sie gingen mit den Kopfkissensäcken, mit dem kärglichen persönlichen Besitz ein letztes Mal hindurch, das Tor klappte hinter ihnen zu, und Charlotte war wieder Charlotte Eynhuf und nicht mehr Arbeitsmaid Eynhuf.

»Schreibst du mir?«, fragte sie Tilly, und Tilly nickte und sagte: »Ja natürlich schreib' ich dir, mach's gut, und lass dich nicht noch im letzten Moment erwischen.«

»Gleichfalls«, sagte Charlotte, und als sie den Bahnhof erreicht hatten, gingen sie auf verschiedene Bahnsteige, denn Tilly wollte noch versuchen, über die Enns zu kommen, und Charlotte hoffte, dass es noch einen Zug nach München gäbe. Charlottes Zug kam früher, und sie winkte Tilly zu, ehe sie einstieg.

Der Zug war überfüllt, und Charlotte erwischte gerade

noch einen Platz neben dem Klo. Immer wenn jemand das Klo benutzen wollte, versuchte sie Platz zu machen, aber sie kam gar nicht wieder hinaus. Die Männer pinkelten so ins Klo, und bei den Frauen schaute sie weg.

Sie brauchte für die Strecke von Linz nach München zwei Tage und zwei Nächte. Tagsüber gerieten sie immer wieder in Tieffliegerangriffe. Es gab keinen Alarm: Sie sahen die Flugzeuge kommen, sie stürzten aus großer Höhe herab, flogen eine Schleife, sausten die Gleise entlang dem Zug entgegen und schossen mit ihren Bordwaffen auf das hilflose Ziel.

Die Fahrgäste drängelten sich dann aus dem Zug, rutschten und rannten den Schotterhang hinab in die Wiesen, ins Gebüsch, unter Bäume, legten sich auf die Erde, Gesicht ins Gras, die Hände über den Kopf, und warteten ab. Wenn das Geknatter und das Heulen der Flugzeugmotoren verklungen war, richteten sie sich wieder auf, und manchmal fuhr der Zug weiter, manchmal war der Zug getroffen, Fenster waren zersplittert und Einschüsse in den Wänden. Das wurde begutachtet, die Scherben aus dem Zug geworfen, und dann ruckte der Zug an und fuhr wieder weiter.

Manchmal waren die Gleise oder der Lokführer getroffen. Dann blieb der Zug auf der Strecke liegen, und alle marschierten zu Fuß auf den Gleisen entlang, bis sie auf einen Bahnhof stießen, wo es mit etwas Glück mit einem anderen Zug oder einem Autobus weiterging.

Manchmal warfen die Flieger auch Bomben. Charlotte lag im Graben neben dem Schotterhang und sah sie aus dem Flugzeug taumeln. Sie blitzten im freien Fall, und Charlotte wusste, dass ihr Metallmantel mit einem feinen Fettfilm überzogen war. Sie hatte sich beim Einölen oft die Hände verletzt, denn irgendwo hingen noch feine

Metallspiralen oder Splitter an den Mänteln der Bomben, und wenn man nicht aufpasste und zu heftig rieb, riss man sich die Späne unter die Haut.

Als sie das erste Mal, in der ersten Nacht, eine Strecke zu Fuß gehen mussten, marschierte Charlotte zwischen einem SS-Mann und einem älteren Gefreiten. Der SS-Mann redete die ganze Zeit, als ob er die letzten Goebbels-Artikel auswendig aufsagen wollte. Er redete von der großen Zukunft, vom entscheidenden Vergeltungsschlag, von Geheimwaffen und Wunderwaffen, von der Verpflichtung der Jugend für Blut und Boden.

»Auf Ihren Schultern und in Ihrem Schoß«, sagte er zu Charlotte, »liegt die Zukunft unserer Nation. Es ist für mein Gefühl geradezu unverantwortlich, dass die Aktion Lebensborn nicht ausgeweitet worden ist. Hat man Ihnen ein Angebot gemacht?«

»Was für ein Angebot?«, fragte Charlotte.

»Da sieht man es einmal wieder!«, rief der SS-Mann. »Ein junges gesundes Mädchen, wie geschaffen, Söhne zu gebären, und fragt nach unserem Lebensborn! Die Arbeitsdienstjahrgänge vor Ihnen«, fuhr er fort, »sind zumindest noch eingesetzt worden.«

Und er berichtete Charlotte, dass sie, wenn sie schon im Sommer und nicht erst im November 1944 eingezogen worden wäre, noch die Gelegenheit gehabt hätte, den KHD in einem Heim des Lebensborns abzuleisten, »wo erbgesunde Maiden von erbgesunden und reinrassig und garantiert arischen SS-Männern begattet wurden« und wo die Maiden so lange blieben, bis sie »dem Führer ein Kind geschenkt hatten«.

Charlotte, vor Müdigkeit und Hunger fast ohnmächtig, hörte seine Worte wie ein Geräusch, und als der Gefreite sie am Ärmel zupfte, blieb sie ruckartig stehen und taumelte gegen ihn. Der SS-Mann schob sich weiter vorwärts, geriet in die Reihe vor ihnen, begann sofort wieder, seinen Nachbarn vom Sonnenstaat der Zukunft vorzuschwärmen, und der Gefreite fragte: »Wann hast du das letzte Mal was zu essen gekriegt?«

Charlotte riss die Augen auf. »Essen?«, fragte sie.

»Ja«, wiederholte er geduldig. »Essen. Wann?«

»Ich weiß nicht«, sagte Charlotte, »ich glaube gestern früh. Sie haben das Lager aufgelöst, und dann …«

»Dann nimm«, sagte er und drückte Charlotte einen Kanten Kommissbrot in die Hand, »langsam essen und gut kauen!«

Sie brockte das Brot so klein wie möglich und mümmelte darauf herum, bis sie wieder einen Bahnhof erreichten, wo nach ein paar Stunden ein Zug einrollte.

Der Gefreite drängelte sich mit quer gehaltenem Gewehr als einer der Ersten hinein, und als sich Charlotte durch den überfüllten Gang schob, rief er: »Hallo, Arbeitsmaid!«, und sie hatte für diesmal einen Sitzplatz und schlief sofort ein.

Als sie wieder aufwachte, stand der Zug, und das Abteil war leer. »Tieffliegerangriff!«, sagte der Gefreite und deutete hinaus.

Charlotte hörte die Flieger, aber sie rührte sich nicht. Es war ihr gleichgültig, ob der Zug, ob sie getroffen wurde, und der Gefreite blieb auch sitzen, holte den Rest Kommissbrot und eine Dose Ölsardinen aus seinem Gepäck, stieß das Seitengewehr in die Dose und hebelte den Deckel auf. Sie aßen mit den Fingern, tunkten das Öl mit dem Brot auf, und zum Schluss leckte Charlotte die Dose mit einem Zeigefinger sauber. Draußen heulte und jaulte und dröhnte es, eine Geschossgarbe prasselte gegen die Zugwand, sie hörten das Trommelfeuer näher knattern, sie ließen sich auf den Boden fallen und legten die Hände über den Kopf. Hoffentlich, dachte Charlotte, bleibt das Brot heil.

Mit einem Aufdröhnen brausten die Flieger ab, Charlotte klopfte sich den Dreck vom Mantel und setzte sich wieder zu ihrem Brot. Sie kaute langsam und genussvoll und starrte hinaus. Gutes klares Fliegerwetter, und in der Ferne sah sie ein Haus, um das herum weiße und gelbe Büsche blühten.

Irgendwann stieg der Gefreite aus, aber Charlotte behielt den Sitzplatz, und als sie später in einen Bus umstieg, gesellten sich zwei Soldaten mit Panzerfäusten zu ihr.

Der Bus fuhr nur eine kurze Strecke, dann saßen sie wieder auf einem Bahnhof und warteten auf einen Zug, der bei Anbruch der Dunkelheit angeklappert kam. Er war schon voll besetzt, aber die Soldaten nahmen Charlotte in die Mitte und sagten: »Komm, Arbeitsmaid.« Damit wühlten sie sich durch den Gang, blieben vor dem ersten Abteil stehen, hielten die Panzerfäuste vor sich und sagten: »Wir brauchen Platz.«

Sofort drängelten sich die Leute aus dem Abteil oder rückten zusammen, und nach einer Weile war Charlotte mit den beiden Soldaten allein, und sie sagten: »Leg dich hin, Arbeitsmaid, wir passen schon auf.«

Sie rauchten im Dunkeln, und der Zug ruckelte so langsam durch die samtene lichte Nacht, dass man zu Fuß hätte nebenhergehen können. Dann hörten sie aus einer Ortschaft, die vor oder neben ihnen liegen musste, das Heulen der Alarmsirenen und gleich darauf das Brummen von Fliegern, und dann hagelte ein Satz Sprengbomben, riss die Lok aus den Gleisen, traf den Bahnhof, traf den Zug, in das Krachen und Bersten mischte sich Geschrei, Fluchen und Stöhnen, dann folgte ein Satz Brandbomben, und die Nacht wurde so hell, dass Charlotte die Augen zukneifen musste.

Die beiden Soldaten hatten sie wieder in die Mitte genommen, auf den Boden gerissen, hatten sie zugedeckt mit ihren Körpern, zogen sie dann wieder hoch, behielten sie zwischen sich und halfen ihr, aus dem Wagen zu klettern.

»Ich kenn' die Gegend hier«, sagte der eine, »der nächste Bahnhof liegt zehn oder fünfzehn Kilometer entfernt.«

Der andere Soldat knurrte nur, und dann marschierten sie und alle andern, die noch laufen konnten, in die Dunkelheit hinaus.

Sie gingen und gingen, immer den Schotter entlang, und die Nacht war lieblich und voller Sterne. Manchmal kamen sie an Höfen vorbei, manchmal durch kleine Ortschaften, und Charlotte sah, wie die Leute in der Dunkelheit hinter ihren Zäunen und Toren standen, die Männer den Hut auf dem Kopf, die Frauen die Arme über den Bauch gekreuzt, und den Menschenstrom betrachteten, der sich mühsam und langsam an ihnen vorüberwälzte.

Einer der Soldaten fragte: »Hast du gestern was gegessen, Arbeitsmaid?«

Charlotte schüttelte den Kopf, und der andere Soldat sagte: »Wir auch nicht. Los!«

Sie bogen in einen Landweg ein und hielten vor dem nächsten Gehöft an, das einen Steinwurf von den Gleisen entfernt lag.

Der Bauer und die Bäuerin standen am Tor, der Bauer mit den Hosen über der Nachtjacke, die Bäuerin in einem Kittel, unter dem das Nachthemd herauszipfelte. Neben ihnen standen zwei Kinder, vielleicht zehn oder zwölf Jahre alt, und starrten die Soldaten und Charlotte an.

»Habt ihr was zu essen?«, fragte der eine Soldat.

Der Bauer schüttelte den Kopf.

»Und für die Arbeitsmaid brauchen wir Milch«, sagte der zweite Soldat.

Sie schüttelten beide den Kopf, der Bauer und die Bäuerin.

Die Soldaten senkten die Panzerfäuste und richteten sie auf das Haus.

»Habt ihr was zu essen und zu trinken für uns?«, fragte der eine Soldat wieder.

Der Bauer schüttelte abermals den Kopf, aber die Bäuerin kreischte auf und schrie: »Jessesmariaundjosef, Mann! Ja, wir haben was zu essen für euch. Was wollt ihr haben?«

Der eine Soldat blieb neben dem Bauern stehen und hielt die Panzerfaust im Anschlag. Der andere und Charlotte gingen mit der Bäuerin und den heulenden Kindern ins Haus, und die Bäuerin schickte die Kinder ins Bett, breitete ein Küchentuch auf den Tisch, und der Soldat befahl: »Brot. Speck. Wurst.«

Die Bäuerin band alles säuberlich zusammen und gab das Bündel Charlotte. Sie hängte es sich über den Arm und fragte: »Und die Milch?«

»Ich habe keine mehr«, jammerte die Bäuerin, »wir melken erst um fünf!«

»Dann melkst du heute um drei!«, sagte der Soldat, und sie folgten ihr in den Stall, lehnten sich ans Tor und schauten zu, wie die Bäuerin im Halbdunkeln nach einem Schemel und einem Melkeimer suchte, sich neben eine Kuh setzte und zu melken begann.

Die Milch prallte mit einem sanften festen Geräusch in den Eimer, und Charlotte nahm einen Schöpfer, der an der Wand hing, und schöpfte sich eine Kelle aus dem Eimer.

Die Milch war noch warm, süß und mild, und Charlotte stöhnte vor Wohlbehagen. Sie reichte dem Soldaten einen gefüllten Schöpflöffel und trank dann selbst noch eine Kelle.

Dann nahm sie eine kleine Milchkanne, die vielleicht zwei oder drei Liter fasste, füllte sie sorgfältig aus dem Eimer, damit kein Tropfen danebenfiel, setzte den Deckel darauf und fragte: »Was sind wir schuldig?«

Die Bäuerin schaute Charlotte erstaunt an.

»Zahlen wollt ihr?«

»Ich nicht!«, sagte der Soldat. »Und die Arbeitsmaid auch nicht.«

»Ich will kein Geld«, antwortete die Frau hastig, »ich muss zu den Kindern!«

Charlotte schloss die Stalltür hinter ihr und rief: »Danke schön!«

Dann trabte sie mit dem Bündel und der Kanne neben dem Soldaten zum Hoftor, dort nickte er seinem Kameraden zu, der stieß dem Bauern die Panzerfaust freundschaftlich in die Seite und sagte: »Und nun glotz dir weiter an, wie wir vorbeimarschieren, die deinen Scheißhof verteidigt haben, wir Idioten!«

Der Bauer sagte kein Wort, aber er blieb vor dem Haus stehen, und als sich Charlotte noch einmal umdrehte, sah sie, dass die Bäuerin wieder neben ihm stand, die Arme über dem Bauch verschränkt, und in die Morgendämmerung starrte.

Sie marschierten ein Stück über den Schotter, dann sagte der eine Soldat: »So, hier!«, und sie stiegen vom Bahndamm hinab.

Da war mitten in der flachen leeren Landschaft ein Hain, und es gab einen umgehauenen Baumstamm und

Farnbüschel, und Charlotte breitete das Küchentuch der Bäuerin auf den Baumstumpf, und sie aßen das Brot und die Wurst und den Speck und tranken die unterdessen in der Nachtluft kühl gewordene, süße Milch, und sie konnten gerade so viel sehen, dass sie den Mund fanden. Sie aßen, bis sich ihnen die Gürtel spannten, und danach hatten sie sogar noch etwas übrig. Charlotte wickelte es sorgfältig wieder ein, und einer der Soldaten verstaute das Bündel in seinem Tornister.

Dann schnitt der andere Soldat Farnwedel ab, bis sie eine Matratze hatten, und sie legten sich auf das würzig duftende Farnkraut, Charlotte in der Mitte, und waren eingeschlafen, ehe sie sich die Säcke und Tornister richtig unter den Kopf geschoben hatten.

Als Charlotte wieder aufwachte, hatte der eine Soldat in seinem Kochgeschirr Wasser aus dem Tümpel geholt, und sie gossen sich Wasser in die Handflächen, wuschen sich das Gesicht, und Charlotte versuchte, sich die Zähne zu putzen. Die Soldaten lachten über ihre Bemühungen, und dann kletterten sie wieder auf den Bahndamm, und bald hatten sie einen anderen Trupp von Reisenden eingeholt.

Irgendwann an diesem Tag erreichten sie München, und die Soldaten nahmen sie mit in das Soldatenheim, das neben dem vollkommen zertrümmerten Bahnhof lag.

Das ganze Haus war eine Wartehalle für Soldaten, und Charlotte wurde sofort in eine Schlange geschoben, bekam einen Napf Suppe, suchte sich zwischen den Soldaten, die überall saßen und lagen und aßen und schliefen und rauchten, einen freien Platz und begann ihre Graupensuppe zu essen, in der richtig frisches Gemüse schwamm. Sie war noch nicht fertig, da schob sich ein Soldat neben sie und fragte: »Arbeitsmaid, kannst du mir mal den Knopf annähen?«, und reckte ihr seine Kehrseite entgegen, wo am Hosenbund ein Knopf abgerissen war.

Charlotte aß hastig die Suppe auf, holte ihr Nähzeug aus dem Kopfkissensack und nähte den Knopf mit schwarzem Zwirn an.

»Der hält, bis wieder Frieden ist!«, sagte der Soldat zufrieden und zeigte Charlotte als Dank die Fotos von seiner Familie: eine lachende Frau mit einem kleinen dicken Mädchen mit Zöpfen und einem Baby im Steckkissen. »Das war bei der Taufe«, erklärte er, »weiß der Himmel, wo sie jetzt sind. Das war in Schneidemühl.«

Die Soldaten kamen und gingen: nähen, frisch verbinden, woher und wohin? »Kennst du nicht meine Tochter? Die ist auch beim RAD!«, wieder ein abgegangener Knopf und dann Alarm.

Sie wollte im Haus bleiben, aber sie rissen sie mit sich, sie liefen mit ihr in den nächsten unterirdischen Bunker, der schon voller Menschen war, und sie stellte sich mitten auf den Gang, mitten zwischen die bleichen, hageren, abgerissenen Leute, und dachte, die Welt geht unter. Kaum war die Pforte des Luftschutzkellers geschlossen worden, begann ein Krachen und Dröhnen und Donnern, wie sie es noch nie gehört hatte, der ganze Keller bebte und knirschte, und einer der Soldaten zog sie zur Wand zurück. »Wenn die Decke einstürzt«, sagte er, »ist man unter einer tragenden Wand immer noch am sichersten.«

Als der Lärm verklungen war, als die Mauern sich wieder beruhigt hatten, als das Tor aufgestemmt worden war, wehte ein Gestank von Brand und Schwefel herein, die Luft draußen war weiß und grau von Steinstaub und Qualm.

Charlotte tappte über frische Trümmer in das Soldatenheim zurück, das heil geblieben war, holte ihren Sack ab und ging zum Bahnhof hinüber. »Vielleicht«, hatte die Rot-Kreuz-Schwester gesagt, die die Suppe austeilte, »vielleicht erwischen Sie einen Abendzug nach Augsburg.«

Charlotte setzte sich auf einen Trümmerstein und holte den Zettel mit der Adresse heraus. Waldhofen, ob es das überhaupt noch gab?

Am Spätnachmittag fuhr ein Zug nach Augsburg, und er war nicht überfüllt und fuhr fahrplanmäßig ab und kam fahrplanmäßig an. Es begann dämmerig zu werden, und Charlotte schaute sich nach jemandem um, der ihr weiterhelfen konnte. Ein Bahnbeamter sagte: »Ja, Waldhofen – da müssen Sie ein Stück mit der Kleinbahn fahren, und dann geht's zu Fuß.«

Die Kleinbahn fuhr ziemlich bald, und Charlotte begann plötzlich das Herz zu klopfen. Was sollte sie eigentlich sagen? Das waren doch wildfremde Leute ...

Die Fahrt dauerte nur eine halbe Stunde, und dann stand sie auf einem kleinen Bahnsteig vor einem kleinen säuberlichen Bahnhofsgebäude inmitten blühender Büsche, und alles war ordentlich und sauber und heil, und sie hatte das Gefühl, sie bewegte sich in einem Traum. Sie fragte wieder nach Waldhofen, und eine junge Frau, die mit ihr aus dem Zug gestiegen war, drehte sich um und fragte: »Zu wem wollen Sie denn da?«

Charlotte nannte den Namen, und die Frau sagte freundlich: »Ach, aber da können Sie so spät in der Nacht nicht mehr stören! Kommen Sie mit mir! Sie können bei uns schlafen, und morgen früh gehen Sie dann hinüber.«

»Ja«, sagte Charlotte, »danke schön«, und stolperte hinter der Frau her. Die drehte sich um, musterte Charlotte einen Augenblick, und dann nahm sie ihr den Sack ab und sagte: »Gehen Sie nur hinter mir her. Es ist nicht mehr so weit.«

Sie gingen durch das Städtchen, zierliche alte Häuser in wohlbestellten Gärten, Blütenduft von Schneeball und Akazie, der Weg führte an einem kleinen Herrenhaus vorbei, weiß und anmutig im Schatten hoher Bäume, dann ging es durch die Flussauen, über Wiesenpfade und an Feldern vorbei, über einen Brückensteg, wieder durch Wiesen und Felder, und dann erhob sich eine Mauer an der Seite des Weges, von Efeu und Unkraut übersponnen, dahinter wieder Bäume und die barocken Dachschnörkel eines großen Hauses.

»Das ist Waldhofen«, sagte die junge Frau und blieb einen Augenblick stehen. Hinterm Schloss stieg das Land, wurde hügelig und waldig, ein Dorf lag zwischen den Bäumen, am Hang leuchtete der Kirchturm. Die Uhr schlug elf.

»Sie nennen es das schwäbische Himmelreich«, sagte die junge Frau, und dann ging es nur noch an zwei, drei Höfen vorbei, in ein Haus, durch einen Flur und ins Schlafzimmer.

»Sie können in meinem Bett schlafen«, sagte die junge Frau, »ich leg' mich aufs Sofa!«, und damit goss sie Charlotte frisches kühles Wasser in die Waschschüssel.

Charlotte sträubte sich. »Ich bin zu dreckig«, sagte sie, »ich kann nicht in ein Bett!« Und dabei blieb es.

Sie legte sich im Unterhemd auf das Sofa, und die junge Frau deckte sie mit einem dicken Federbett zu, und als Charlotte wieder aufwachte, schien die helle Sonne ins Zimmer, und die junge Frau und eine alte Frau standen vor dem Sofa und betrachteten Charlotte.

Sie richtete sich auf, etwas verlegen, und sagte: »Guten Morgen und vielen, vielen Dank!«

Sie konnte aber noch nicht aufbrechen, denn die alte und die junge Frau hatten ihr ein Frühstück in der guten Stube gedeckt, mit echten Semmeln und Milch und Butter und Honig, und Charlotte dachte: sie nennen es das schwäbische Himmelreich, und aß ganz vorsichtig und nicht sehr viel, denn es klopfte ihr wieder das Herz, und sie sagte: »Jetzt muss ich aber hinüber!«

Sie bedankte sich noch einmal, und die junge Frau sagte: »Wir sehen Sie ja am Sonntag in der Kirche!«

»Ja«, antwortete Charlotte gehorsam, und dann kämmte sie sich mit ihrem verdreckten, zerbrochenen Kamm die verfilzten Haare und strich sich den fleckigen, staubigen Rock glatt, und an der Bluse war nichts mehr zu machen, und nahm den Sack und ging zu dem großen Haus hinüber.

Ein Bohlenweg führte über den ehemaligen Burggraben, dann ging es durch ein großes zweiflügeliges Tor, durch das ein vollbeladener Erntewagen hätte fahren können, und oben im Torbogen nisteten Schwalben und flogen ein und aus. Dahinter öffnete sich der Park, eine große Wiese mit Obstbäumen, und um jeden Stamm herum waren Beete voller Osterglocken, und sie nickten und wiegten sich im Winde.

Im Torbogen standen links und rechts Türen offen, und Charlotte rief zaghaft: »Hallo –«

Niemand antwortete, und sie ging durch die linke Tür. Ein langer Gang, der vor der breiten Stiege einen Knick machte, und auf dem ersten Treppenabsatz stand eine blanke schimmernde Ritterrüstung, der man eine Standarte aus zerschlissener rosa Seide in die gepanzerte Faust gegeben hatte.

»Hallo – ist da jemand?«, rief Charlotte, und dann steckte eine dunkelhaarige, dralle Frau ihr Gesicht aus der Küchentür, und den Gang entlang klapperten Schritte.

»Wollen Sie zur gnädigen Frau?«, fragte die dralle Dunkelhaarige, und als Charlotte nickte, rief sie: »Da kommt sie grad!«, und verschwand wieder hinter der Tür.

Sie kam, und Charlotte starrte sie einen Augenblick überwältigt an. Es gab sie wirklich. Sie wohnte noch hier, und sie war nicht gestorben. Sie war groß und hager, hatte dichte graue Haare und hinter der starken Brille scheue scharfe Augen. Sie trug einen grauen Kittel, aus dem die untadelig saubere weiße Bluse herausschaute, und sie steckte die Hände in die Taschen des Kittels und fragte zurückhaltend: »Ja, bitte?«

»Ich bin – guten Tag!«, stotterte Charlotte. »Ich bin Charlotte Eynhuf, die Enkelin von Frau ..., und sie hat mir Ihre Adresse gegeben, falls ... falls ... und ich hab' nirgendwo sonst mehr hinkönnen.«

Sie stand mit hängenden Armen da, schmutzig und zerfetzt, und der Sack lehnte an ihren dreckigen Schuhen. Sie hörte nur wie im Traum: »Mein Gott, mein armes Kind! Ja, aber was machen wir denn da? Ich erwarte eigentlich eine Kusine aus Schlesien. Sie ist auf der Flucht, und ich habe das ganze Haus voll und bin allein. Mein Sohn ist in Russland vermisst, und mein Mann, mein Mann ist in Gefangenschaft. Ja – was machen wir nur mit Ihnen?«

Dann schaute sie Charlotte ins Gesicht und setzte schnell hinzu: »Nein, keine Sorge, mein Kind, ich glaube, ich gebe Ihnen erst einmal das Zimmer von meiner Kusine. Kommen Sie!«

Sie zog ein großes Schlüsselbund aus der Kitteltasche, sah, dass die dralle Frau wieder neugierig in der Küchentür stand, und sagte: »Das ist die Fanny, mein Kind, Fanny, seien Sie so lieb und tragen Sie dem Fräulein Eynhuf das Gepäck oben ins Fremdenzimmer!«

Die Fanny schoss aus der Küche heraus und ergriff das, was als »Gepäck« bezeichnet worden war. Zu dritt stiegen sie die Treppe hinauf, am Ritter vorbei, an einer kleinen Halle mit grünen Glasfenstern und Gemälden vorbei, in den ersten Stock, wo die grauhaarige Frau eine Tür aufmachte, zurücktrat und Charlotte vorgehen ließ und sagte: »Also das wär's. Bis meine Kusine kommt, können Sie hier gerne wohnen, und dann finden wir schon etwas anderes.«

Das Zimmer schaute auf die Wiese, und die Bäume rauschten zum offenen Fenster herein. In der Ecke neben dem Fenster ein Mahagonischreibtisch, die Schreibplatte herausgeklappt, ein Block Papier lag darauf, und eine Schale mit Bleistiften stand daneben. An der anderen Wand ein Bett, ein großes breites Messingbett, schneeweiß bezogen, zwei Kissen, eine seidene grüne Steppdecke, ein Plumeau im bestickten Bezug. »Und hier ist das Bad«, eine Tür klappte auf, und Charlotte sah eine Badewanne, einen kupfernen Badeofen, Badelaken auf den Emailstangen, zwei Waschlappen, duftig und weiß, auf dem Rand der Wanne. Goldenes Parkett im Bad und im Schlafzimmer, vorm Bett ein kleiner Teppich, verblasste, sanfte Farben, an einer bestimmten Stelle etwas abgetreten.

Die beiden Frauen standen schweigend da und schauten Charlotte an, und Charlotte drehte sich zu ihnen um und brach in Tränen aus. Sie warf sich der grauhaarigen Frau an den Hals und schluchzte und schluchzte und konnte sich nicht mehr beherrschen.

»Nun, nun«, sagte diese und klopfte Charlotte auf den Rücken, »nun, nun, mein Tierchen, ruhig, ganz ruhig!« Sie holte ein Taschentuch aus der Kitteltasche, und das Taschentuch war aus Batist, makellos weiß und roch nach Lavendel, und Charlotte musste wieder weinen und weinte in den kühlen Lavendelduft hinein und sagte: »Ich habe nämlich seit November nicht mehr in einem richtigen Bett geschlafen.«

»Ich glaube«, sagte die grauhaarige Dame, »wir sollten das mit dem Sie lassen. Du bleibst ja wahrscheinlich doch eine Weile hier. Du kannst Tante Emi zu mir sagen.«

Sie sagte Tante Emi, und sie aß von Porzellantellern mit Messer und Gabel und einem Extralöffel für den Nachtisch, sie wischte sich den Mund mit einer Serviette ab, und sie guckte sich die Pellkartoffeln mit Kräuterquark auf ihrem Zwiebelmusterteller an und dachte: Gleich ist es wieder vorbei.

Sie schlief die Nächte in dem Messingbett und unter der seidenen Steppdecke tief und fest durch, ohne ein einziges Mal zu erwachen, und es gab auch keinen Alarm. Sie grub am Tag im Garten die Beete um und rupfte Unkraut zwischen den jungen Kohlpflanzen und geizte die Tomaten, band die Stangenbohnen an und schöpfte das Wasser aus dem Teich, und Tante Emi sagte: »Hast du gar nichts zum Anziehen? Nicht einmal Strümpfe?«

»Nein«, antwortete Charlotte, die sich jeden Abend die Bluse mit der grauen Schwimmseife wusch und so zum Trocknen hinlegte, dass sie am nächsten Morgen fast trocken und fast glatt war.

»Da müssen wir mal nachsehen«, sagte Tante Emi, und dann stiegen sie auf den Dachboden, und Tante Emi wühlte in Truhen und Koffern, und endlich rief sie: »Aha – da hab' ich es ja!«, und holte graue und blaue Baumwollröcke mit Rüschen am Saum und Schürzen und Blusen mit

Stehkrägelchen heraus und erklärte: »Das hab' ich als junges Mädchen in der Haushaltungsschule als Reifensteiner Maid getragen. Vielleicht passen dir die Sachen.«

Die Röcke reichten Charlotte bis fast an die Knöchel, aber sonst saß alles an der richtigen Stelle, und Charlotte störte es nicht, in langen Röcken herumzulaufen.

Nur wenn sie im Teich Wasser schöpfte, schürzte sie den Rock so hoch, wie es ging, denn beim ersten Mal war sie auf dem Brett, das als Brücke über der Bachmündung am Teich lag, über den Saum gestolpert, auf dem nassen Brett ausgerutscht und samt Eimer und Reifensteiner Tracht in die Entengrütze geklatscht. Sie hatte danach lange unter der Dusche gestanden, und ihre Unterhose blieb noch ein paar Wäschen lang grün. Aber das Teichwasser war schon warm gewesen, und Charlotte empfand es als Wonne, ganz allein und so lange, wie sie wollte, unter der Dusche zu stehen.

In dieser ersten Woche stahl Charlotte, was sie erwischen konnte. Sie versteckte ein Stück Lavendelseife aus dem Vorratsschrank unter ihrem Kopfkissen, sie mopste der Fanny den Würfelzucker aus der Küchendose, sie holte sich heimlich ein Glas mit eingemachten Kirschen und stellte es in den Kleiderschrank, in dem nur ihr zerrissener Arbeitsdienstmantel hing, und sie stahl Tante Emi eine Flasche Eau de Cologne aus dem Schlafzimmer. Sie klaute sich eine Rolle Klopapier aus der Toilette im Parterre und stopfte sie zu dem Eingemachten in den Schrank. Sie klopfte immer an, wenn sie ins Wohnzimmer wollte, so oft Tante Emi auch sagen mochte: »Aber Kind, das ist doch jetzt dein Zuhause, bis du wirklich heim kannst«, und sie weigerte sich, am Sonntag mit in die Kirche zu gehen.

Sie lief nach dem Frühstück in ihr Zimmer, betrachtete

ihre Schätze und tat sich ein paar Tropfen Kölnisch Wasser auf eins der Taschentücher, die ihr Tante Emi geschenkt hatte. Dann setzte sie sich ans Fenster und schaute hinaus. Dass das ganze Haus voller Flüchtlinge und ausgebombter Familien aus Augsburg und München war, merkte man kaum. Es war wie ein L gebaut, und wer im Langen Haus wohnte, schaute nach vorn auf die Gärtnerei, auf den Obstgarten, auf Hof und Straße. Zum Hohen Haus blickten nur die Flurfenster.

Es war vollkommen still, nur das Rauschen der Bäume und der Stundenschlag und das Sonntagsgeläut der Kirchenglocke. Charlotte war allein. Kein Wecken, kein Appell, keine Fahne, kein Durchzählen, kein Singen, keine Befehle, keine Kameradinnen. Allein. Ich bin frei, dachte Charlotte, ich kann tun, was ich will. Zum ersten Mal seit – ja: zum ersten Mal überhaupt? Verwirrt strich sich Charlotte über die Stirn. Ein Schritt aus dem Lager, und alles war anders. Sie hatte es nur noch nicht gemerkt.

Sie stand langsam auf und holte die Seife unter dem Kopfkissen und das Klopapier und das Kölnisch Wasser und das Eingemachte aus dem Schrank. Sie ging hinunter durch die ganze leere Wohnung und stellte die Sachen wieder an den richtigen Fleck. Nur den Würfelzucker konnte sie nicht wieder in die Dose legen, den hatte sie aufgelutscht.

Als Tante Emi aus der Kirche kam, machte sie unter dem Strohhut mit dem kleinen Schleier ein sorgenvolles Gesicht.

»Die Front rückt näher«, sagte sie, »mir ist gar nicht wohl mit dem Weinkeller voller Flaschen.«

Nach dem Mittagessen gingen sie hinunter, den langen Kellergang entlang, an dem sich Apfelkeller und Kartoffelkeller und Kohlenkeller und Eiskeller reihten, in dem wirklich noch im Frühjahr das Eis vom Teich, zu großen Blöcken geschlagen, gelagert wurde, worauf Tante Emi den ganzen Sommer die Milch und die Butter, die Beeren und die Fleischbrühe kalt und frisch hielt.

Gegenüber lag der Weinkeller, und Charlotte schaute in ein düsteres Gelass, lang und schmal, mit Regalen und Regalen voller Flaschen. »Mein Gott«, sagte sie, »wenn das die Russen erwischen.«

»Eben. Wenn es auch in unserem Fall die Amerikaner sein werden. Wenn die Nachrichten stimmen.«

»Wir könnten was vergraben.«

»Ja, daran hab' ich auch schon gedacht. Aber schaffen wir das?«

»Nicht alles«, antwortete Charlotte, »wie tief ist der Teich?«

»Am Rande kann man stehen. Aber das ist alles voller Moder.«

»Umso besser. Hast du Körbe oder eine Hängematte?«

Sie begannen abends in der Dämmerung zu arbeiten, denn sie wollten nicht, dass jemand zuschaute und dann ihre Verstecke verraten könnte. Charlotte schachtete in den Gemüsekellern unter dem Langen Haus, die nur einen Lehmboden hatten, die Erde aus, und Tante Emi schleppte Korb nach Korb voller kostbarer Flaschen herüber. Charlotte legte Cognac neben Cognac, Chateau Margaux neben Chateau Margaux, Krug neben Krug und Hochheim neben Hochheim. Dann schaufelte sie die lose Erde wieder über die Flaschenleiber und streute welkes Sellerie- und Mohrrübenlaub darüber, schichtete einen Haufen rote Bete auf den Mouton Rothschild und einen Rest verschimmelter Kartoffeln auf die Veuve Cliquot.

In der nächsten Nacht wickelte sie Flaschen in alte Tücher und Flicken, packte sie in eine Hängematte, band die Matte mit Bindfaden zu und schleifte sie mit Tante Emis Hilfe zum Teich. Sie zerrten sie vorsichtig bis zum Steg, dann zog sich Charlotte nackt aus, stieg in den Bach und wuchtete die Weinrolle vorsichtig ins Wasser. An beiden Enden zog sie die Taue ans Bachufer und klemmte sie unter dem Steg fest. Der Bach hatte keine starke Strömung, und die Entengrütze schlug sofort wieder über dem Wein zusammen.

»Vielleicht geht es gut«, sagte Charlotte, grün bis zum großen Zeh, »und wenn nicht, haben wir Pech gehabt. Was können wir noch vergraben?«

»Ich hab' schon gedacht, vielleicht meinen Schmuck –«, sagte Tante Emi zögernd.

Also grub Charlotte in der nächsten Nacht im Kartoffelkeller eine Kuhle, maß ihre Lage genau und sorgfältig mit dem Zollstock und schrieb auf einen Zettel: 120 Zentimeter NS, 60 Zentimeter OW. Rechte Ecke neben der Tür. Diesen Zettel legte sie Tante Emi vorn in den »Schott« und Charlotte packte Ringe und Ketten, Perlen und Frackknöpfe in Babypuder, Watte und zwei Einmachgläser, senkte sie in die Kuhle, schüttete Erde darauf und trat sie sorgsam fest.

Am Tag darauf radelten mittags drei oder vier Soldaten durch das Dorf, das Gewehr wie eine Jägerflinte über den Rücken gehängt, die obersten Uniformknöpfe offen.

»Wir sind die Front«, riefen sie, »wo ist euer Bürgermeister? Hängt die weiße Fahne raus, die Front wird zurückgenommen! Hängt die weiße Fahne raus, sonst schießen sie euch zusammen!«

Der Bürgermeister, ein alter hagerer krummer Mann, kam sofort zu Tante Emi gelaufen. »Hängts ein Hemmed oder ein Laken heraus!«, schrie er. »Ihr habts das höchste Dach!«

»Ich glaube, wir nehmen lieber ein Laken«, sagte Tante Emi, »und ihr verbrennt jetzt endlich eure Hakenkreuzfahne!« Sie wollte ihre Fahnen auch ins Küchenfeuer stecken, aber Charlotte fiel ihr in die Arme und sagte: »Doch nicht den ganzen schönen roten Stoff! Ich trenne den weißen Kreis mit dem Hakenkreuz ab. Von dem Stoff kann man sich bestimmt noch etwas nähen.«

Sie trennte das Hakenkreuz ab, und es qualmte und stank, ehe es Feuer gefangen hatte. Dann kletterte Charlotte auf den Dachboden und über ein Leiterchen zum Taubenloch direkt unter den Barockschnörkeln und steckte eine lange Bohnenstange hinaus, an die sie ein Bettlaken genagelt hatte.

»Und jetzt zu dir«, sagte Tante Emi, »du siehst mir viel zu weiblich aus.«

Charlotte lachte. »Darum hat sich noch nie jemand gekümmert«, sagte sie.

»Ich hab' jetzt die Verantwortung für dich. Ich muss mich kümmern. Was können wir nur mit deinen Haaren machen?«

Die Haare waren lang, seit dem November nicht mehr geschnitten, und unterdessen hatte sich Charlotte mindestens viermal mit richtigem Shampoo aus Tante Emis Vorratskiste die Haare gewaschen, und sie schimmerten rötlichbraun und standen ihr wie Elefantenohren vom Kopf ab.

»Abschneiden oder einen Knoten oder Zöpfe!«

»Zöpfe!«, sagte Charlotte. »Ich habe immer Zöpfe haben wollen, aber Großmutter sagte, das Theater mit dem Bürsten und Flechten, das sei ihr zu viel.«

»Na gut. Mal sehen, wie du dann aussiehst.« Tante Emi flocht ihr zwei stramme Zöpfe, und im Reifensteiner Kleid dazu sah Charlotte wie ein braves Kind aus der Zeit der Jahrhundertwende aus, und Tante Emi sagte unzufrieden: »Immer noch zu aufreizend. Was kann ich bloß mit dir machen?«

»Nusssaft ins Gesicht wie Allerleirauh?«

»Nein – aber ich hab's! Du ziehst den Wintermantel vom Onkel an. Dann sieht man gar nichts mehr von dir!«

»Da schwitz' ich mich ja zu Tode!«, protestierte Charlotte, aber Tante Emi blieb hart.

»Das spielt keine Rolle, und vielleicht kommen sie auch des Nachts.«

Sie kamen nachts. In der folgenden Nacht schossen sie ein wenig in der Gegend herum, drüben in der Stadt brannte ein Haus, aber Charlotte weigerte sich, wegen der paar Schüsse in den Keller zu gehen, und drehte sich um und schlief friedlich weiter.

Am nächsten Tag wurde wieder geschossen, und am Spätnachmittag ging die einzige Sirene auf dem Hof vom Bürgermeister los und heulte ihr Zeichen für totalen Alarm.

»Zieh den Mantel an und komm mit in den Keller!«, befahl Tante Emi, und Charlotte schlüpfte gehorsam in den schweren gefütterten Mantel, der wie ein kleines Haus um sie herumstand und ihr bis zu den Fußspitzen reichte.

Im Keller hatte sich das halbe Dorf versammelt, jeder mit einem Klappstuhl oder einem Liegestuhl und Decken und Vorräten zum Essen ausgerüstet. Charlotte sagte gerade der alten und der jungen Frau guten Tag, die sie in der ersten Nacht beherbergt hatten, da zupfte sie Tante Emi am Ärmel und flüsterte: »Der Weinkeller!«

Charlotte schlurfte mit ihrem Mantelhaus auf den Flur. »Ein paar Flaschen musst du in die Speisekammer stellen«, sagte sie, »dass es in einem solchen Schloss nichts zu trinken gibt, das glaubt dir kein Soldat!«

Sie schleppten einen Korb voll Mosel in die Küche, packten die Flaschen dort ins Regal, und dann schoben sie einen großen Schrank, der im Flur stand, genau vor die Tür zum Weinkeller.

Und dann begann die Nacht, in der sich keiner einzuschlafen getraute und alle ständig redeten und murmelten und Kreuze schlugen und manchmal auch sangen, sodass Charlotte, die immer wieder einduselte, nach einer Weile hinausging und sich hinter dem Schrank auf den Boden setzte und den Kopf in die Hände stützte.

Als sie wieder aufwachte, saß ein fremder Soldat neben ihr, ein Amerikaner. Er hatte eine dünne salamiartige Wurst in der Hand und eine offene Flasche Mosel zwischen den Knien stehen. Er aß und trank, und als er merkte, dass Charlotte aufgewacht war, sagte er: »Hei!«, und Charlotte antwortete: »Hei!«

Er schaute sie erstaunt an und fragte, ob sie Amerikanisch spräche.

Sie schüttelte den Kopf und antwortete: »No, only english.«

»Aha«, murmelte er, und dann stand er auf und reckte sich und sagte, er wolle jetzt schlafen gehen.

Mei, dachte Charlotte, wenn der wüsste, vor was er gesessen hat, und ging wieder in den Keller, rollte sich in ihren Liegestuhl und schlief traumlos und tief bis zum nächsten Morgen.

Als sie abermals aufwachte, saß Tante Emi neben dem Liegestuhl und flüsterte: »Sie haben oben im Salon geschlafen. Auf dem Fußboden. Mein Bett haben sie gar nicht angerührt. Sie haben drei Flaschen Wein getrunken und eine große Wurst dagelassen. Auf dem Fußboden. Meinst du, die könnten wir behalten?«

»Aber sicher!«, sagte Charlotte fröhlich. »Die sind wirklich besser als die Russen. Und jetzt haben wir's hinter uns.«

Sie hatten es nicht ganz hinter sich, denn jeder, der durch den Ort zog, wollte das Schloss sehen. Sie trabten auf ihren lautlosen dicken Gummisohlen durch den Gang, schauten in die Küche, erschreckten die Fanny jedes Mal zu Tode, und sie stieß immer so schrille Schreie aus, dass alle anderen genau wussten, was los war. Sie stiegen die Treppe hinauf, blieben vor den Rüstungen stehen und fragten furchtsam: »There was a man in?« Sie schauten in die Keller und auf den Boden, in die Schränke und unter die Betten. Sie sahen die Uniformen vom Onkel und vom vermissten Sohn in den Schränken hängen und fragten misstrauisch: »You are Nazis?«, und Tante Emi beteuerte: »Soldiers' uniforms!«

Sie kamen vorm Mittagessen und sagten: »We come to search your house!«, stellten ihre Stahlhelme auf den Fußboden im Sommeresszimmer, setzten sich auf die Helme und schauten kaugummikauend zu, wie die Fanny mit vor Furcht zitternden Händen und Knien Kartoffelsuppe aus einer Terrine in die Teller schöpfte und Pellkartoffeln und gedünstete Mangoldstiele auf silbernen Platten servierte. Sie betrachteten den weißen Rokokokachelofen, sie fassten den Efeu an, der zum offenen Fenster ins Zimmer hineinwuchs und sich bis an die Decke gesponnen hatte, und wenn die Fanny ein Gericht, das sie den ganzen langen Gang entlangtragen musste, mit einer Silberhaube zugedeckt hatte, lüfteten sie misstrauisch die Haube und spähten darunter.

Sie kamen eine Zeit lang, und dann tauchte ein Offizier auf und beschlagnahmte das ganze Schloss.

»Neger wollen s' uns ins Dorf legen!«, zeterte der Bürgermeister. »Neger! Die, wo in Stetten drüben sind, die sollen schon die Marie vergewaltigt haben, und beim Herrn Baron drüben haben sie das ganze Geschirr z'sammengeschlagen. Einmal davon gegessen und dann, krach, an die Wand. Nymphenburger soll's gewesen sein. Gnä' Frau wissen ja, was das ist.«

»Ja, ja«, sagte Tante Emi, aber das ließe sich eben nicht ändern, und bei ihr wären ja die Ställe, und da stünden seit 1918 keine Pferde mehr, und wer seine Möbel unterstellen wollte, sie könnten sie alle in die Ställe räumen.

»Ich dank' auch schön«, sagte der Bürgermeister, und am nächsten Tag standen alle Höfe und Vorgärten voll Möbel und Kisten und Kasten, und Charlotte packte für Tante Emi eine Holzkiste, die war dann so schwer, dass sie sie nicht mehr bewegen konnten, und sie mussten darüber so lachen, dass sie fast umgefallen wären.

Gegen Abend hatten alle ihr Hab und Gut in den Ställen untergebracht, und jeder Haushalt hatte einen Wächter vor sein Eigentum gesetzt, ein Kind oder einen Großvater, weil keiner dem anderen traute. Als sie gerade Riegel und Schlösser vor die alten Stalltüren gehämmert hatten, kam der junge Offizier wieder und verkündete, hier im Dorf und im Schloss sei doch nicht Platz genug, und es müsste nichts beschlagnahmt werden. Die Bauern waren zu erschöpft, um die Sachen gleich wieder in die Häuser zu räumen. Sie ließen sie in den Ställen, und ein paar alte Leute saßen die ganze Nacht davor und dösten und redeten und dösten.

Irgendwann hörten sie im Radio von der Kapitulation, und Charlotte sagte: »Dann kann ich ja bald nach Hause!«, aber erst einmal war es nicht gestattet, sich mehr als ein paar Kilometer von seinem Wohnort zu entfernen. Der Bürgermeister der Nachbarstadt sagte, Passierscheine als Reiseerlaubnis gäben die Amerikaner aus, und die säßen in Augsburg, und Augsburg war weiter entfernt, als man gehen, fahren oder reisen durfte.

»Aber sicher«, sagte Charlotte, »wird die Post bald wieder gehen!«

»Vielleicht im Laufe des Sommers«, antwortete die Bäuerin, die die Poststelle im Dorf hatte, »vielleicht auch erst im Herbst. Das hängt mit den Besatzungszonen zusammen.«

Einer der Soldaten, die zur Hausbesichtigung kamen, wollte Deutsch lernen, und Charlotte, die noch nichts vom Fraternisierungsverbot gehört hatte, setzte sich mit dem Soldaten in den Salon, Tante Emi daneben, und gemeinsam brachten sie dem Jungen die Formen von haben und sein bei, Wörter und Sätze, die sie für wichtig hielten, »Brot« und »Zigaretten«, »Guten Tag, wie geht es Ihnen?« und »Was kostet das?«

Er bezahlte nicht mit Geld, sondern mit Konserven, und auf diese Weise lernte Charlotte »Peanutbutter« und »Golden Mais« kennen, und zu dem Rezept von den »Böhmischen Buchteln« kam das von »Maisfrittern« und »Mais Chowder«.

Charlotte zupfte Unkraut, saß im Schatten der Bäume und zog Rhabarber ab, setzte Dahlien und erntete Erbsen, pflanzte Kartoffeln und las die Raupen von jungen Kohlpflanzen, sah, wie die Tomaten ansetzten und dass der Spinat wuchs, ging mit Tante Emi ohne Strümpfe – das ließ sich nicht ändern –, in alten Kindersandalen vom vermissten Sohn und in einem Kleid, das Fanny aus einer Damasttischdecke von Tante Emi genäht hatte, in die Kirche, und im Reifensteiner Kleid und mit Holzpantinen, die sie irgendwo im Keller entdeckt hatte, in den Wald zum Himbeerpflücken. Sie ging mit Fanny über die Wiesen auf der anderen Seite vom Bach und sammelte Blätter vom jungen Löwenzahn, vom jungen Sauerampfer und von jungen Brennnesseln, von Rapunzel und Pfefferminze für ein Gemüse oder eine grüne Suppe, sie ging mit den Bauern auf die Felder, sammelte Kartoffelkäfer von den Pflanzen und steckte sie in eine Flasche mit Essig, sie pflückte die ersten Kirschen, schnitt Salat, las in ihrem *Faust*, reparierte Fenster und Küchenschränke, las Fallobst auf, kochte mit Fanny ein, was der Garten bot, und abends ging sie manchmal zur Linde vorm Dorf.

Dort versammelten sich Soldaten und Offiziere, die den ganzen Sommer hindurch auf dem Heimmarsch waren. Manche trugen noch ihre Uniform, manche hatten Achselstücke und Hoheitszeichen abgetrennt. Manche waren regelrecht entlassen worden, andere hatten sich rechtzeitig abgesetzt und tauchten jetzt mit der Joppe von einem Bauern, in Klempnerkitteln über Uniformhosen oder in Regenmänteln auf und erkundigten sich, wo man die nächste Nacht schlafen konnte, welcher Bauer einem etwas zu essen gab, wer wusste, wie man nach Berlin oder Hamburg kam, wer wusste, wie es dort aussah und ob Familie Soundso noch lebte.

Es waren immer etwa ein Dutzend Männer, man sah ihren Schatten, sah die roten, glühenden Punkte ihrer selbstgedrehten Zigaretten, sie kümmerten sich nicht um Curfew, also die Ausgangssperre, und Charlotte kümmerte sich auch nicht darum. Sie kauerte neben den Männern im

Gras, hörte ihnen zu, und wenn einer sagte, dass er nach Norden reiste, gab sie ihm einen Brief für die Großeltern mit.

Sie wäre am liebsten mit jedem Trupp der Soldaten nach Norden gezogen, aber Tante Emi sagte: »Es ist ein Wunder, dass du noch lebst! Jetzt kannst du auch noch ein paar Tage warten, bis wir nach Augsburg können.«

Es dauerte nicht Tage, sondern Wochen. Charlotte pflückte Erbsen und Bohnen, riss die Erbsenranken aus den Beeten und grub sie für Spätkartoffeln um, band die Bohnen noch einmal hoch und ließ an jeder Pflanze die größten Bohnen für Bohnenkerne hängen. Sie sammelte mit Tante Emi Pilze im Wald, badete im Bach und zog die Fische an Land, die mit den weißen Bäuchen nach oben tot im Wasser trieben, weil die Amerikaner ein paar Kilometer bachaufwärts mit Handgranaten Forellen zu fangen versuchten.

Im August konnten sie zum ersten Mal nach Augsburg. Sie brachen morgens früh auf, denn sie mussten die ganze Strecke marschieren. Gegen Mittag waren sie in der Stadt, und Tante Emi, die zu ihrer Bank musste, erkundigte sich dort, wo man sich einen Passierschein holen könnte.

»Das erkennen Sie ohne Schwierigkeiten«, sagte der Bankbeamte, »es hat die längste Schlange in der ganzen Stadt.«

Die Schlange reichte vom Hauseingang um die Ecke herum, und Charlotte stellte sich hinten an. »Geh nach Hause«, sagte sie zu Tante Emi, »das dauert sicher bis zum Nachmittag.«

Tante Emi schüttelte den Kopf. »Curfew ist um 20 Uhr«, sagte sie, »also müssten wir spätestens um 17 Uhr hier aufbrechen.«

»Die machen sowieso um 16 Uhr zu«, sagte jemand aus der Schlange, und Tante Emi und Charlotte setzten sich wie die anderen nebeneinander auf das Straßenpflaster und schoben sich Stück für Stück auf die Ecke zu.

Sie kamen für diesen Tag bis halb vor den Hauseingang. Dann erschien ein amerikanischer Soldat und scheuchte sie fort.

»Und was ist nun?«, fragte Charlotte.

»Man muss wiederkommen«, antwortete jemand aus der Schlange, »immer wieder. Bis man drankommt.«

Charlotte warf einen Blick auf Tante Emi. »Ich komme das nächste Mal wieder mit!«, sagte Tante Emi entschieden.

Sie wiederholten den Marsch nach Augsburg einmal, zweimal, dreimal. Einmal hatten sie sogar schon das Stiegenhaus erreicht. Danach sagte Tante Emi: »Also, ich glaube, den Weg kennst du jetzt, und im Garten ist noch so viel zu tun, da reicht es wirklich, wenn nur einer von uns ausfällt.«

Charlotte kannte den Weg wahrhaftig. Zuerst ging es durch die kleine Stadt, und das war noch die beste Wegstrecke, schattig und in der Morgenkühle angenehm zu laufen. Dann kam ein Stück Landstraße mit Pflaumen- und Apfelbäumen, dann ein Abkürzungsweg quer über die Wiesen ohne Bäume und Schatten. Dieser Weg führte an einer Kaserne vorbei, vor der sich immer Mädchen – »Frolleins« – und Kinder scharten, die auf Männer oder auf Müll warteten und entweder mit einem Ami am Arm oder mit halb geleerten Konservendosen, einem Beutel Kippen und Resten von dem pappigen Weißbrot abzogen.

Hinter der Kaserne dehnte sich wieder die Landstraße, und dann ging es noch quer durch die Vorstadt.

Charlotte brach immer früher auf, und einmal, als sie schon vor Curfew in der kleinen Stadt war und vorm Öffnen der Passierscheinstelle vor dem Haus stand, hatte sie Erfolg.

Die Schlange reichte schon bis zur Ecke, aber gegen Mittag hatte sie den Eingang erreicht, und am frühen Nachmittag stand sie vor der Tür eingekeilt, hinter der die Passierscheine ausgegeben wurden. Sie kam mit dem letzten Schub in den Raum, in dem hinter einem Schreibtisch ein kleiner zierlicher, dunkelhaariger Offizier saß, die Füße auf einer bronzenen Göring-Büste, die auf einem Schreibmaschinentisch neben seinem Sessel stand.

Vor Charlotte waren drei Männer an der Reihe, zwei Soldaten und ein Offizier, und der Amerikaner ließ sich Zeit, die Unterlagen zu studieren. Er sprach deutsch, und er fragte jeden zuerst: »Sind Sie bei der SS gewesen?«

Einer von den Männern schwieg, und der amerikanische Offizier beugte sich mit plötzlichem Interesse über seine Papiere.

»Sie haben dazugehört«, sagte er mit einer so scharfen Stimme, dass der Soldat sofort beteuerte: »Ich war an der Front. Ich war nur ein ganz gewöhnlicher Soldat. Ich …«

»Sie haben also nichts von dem da gewusst?«, unterbrach ihn der Amerikaner. »Ich weiß, Sie haben alle nichts davon gewusst, nicht wahr?« Er klappte eine Mappe auf und befahl den drei Männern und Charlotte, sich die Fotos anzusehen. Es waren Bilder aus einem Konzentrationslager. Große Bilder. Leichenberge. Nackte Tote mit Armen und Beinen so dünn wie Besenstiele. Frauen mit gespreizten Beinen, Männer mit geschorenen Köpfen. Räume, in denen die Toten auf dem Fußboden lagen, ineinander verkrallt und verkrampft, Lastwagen, von denen die Leichen quollen, Gruben, in denen die Leiber weiß und hager entsetzlich ordentlich nebeneinandergeschichtet waren.

»Was ist das?«, flüsterte Charlotte mit kalten Lippen.

»Das ist das, was wir in den deutschen Konzentrationslagern gefunden haben. Das sind Juden. Meine Brüder und Schwestern. Ihre Brüder und Schwestern haben sie getötet. Vergast. Erschossen. Bei sogenannten medizinischen Versuchen grauenvoll zu Tode gefoltert. Schauen Sie genau hin.«

Er zeigte ihnen ein Bild nach dem anderen und ließ sie es lange betrachten, und als er fertig war, begann er ein zweites Mal. Dann klappte er die Mappe zu.

»Dies ist in Ihrem Lande geschehen«, sagte er, »in Ihrem Namen. Es ist Ihre Schuld. Sie sollen diese Bilder nie vergessen. Solange Sie leben, sollen sie Ihnen vor Augen stehen.« Er schaute einen nach dem anderen an, und dann fragte er sachlich: »Wohin wollen Sie?«

Jeder nannte sein Ziel, er trug Namen und Ort in die Passierscheine ein, stempelte sie ab, sagte: »Die Nächsten!«, und Charlotte stolperte hinter den Männern her hinaus.

»Das verdammte Judenschwein!«, fluchte der ehemalige SS-Mann, aber die anderen hielten ihm sofort den Mund zu und schauten sich ängstlich um, ob ihn auch niemand gehört hatte.

»Er hat doch recht«, sagte Charlotte.

»Was?«, rief der SS-Mann. »Bist du verrückt? Was bist du denn gewesen, Flakhelferin?«

Charlotte schüttelte den Kopf. »Arbeitsmaid.«

»Da hast du wohl nicht ordentlich zugehört bei euren Schulungen«, sagte der SS-Mann, »du wirst schon noch an mich denken, Arbeitsmaid, du wirst schon noch wünschen, wir hätten alle Juden vergast, vor allem diese Schweine aus den USA!«

»Mein Gott, Mann, halten Sie doch den Mund!«, sagte der Offizier und zog ihn aus dem Haus. »Wir müssen alle umlernen jetzt.«

»Ich nicht!«, rief der SS-Mann. »Ich weiß schon, wer recht hat, und wenn die Leute hier alle den Arsch zukneifen, wenn sie alle solche weichen Birnen kriegen wie ihr, dann weiß ich schon, wo ich hingehe!«

»Ja«, sagte der Offizier, »wenn Sie nicht Vernunft annehmen, dann sollten Sie wirklich verschwinden. Ich weiß nicht, was aus diesem Lande werden wird, aber das kann ich Ihnen versprechen: Männer wie Sie dürfen hier nie wieder etwas zu sagen haben!«

Charlotte steckte den Passierschein ein, und der ganze friedliche stille Sommer war vorbei. Sie sah die toten Gesichter, Männer, Frauen und Kinder. Die Schuld, die alle trifft. Das werde ich wirklich in meinem Leben nicht vergessen, dachte sie, und ich habe daneben gelebt und habe es nicht gewusst. Ich habe neben Ruth gelebt und habe ihr nicht geglaubt. Wie muss ich leben, damit so etwas wie auf den Bildern nie wieder geschieht?

Und dann dachte sie: Irgendwann werde ich wieder zu Hause sein, vielleicht schon bald. Und irgendwann wird auch die Post wieder gehen. Der erste Brief, den ich dann schreibe, das wird ein Brief an Ruth sein. Und dann muss ich versuchen, die Adresse von Janne rauszukriegen. Mein Gott ...

Sie freute sich. Sie konnte es gar nicht ändern, sie freute sich, dass sie lebte, sie freute sich auf ihre Freundinnen und auf alles, was kam. Sie wusste, dass Ruth lebte, war fest davon überzeugt, und sie malte sich aus, was sie sagen und tun würde. Kalte Ente trinken und über die alten Käthe-Kruse-Puppen lachen und: Was hatten sie sich zu erzählen!

Plötzlich begann sie zu laufen. Sie rannte die staubige sommerheiße Straße entlang, als ob sie etwas verpassen könnte.

Charlotte besaß einen Passierschein, aber es fuhren noch keine Züge.

»Lass mich so fort«, bat sie Tante Emi, und die alte Frau sagte: »Ja, du musst heim, das kann ich verstehen. Es wird wieder einsam bei mir werden, wenn du nicht mehr da bist.«

Charlotte umarmte sie stumm, und sie wusste, sie würde auch das nicht vergessen: die ruhigen sonnigen Tage außer der Zeit, die Arbeit im Garten, die kühle Erde, das kühle Wasser, der Duft nach Gras und sonnenwarmen Tomaten, das Kreischen und Flöten der Vögel morgens vor dem Sonnenaufgang, der Tau im Gras und die Wespen auf den Falläpfeln, die stille kleine Ordnung der Tage zwischen Arbeit, Mittagsruhe, Arbeit und langen friedlichen Abenden, die Sonntage mit den Evangelien von Christi Fahrten und Wundertaten, die Messdiener, die dem Pastor Holundermark auf die Altarstufen legten und sich vor Lachen schüttelten, wenn es unter den Sohlen des Priesters quietschte, der volle schöne Schall der Glocke, die der Küster am Hanfseil zog, einmal eine Beerdigung auf dem Friedhof vor der Kirche, Kieswege und Buchsbaumhecken und ein kleines Foto vom Verstorbenen, das Leichenfest, bei dem es Fleisch gab und danach zweierlei Plattenkuchen, das alles war ein Leben, das es eigentlich gar nicht gab. Keine Pflicht, außer der Stunde, die vor ihr lag. Keine Verpflichtung außer der spontanen Liebe zu einer einsamen alten Frau, die leicht zu lieben war, weil sie nichts forderte und für alles dankbar war, was sie an Zuneigung bekam. Der Sommer war eine Pause, und die Fotos auf dem Schreibtisch des amerikanischen Offiziers hatten gesagt, dass die Pause zu Ende war, dass etwas anderes wartete.

Charlotte, die den ganzen Sommer jeden Sonntag mit Tante Emi in der Kirche gesessen hatte, sagte nun, kurz vor der Heimreise: »Ich möchte beichten, und ich möchte einmal mit dir zusammen zur Kommunion gehen.«

Tante Emi war aufgeregter als Charlotte und begleitete sie am Freitagnachmittag in die Kirche. Charlotte hatte vergessen, was man vor der Beichte sagt, und der alte dicke Pfarrer, der wie die Pfarrer im Witzblatt bei Regenwetter den Rock raffte und einen großen baumwollenen schwarzen Regenschirm aufspannte, flüsterte ihr mit heiserer Stimme vor, was sie zu sagen und zu antworten hatte. Sie hatte auch vergessen, wie man im Beichtstuhl flüstert, und der Pastor raffte seinen verschossenen Vorhang zurück, beugte sich aus dem Beichtstuhl heraus und bat: »Liebe Tochter, schreien Sie nicht so! Man braucht ja nicht in der ganzen Kirche zu hören, dass Sie Schwimmseife gestohlen haben!«

Sie fragte: »Bin ich des Mordes schuldig an den Juden, die in den Konzentrationslagern umgebracht worden sind?«, und der alte Priester antwortete mit fast so lauter Stimme wie sie: »Ich bin des Mordes schuldig an unseren jüdischen Brüdern und Schwestern, und ich bin daran schuld, dass Sie mir diese Frage stellen. Sie sind noch ein Kind gewesen, liebe Tochter, ich bin schuld, aber ich weiß heute noch nicht, wie es gekommen ist, dass wir alle den Anfang unserer Schuld nicht erkannt haben.«

Sie betete die Bußgebete, das Vaterunser und *Gegrüßet seiest du, Maria*, und sie betete das Mariengebet auf deutsch und auf polnisch, aber sie fühlte sich nicht befreit. Sie sah immer noch die toten Gesichter und die starren Glieder, sah die Kindergesichter und wusste nicht, dass ihr noch 30 Jahre später die Tränen in die Augen steigen würden, wenn sie diese Bilder wieder sah. Dass sie dann an ihre eigenen Kinder denken und sich überlegen würde: Was hättest du gemacht, wenn es deine eigenen Kinder gewesen wären?

Sie ging durch das Dorf heim, sie nahm am Samstag überall Abschied, sie kniete am Sonntag neben Tante Emi und öffnete den Mund, um die Hostie zu empfangen, sie stand am Montag im alten Arbeitsdienstmantel mit einem Rucksack am Rande einer Straße und wartete mit anderen Männern und Frauen im Staub darauf, dass ein Auto oder ein Lastwagen hielt und sie mitnähme, und sie sah die toten Gesichter und dachte: Warum haben wir das nicht gewusst? Warum hat keiner etwas dagegen getan? Kann ich an Christus glauben in einer Welt, in der so etwas geschieht?

Ein Auto hielt. Sie stieg über die Ladeklappe hinauf, wohlversorgt mit einer Wolldecke, mit Wurst und Speck von Tante Emi, mit Brot und Obst von Tante Emi, mit hart gekochten Eiern, die Tante Emi samt Wurst und Speck gegen eine blaue Lederhandtasche bei einem Bauern eingetauscht hatte.

Und dann begann es wieder: Fahren und Halten, Aussteigen und Warten. Im Stehen schlafen, unter einem Baum schlafen, an die Wand einer Mauer gelehnt schlafen. Sie fuhr mit allem, was nach Norden rollte, mit einem amerikanischen Laster, mit einem Pferdewagen voll Gemüse, mit einem Güterzug voll leerer Benzinkanister, der von den Amerikanern beschossen wurde, weil die Schwarzfahrer die Kanister über Bord warfen, um sich eine Kuhle zu schaffen, aus der sie nicht herausrutschen konnten. Sie fuhr mit einem Kohlenzug und warf am nächsten Morgen, schwarz von Kopf bis Fuß, verlegene Blicke auf die anderen kohlpechrabenschwarzen Männer und Frauen und überlegte sich, ob sie wohl genauso aussehe.

Nach vier oder fünf Tagen hatte sie den Main erreicht, sah die Rebhügel im Morgenlicht matt und herbstlich schimmern und konnte es fast nicht ertragen, dass die Schönheit von Berg und Tal, von Fluss und Himmel ungebrochen war, gleichgültig, was den Menschen geschah.

Sie fuhr mit einem leeren offenen Viehwagen in Würzburg ein, stand lange auf dem Bahnhof und sah nichts als schwarze Trümmer, die noch zu qualmen und zu rauchen schienen, und dahinter nichts als liebliches Land. Sie fuhr weiter bis Frankfurt, und sie sah vom Bahnhof bis zum Dom, bis zu dem, was vom Dom übrig geblieben war, und ging langsam zum Flussufer, setzte sich auf die Steine und ließ die Beine über dem Main baumeln.

Ein Mann aus dem Viehwagen hatte sie begleitet, setzte sich neben sie und begann, ihr den Wiederaufbau von Frankfurt, von allen deutschen Städten zu schildern. Beton und Glas ließ er wachsen, brach breite Straßenzüge durch die Trümmer, und sie hörte zu und nickte dann und wann, und erst als er sie fragte, ob sie ihn heiraten wolle, begriff sie, dass der Beton und das Glas ihr zu Füßen gelegt worden waren, und sie lächelte höflich und sagte: »Nein danke!«

Sie ging zum Bahnhof zurück und erfuhr, dass am gleichen Tag der erste D-Zug nach Bremerhaven eingesetzt würde, und sie kaufte sich eine Fahrkarte, setzte sich in die verdreckte Wartehalle und blieb dort, bis der Zug einlief. Sie bekam einen Sitzplatz, und jetzt dachte sie zum ersten Mal richtig an die Großeltern und das alte Zuhause und überlegte sich abermals: Ob sie noch leben? Ob das Haus noch steht?

Sie kam mitten in der Nacht zu Hause an, und der Bahnhof war noch heil, aber sie konnte ihn nicht verlassen, sie musste bis zum Ende des Curfew warten und ging auf dem Bahnsteig auf und ab.

Um halb fünf kam ein Trupp Arbeiter die Gleise entlangmarschiert. Die Männer starrten Charlotte neugierig an und kletterten dann auf den Bahnsteig. »Was machen Sie denn hier?«, fragte einer.

»Ich muss warten, bis ich auf die Straße darf«, antwortete Charlotte, »ich bin mit dem D-Zug gekommen.«

»Ach so«, sagten die Männer und begannen, Steckrübensuppe aus ihren Henkelmännern zu löffeln.

»Sind Sie aus der Stadt?«, fragte Charlotte schüchtern.

Die Männer nickten stumm.

»Ist hier viel zerbombt?«

Die Männer schüttelten den Kopf. »Nö, eigentlich gar nichts.«

»Und beschlagnahmt?«, fragte Charlotte weiter.

»Ja, ja«, antworteten die Männer, »das schon.«

»Wo denn?«

Die Männer schauten sich an. »Na, da oben, am Wald. Aber in der Stadt auch. Ja, ja.«

Charlotte nannte ihre Straße. »Da auch?«

»Ja, ja«, sagten die Männer, »da auch.«

Dann setzten sie die Blechdeckel wieder auf die Henkelmänner, dass es klapperte, und marschierten weiter.

Charlotte blieb allein zurück. Gleich war es fünf. Sie holte tief Luft. Ausquartiert ist nicht ausgebombt, und irgendwer würde schon wissen, wo ... Aber die Großmutter hatte ein schwaches Herz. Vielleicht hatte sie sich so aufgeregt, dass ... Noch fünf Minuten. Charlotte ging die Treppe hinunter, die Unterführung entlang, durch das Tor. Von der Kirche am Marktplatz schlug es fünf.

Charlotte schulterte den Rucksack und machte sich auf den Weg, ging durch die leere schlafende Stadt, die ihr so vertraut war wie keine andere Stadt auf der Welt, wäre am liebsten gelaufen, hatte aber plötzlich nicht mehr genug Luft und musste von Zeit zu Zeit stehen bleiben und warten, bis der Atem wieder normal war.

Die Allee mit den kugelig geschnittenen Linden. Die steinerne Brücke über den Fluss. Das nüchterne weiße Biedermeierhaus mit dem Messinggeländer neben der Treppe, blank geputzt wie immer. Die Bücherei, hohe klassizistische Fenster, keine einzige Scheibe kaputt. Die Adolf-Hitler-Straße, die jetzt sicher wieder Hauptstraße hieß. Die Straße mit der Apotheke und dem Lebensmittelgeschäft, in dem der Großvater immer einkaufte. Leere Regale, im Schaufenster verblichene Attrappen. Ein Zettel: Auf die Abschnitte A und B der Nährmittelkarte sind aufgerufen: 100 Gramm Maismehl. Das Stadttheater, hinter dem Blumenrondell, auf dem es auch jetzt blühte: Geranien. Dann die alte Volksschule, der Pausenhof sauber gefegt und leer.

Die Straße, in der die Großeltern wohnten. Charlotte hatte den Hausschlüssel wie einen Talisman immer in der Manteltasche getragen und zog ihn jetzt hervor. Sie hatte ihn so fest umklammert, dass das Leichtmetall ganz warm geworden war. Jetzt musste man das Haus sehen. Jetzt.

Sie blieb überwältigt stehen: Das Haus war unverändert. Rotes Dach über gelb beworfenen Wänden, die unter dem wilden Wein fast verschwanden. Die Markise hing etwas windschief über dem Balkon, aber die grünen Holzstühle standen an den grünen Tisch gelehnt. So versorgte sie die Großmutter jeden Abend. Sie mussten also leben. Sie mussten noch im Hause wohnen.

Charlotte lief die letzten Schritte so schnell sie konnte, keuchte und stöhnte, rannte den Gartenweg entlang: ein Kartoffelacker dort, wo früher der Rasen war, rannte die Treppe zur Haustür hinauf, stieß den Schlüssel ins Schloss. Die Tür hakte wie eh und je, und Charlotte stemmte sich unter den Türgriff und war plötzlich wieder das Schulmädchen, das mittags nach Hause kommt, heimkommt. Alles in Ordnung? Alles in Ordnung. Viel auf? Nicht viel. Na, dann kannst du ja gleich spielen gehen.

Das Haus schlief noch, und sie schlich die Treppe auf Zehenspitzen hinauf, tappte über den noch dunklen Flur und klappte vorsichtig die Tür zu ihrem Zimmer auf.

Das Bett stand wie immer in der Ecke, aber selbst im Dämmerlicht konnte sie erkennen: In ihrem Bett lag ein Mensch, ein fremder Mann. Seine Kleider auf ihrem Stuhl, seine Papiere und Bücher auf ihrem Schreibtisch.

Erschrocken machte sie einen Schritt rückwärts, stieß gegen die Tür, etwas fiel im Flur polternd um, sie stand wie ein Einbrecher im Dunkeln, hörte es im Vorderzimmer rumoren und rief leise: »Hallo – wer ist da?«

Eine Tür ging auf, und der Großvater, hager, barfuß und mit weißen Beinen unter dem vielfach geflickten Nachthemd, mitten im Morgenlicht, das aus dem Vorderzimmer in den Flur fiel. »Was ist denn los?«, fragte er streng. »Wer macht denn hier so einen Lärm?«

»Ich bin's nur«, sagte Charlotte, »ich ...«

Sie sah, wie er blass wurde.

»Charlotte?« Er tastete wie ein Blinder nach ihr, nahm sie in die Arme, sie spürte seine kratzige unrasierte Backe an der ihren. »Charlotte! Und wir dachten längst, du lebst nicht mehr! Deshalb haben wir dein Zimmer ...«

»Ach«, lachte Charlotte, »das ist ein Untermieter! Und ich hatte schon Angst, das wären ganz fremde Leute und euch gäb's nicht mehr!«

Es gab alles noch, die Lateingrammatik und die angestoßene Kaffeetasse, den Vater, die Großmutter, die Puppen und das *Dschungelbuch*, und sie schlief und schlief und schlief die ersten Tage, und danach gab es so viel zu bereden und zu organisieren und zu hamstern und dafür zu sorgen, dass sie noch in den Übergangskurs aufgenommen werden konnte, der seit dem Frühsommer lief und im nächsten Frühling mit einem Abitur abgeschlossen werden sollte, dass sie kaum etwas zu erzählen brauchte.

Sie lebte noch, sie war wieder da. Sie packte die beiden blauen Wollhosen weg und stellte fest, dass sie aus dem Badeanzug herausgewachsen war. Sie sagte allen Klassenkameradinnen guten Tag und ging mit Klaus ins Kino. Sie half der Großmutter, Kekse ohne Fett zu backen und Brotaufstrich aus Grieß und Wasser und Fleischwürfeln zu kochen. Sie beschaffte sich Lebensmittelkarten und Seifenkarten, und alles war wie immer: Die Sonne schien, und die Geranien auf dem Balkon rochen wie in jedem Sommer, der Dompfaff bekam selbst gezogene Sonnenblumenkerne, für den Kirschkernbeißer trocknete der Großvater alle Kerne von den Kirschen, die sie von der einen Nachbarin gegen einen gehamsterten Rest Stoff tauschten, und die andere Nachbarin stand wie immer auf ihrem Balkon und überblickte die ganze Straße und fragte den Vater: »Ist Ihre Tochter wohl schon verlobt?«, wenn Charlotte sich von Klaus einhaken ließ.

Alles wie immer, nur sie hatte sich verändert, und manchmal blieb sie stehen und schaute um sich und dachte: Warum bin ich gerettet worden? Warum gerade ich?

Nachwort

Der Arbeitsdienst ist älter als der Nationalsozialismus

Der Gedanke, Mädchen eine haus- und landwirtschaftliche Ausbildung in geschützter Gruppe zu geben, entstand im 19. Jahrhundert. Die industrielle Entwicklung bewirkte eine Landflucht und ließ die Fabrikquartiere der Großstädte entstehen. Dadurch verschwand zunehmend das sogenannte »ganze Haus«, jene Form des Haushalts, in der die Haus- oder Landfrau für ihre Familie – auch mit allen Familienangehörigen – fast alles selber anbaute und herstellte, was sie brauchten.

Industrieprodukte nahmen nun den Frauen die oft mühselige Handarbeit ab, nahmen ihnen aber zugleich die eigene Arbeit, weil Serienprodukte billiger wurden als das Selbstgemachte. Sie boten ihnen dafür Arbeit, Lohnarbeit, sodass Frauen und Kinder zum ersten Mal ihre Zeit und Arbeitskraft als Ware anbieten mussten, um mit ihrem Verdienst die Familie mit zu erhalten.

Das war ein Teufelskreis, der eine ungeheure Veränderung bewirkte. Ein Heer von ungelernten Arbeitern und Arbeiterinnen entstand. Viele waren hilflos. Sie kamen mit dem Neuen nicht zurecht, für das es noch keine Erfahrung gab. Eingespielte Lebensformen und Traditionen waren unter den neuen Verhältnissen nicht möglich, und so wussten viele Eltern auch nicht, was sie mit ihren Kindern machen sollten. Noch gab es keine allgemeinen Schulen und öffentlich geregelte Ausbildungen, Versicherungen, Altersfürsorgen und Arbeitslosenunterstützungen. Zudem waren die hygienischen Bedingungen katastrophal.

Da setzte der Gedanke des Arbeitsdienstes an. Aus christlich-bürgerlichen und aus pädagogischen Gründen bemühten sich Frauen, andere junge Frauen aus dem »Elend der Städte« herauszuholen und sie zum Beispiel auf ihren Gütern oder mit finanzieller Unterstützung durch Wohltäter fern von Cholera und ungesund engen Wohnverhältnissen auszubilden.

Dann, nach der Gründung des Deutschen Reiches, kam bald die Politik ins Spiel. Die neu entstandenen Frauenvereine und die Arbeiterbewegung verlangten bessere Schulen und Ausbildungsmöglichkeiten auch für alle Mädchen. Der Ruf nach einem allgemeinen sozialen Dienstjahr für Frauen erscholl ... und verklang.

Selbst im Bürgertum und im Adel konnten unverheiratete Frauen nur »Tante« spielen, das heißt ihr Dasein als unbezahlte Hilfskraft für alles in der Familie fristen. Oder sie mussten, um anderweitig zu dienen, Diakonisse, Rot-Kreuz-Schwester oder Ordensfrau werden. Abitur und Studium wurden Mädchen in den verschiedenen Ländern des Deutschen Reiches nur zögerlich und erst zu Beginn des 20. Jahrhunderts zugestanden.

Wie sehr mit einer neuerlichen militärischen Auseinandersetzung schon Jahre vor dem Ersten Weltkrieg gerechnet wurde, zeigen auch die Vorschläge vaterländischer Frauenvereine, eine Dienstpflicht in Krieg und Frieden zu beschließen und einen Frauenlandsturm zu gründen.

Doch nach dem Ersten Weltkrieg gab es keine Wehrpflicht mehr, Frauen erhielten das Stimmrecht, mussten aber Männern den Platz räumen: Die heimkehrenden Soldaten, die keine Arbeit fanden, ließen den Gedanken an einen Freiwilligen Arbeitsdienst (FAD) aufkommen: für Männer, für Studenten und Arbeiter. Unter anderem auch für Mädchen.

Die wachsende Arbeitslosigkeit ließ den Arbeitsminister Braun 1931 ein freiwilliges Arbeitsdienstjahr empfehlen.

Vom Freiwilligen Arbeitsdienst zum Reichsarbeitsdienst

Ein Jahr später, 1932, wurde die Beschränkung auf Empfänger von Arbeitslosengeld aufgehoben, und so sehr sich SPD und KPD mit den bürgerlichen Parteien und der NSDAP um Sinn und Ziel des FAD stritten: Das Prinzip war vorhanden. Ein ideales Instrument der Volkserziehung wartete nur darauf, von den Nationalsozialisten benutzt zu werden.

Das hatten sie schon vor der Machtübernahme begriffen und sich sofort darangemacht, dieses Instrument in ihrem Sinne zu verfeinern. Um 1930 hatte der ehemalige Oberstleutnant Konstantin Hierl ein Konzept für einen »Ehrendienst der Jugend« entwickelt. Adolf Hitler machte Hierl 1931 zum Beauftragten für den Arbeitsdienst in der NSDAP.

In der Regierungserklärung von 1933 wurde »der Gedanke der Arbeitsdienstpflicht« als ein »Grundpfeiler unseres Programms« genannt, im selben Jahr proklamierte Gertrud Scholtz-Klink, die Leiterin des Deutschen Frauen-Arbeitsdienstes: »Rechtwinkelig an Leib und Seele, das sollen und wollen wir alle werden, dazu sei uns der Arbeitsdienst ein Weg.«

1934 wurde der FAD in Nationalsozialistischer Arbeitsdienst umbenannt, und Abiturientinnen, die studieren wollten, mussten zuvor ihren Arbeitsdienst ableisten.

1935 wurde das Gesetz zur allgemeinen Arbeitsdienstpflicht verabschiedet: »… der Reichsarbeitsdienst ist Ehrendienst am deutschen Volke. Alle jungen Deutschen beiderlei Geschlechts sind verpflichtet, ihrem Volk im Reichsarbeitsdienst zu dienen. Der Reichsarbeitsdienst soll die deutsche Jugend im Geiste des Nationalsozialismus zur Volksgemeinschaft und zur wahren Arbeitsauffassung, vor allem zur gebührenden Achtung der Handarbeit erziehen. Der Reichsarbeitsdienst ist zur Durchführung gemeinnütziger Arbeiten bestimmt …«

Der Aufbau des RAD und andere Jugendorganisationen

1936 wurde der Deutsche Frauen-Arbeitsdienst aufgelöst. Er ging in den Reichsarbeitsdienst (RAD) über. Hierl löste Scholtz-Klink in der Führung ab und legte den Verwaltungsaufbau fest: Arbeitslager mit jeweils 40 Maiden wurden in Lagergruppen zusammengefasst, diese in Bezirke oder Landesstellen, deren Gebiete denen der 13 Landesarbeitsämter des Deutschen Reiches entsprachen.

Arbeitsdienstführerin wurde ein Beruf mit fester Ausbildung in einer Reichsschule. Die Führungshierarchie war durch den Aufbau jedes Lagers festgelegt: Ein Lager bestand aus vier Kameradschaften, also vier Schlafräumen für je eine Gruppe von bis zu zehn Maiden und einer Kameradschaftsältesten. Diese war eine längerdienende Maid oder konnte Lagergehilfin oder Führeranwärterin werden.

Die Lagerführerin – Dienstrang: Maidenoberführerin – verfügte über eine Erste Gehilfin, die als Gesundheitshelferin ausgebildet und ihre Stellvertreterin war, eine Wirtschaftsgehilfin und eine Verwalterin. Diese waren dem Rang nach Maiden- oder Maidenunterführerinnen. Ihnen konnten Jungführerinnen (als Führeranwärterinnen vor der Führerschule) zur Unterstützung zugeteilt werden.

Lehrgänge für Lagerführerinnen dauerten drei Monate, die Ausbildung drei Jahre insgesamt mit allen Praktika. Bewährte Lagerführerinnen konnten nach einem weiteren Lehrgang in der Reichsschule des Arbeitsdienstes Lagergruppenführerin werden und die Ränge Maiden-Hauptführerin, Stabsführerin, Stabsoberführerin oder Stabshauptführerin erreichen.

Die Arbeit im Lager wird in *Sonderappell* beschrieben. Der Tageslohn: 20 Pfennig.

Für die Maiden war der RAD die letzte Pflichtorganisation vor der NS-Frauenschaft, der Arbeitsfront etc. und nach der der Hitler-Jugend.

Mit zehn Jahren kamen Mädchen in den Bund Deutscher Jungmädel (BDJM) und hatten jeden Mittwoch- und Samstagnachmittag Dienst. Er bestand in nationalsozialistischer Schulung, Sport, Wandern, Basteln, Laienspiel (vor Verwundeten in Lazaretten), Heilkräutersammeln, Altstoffsammeln und so weiter und nahm auch einen Teil der Schulferien in Anspruch (Schulungen, Wanderfahrten, Ernteeinsätze). Dienst ging vor Schule.

Die Mädchen waren in Mädelschaften zusammengefasst, diese in Mädelscharen, Mädelgruppen, Mädelringe, Ober- und Untergaue, die eigene Fahnen führten.

Mit 14 Jahren wurden die Jungmädel in den BDM übernommen, den Bund Deutscher Mädel, in dem sie abermals vier Jahre dienten, höchstens aber, bis sie 21 Jahre alt waren.

Alle Angehörigen der Hitler-Jugend trugen eine Dienstkleidung, die Kluft genannt wurde. Sie bestand aus braunen Schnürschuhen, Baskenmütze und blauem Rock, an dem die weiße Bluse mit weißen geprägten BDM-Knöpfen ringsherum festgemacht wurde; darüber eine Uniformjacke, die senffarbene Kletterweste. Auf deren linkem Ärmel war das dreieckige Gauabzeichen aufgenäht und darunter das HJ-Abzeichen, im BDM-Jargon »Salmiakpastille« genannt. Um den Hals: das schwarze Dreieckstuch, von einem Lederknoten gehalten, um den sich die verschiedenfarbigen Führerinnen-Schnüre schlangen. An diesen hing meistens eine Pfeife, mit der der Takt beim Marschieren gepfiffen wurde: »Links, links, links zwei drei vier, links, links, links ...«

Die besondere Erziehungsaufgabe des BDM zielt, laut Brockhaus von 1936: »... auf die künftige Aufgabe im Sinne der nationalsozialistischen Weltanschauung als Frau und Mutter in der erbgesunden, blutreinen Familie und in der Volksgemeinschaft, insbesondere als Trägerin eines artgemäßen deutschen Volkstums und Kulturwillens ab. Diesem Erziehungsziel dienen weltanschaulich-politische und kulturelle Schulungen mit Einschluss aller Grenz-, Volkstums- und kolonialen Arbeit, sozialer Erziehung und körperlicher Ertüchtigung. Von besonderer sozialer Bedeutung ist die Umschulungsarbeit des BMD an städtischen arbeitslosen Mädchen für die Haus- und Landarbeit. In Zusammenarbeit mit dem Reichsluftschutzbund werden BDM-Mädel im Luft- und Gasschutz geschult. Der Ausbildung des Führerinnennachwuchses dienen die Reichs-Führerinnenschulen ...«

Das Deutsche Mädel war also an Organisation und Gehorsam oder Schweigen gewöhnt. Dennoch gab es zur Reglementierung der RAD-Maiden ab 1937 eine Dienststrafordnung.

Die Maiden bekamen nach Ablauf der Dienstpflicht einen Arbeitsdienstpass ausgehändigt. Das war ein amtlicher Ausweis, der den Inhaberinnen eine Reihe von Vergünstigungen, besonders hinsichtlich der Arbeitsbeschaffung, bieten sollte. Er trug aber auch die politischen Beurteilungen der Lagerführerin, die außerdem »Beurteilungsbögen für Abiturientinnen« ausfüllen musste, mit »Bemerkungen zum äußeren Erscheinungsbild«, dem »charakterlichen Erscheinungsbild« und dem »politischen Erscheinungsbild«. Von diesen Eintragungen hingen spätere Studienerlaubnisse ab. »Wer im Arbeitsdienst versagt, der hat das Recht verwirkt, als Akademiker Deutschland führen zu wollen«, sagte Erziehungsminister Rust im Jahre 1935.

Die Arbeitsdienstpflicht erstreckte sich auf ein halbes Jahr, wurde jedoch 1941 um das Doppelte verlängert: In diesem Kriegshilfsdienst (KHD) blieben die Maiden dem RAD unterstellt.

Ab Winter 1942/43 wurden RAD-Maiden in der Rüstungsindustrie eingesetzt, 1943 bei der Luftwaffe, und zwar in der Luftnachrichtentruppe und bei der Flugabwehr (Flak).

Der Tageslohn entsprach damals 50 Cent. Dennoch war der wirtschaftliche Nutzen des männlichen und des weiblichen Arbeitsdienstes gering, die Organisationen kamen nicht ohne Zuschüsse aus.

Verschiedene Reaktionen oder: Wie es zu diesem Buch kam

1975 veröffentlichte die Hamburger Wochenzeitung DIE ZEIT eine Serie zur »Deutschen Zeitenwende 1945«. Nach den Berichten über zwei junge Männer – »Als Deutschland ein Straflager war« und »Helm ab, wir wollen studieren« – beschrieb ich, wie ich 1944 zum RAD eingezogen wurde und was geschah, bis ich im Herbst 1945 endlich wieder zu Hause war.

Manche, etwa gleichaltrige Leserinnen schrieben damals: »Ja, so war's, genau so.« Ehemalige RAD-Führerinnen schrieben, ich sei eine Nestbeschmutzerin.

Eine Verlagsleiterin schrieb, aus diesem Stoff müsse man ein Buch machen.

So entstand *Sonderappell* und erschien 1979.

Was aus den RAD-Maiden wurde

Wieder schrieben Leserinnen: »... das ist das Buch unserer Generation, und ich habe es gekauft, damit meine Kinder wissen, wie wir damals gelebt haben.«

Und wieder meldeten sich RAD-Führerinnen, die »seinerzeit den RAD aufgebaut hatten«, »Führerinnen der ersten Stunde«, der Geburtsjahre um 1900 und später. Frauen, die vor 1933 erwachsen waren und die sicher Zugang zu mehr Informationen hatten als andere deutsche Frauen dieser Jahrgänge; Frauen auch, die nach 1945 in der Aus- und Fortbildung tätig waren, als Dozentin, Lehrerin an Kindergärtnerinnen-Seminaren, Lehrerinnen, die Redaktionsleiterinnen und ähnliches wurden.

Keine dieser Frauen ging gut 30 Jahre später in ihrem Brief auf den Nationalismus oder das Problem der Jugend im Nationalsozialismus ein. Keine stellte sich die Frage nach Recht oder Unrecht sowohl ihres Handelns im Dritten Reich als auch des Systems, dem sie gedient hatte. Diese ehemaligen Führerinnen wiederholten vielmehr fast stereotyp Begriffe wie »Schicksal« und »Katastrophe«, wenn sie das Kriegsende beschrieben, und sie sagten noch 1977: »Diese fünf Monate im Einsatz am Ostwall bleiben ein wesentlicher und unvergesslicher Bestand im Erleben – wir waren dabei! Und wenn auch unserer Arbeit der erhoffte Erfolg versagt war, so trug sie doch ihren Wert in sich für uns alle.« Eine andere Briefschreiberin beginnt zwar mit dem Satz: »Wenn ich es heute bedenke ...«, schwärmt aber bald schon von »inneren Richtlinien, die sich dort als gut erwiesen, mir bis zum Schluss die Fähigkeit gaben, durchzuhalten und für das Gute unserer Arbeit bis zum Ende einstehen zu können«.

Bei all dem erschreckt nicht, dass diese in der Nazi-Zeit jungen Frauen Begeisterung für ihre Arbeit empfanden und diese den ihnen anvertrauten Mädchen mitzuteilen versuchten. Es erschreckt vielmehr, dass sie unverändert, manche höchstens mit einem gewissen Trotz, begeistert sind. Sie halten es weder für notwendig, Zitate von damals zu kommentieren, noch scheinen sie gemerkt zu haben, was sich seit 1945 geändert hat. Nirgendwo findet sich die Einsicht, dass sie zu denen gehörten, die dafür verantwortlich waren, dass Jahrgang nach Jahrgang junger Mädchen mit falschen Idealen gefüttert wurden. Und keine hat begriffen, dass sie und ihre Begeisterung missbraucht wurden. 1945 bedeutete ihnen nichts. Sie lebten und dachten weiter wie zuvor.

Gewiss, im Lauf der Jahrzehnte vergisst man vieles und verschönt den Rest der Erinnerung, damit man vor sich selbst, vielleicht auch vor seinen Kindern, bestehen kann. Trotzdem ist schwer begreiflich, dass sich keine dieser Frauen nach 1945 je gefragt hat: Wie haben wir uns so entsetzlich irren können? Wie sind wir so blind geworden? Wie haben wir uns das Gewissen so betäuben lassen?

Besitzt keine den Mut, das zuzugeben? Warum weigert sich ihr Verstand, zu akzeptieren, was seit Jahrzehnten offensichtlich ist? Oder lastet doch das Schuldgefühl so schwer auf der Seele, dass die Lebenslüge gar nicht groß genug sein kann?

Den Führern und Führerinnen des Reichsarbeitsdienstes blieb es erspart, durch ein Entnazifizierungsverfahren zu gehen. Denn Konstantin Hierl, der damalige Reichsarbeitsdienstführer, hatte es verstanden, seine Organisation außerhalb des Macht- und Einflussbereichs der Partei zu halten. Wer also RAD-Führer oder -Führerin wurde, brauchte nicht in die Partei einzutreten. So standen Tausende von relativ jungen ehemaligen RAD-Führern und -Führerinnen nach 1945 mit politisch weißer Weste da. Sie konnten sofort Verwaltungsbeamte oder Lehrerinnen werden und brauchten nicht auf das Gesetz zu warten, das erst Jahre später auch den ehemaligen Parteigenossen erlaubte, in die Amtsstuben, Gerichte und Schulen zurückzukehren.

Leser- und vor allem Leserinnenbriefe

Zehn Jahre nach meinem ersten Beitrag über den RAD schrieb ich unter dem Titel »Ich war Arbeitsmaid« (DIE ZEIT, 20.9.1985) über meine Erfahrungen mit Leserbriefen und organisiertem Protest ehemaliger RAD-Führerinnen. Auch der Deutsche Taschenbuch Verlag, der *Sonderappell* 1984 als dtv junior-Band herausbrachte, hatte – wie zuvor der Ueberreuter Verlag – unzählige Briefe erhalten.

Am tiefsten getroffen wurde ich von Absendern, die ihren Namen nicht zu nennen wagten, weil sie Kinder von ehemaligen RAD-Führern und -Führerinnen waren, für die die Zeit des Nationalsozialismus nach 1945 noch nicht zu Ende ging. Sie schilderten, wie die Eltern eine unsichtbare Mauer um sich und ihre »Sippe« bauten, ein Hort des »Wir«, dem alle anderen als »Sie«, als Feinde und Lügner entgegenstanden. In diesem kranken Kerker mussten die Kinder nach den Idealen des toten Führers leben, intellektfeindlich, rassistisch, »flink wie Windhunde, hart wie Kruppstahl«. Sie wurden NS-Autisten, gingen wie Zombies durch die ersten Schuljahre, hatten keine Freunde, teilten niemandem ihre Gedanken mit, trauten keinem, und wenn sie merkten, dass gerade diejenigen unrecht hatten, auf die sich zu verlassen man ihnen notfalls gar mit Prügel und Ohrfeigen eingebleut hatte, dann brachen sie zusammen. Keiner kann wissen, wie viele – oder wie wenige – solche Eltern mit heiler Seele überstanden, wie viele sich in andere Scheinwelten flüchteten und es nicht wagten nach Hilfe zu rufen, wie wenige in Briefen an eine Fremde den langen schmerzhaften Weg zur inneren Befreiung darstellen konnten.

Eine schrieb: »Möchten Sie wissen, wie ein Mädchen des Jahrganges 1944 aufwuchs, deren Tante Leiterin einer Führerinnenschule war, deren Mutter ihre Karriere im BDM machte und deren Vater in späteren Jahren versuchte, seinen Trauschein zu fälschen, weil dort als Beruf »HJ-Führer« angegeben war, und von deren Onkel zu erfahren war, dass er ›in Russland vermisst‹ sei, nicht aber, dass er 1927 der SS beitrat ...? Eines der seltenen Male, in denen meine Tante und meine Mutter sehr spät eine Konfrontation mit der Vergangenheit wagten, war, als sie sich Joachim C. Fests Film *Hitler – Eine Karriere* ansahen. Er hat sie tief bewegt, immer wieder sind ihnen die Tränen gekommen. Weil sie mit Schrecken erkannt haben, wie sehr und zu was sie verführt, getäuscht, betrogen worden sind? Nein. Weil beim Anblick der Fahne wieder mit ungebrochener Kraft die alten Gefühle in ihnen hochstiegen. Sie sollten ›ihr Leben lang nicht mehr losgelassen werden‹, hatte Hitler geschworen – oder prophezeit? Es ist ihm gelungen, und das nicht nur bei den Frauen aus dem Volke, denn meine Mutter und meine Tante wuchsen in besten Bürgerhäusern auf.«

Dagegen scheinen die anderen, die emotional »normalen« Leserbriefe unerheblich zu sein. Doch wer heute verfolgen kann, welche Deformationen die Menschen zeigen, die dem politischen Druck weitere vier Jahrzehnte ausgesetzt waren, der wird vielleicht begreifen, was es bedeutet, nur »ja, ja, so war es«, sagen zu können, sich selbst zur Bestätigung vielleicht, in einer Umwelt, die anders denkt.

Die immer noch nationalsozialistisch klingenden Stimmen aber, gekränkt oder hämisch, böse und voll Hass, sind eine Mahnung, die gern verdrängt wurde und auch heute noch verdrängt wird. Man darf nicht vergessen, dass es diese Stimmen gibt, immer noch und überall.

So schrieb 1983 ein Leser »mit frohen Heidegrüßen«: »Mit großem Bedauern habe ich Ihren *Sonderappell* gelesen. Mit Bedauern wegen Ihren negativen Erlebnissen während der Erfüllung einer großen Gemeinschaftsaufgabe in einer schweren Zeit. Lassen Sie sich bitte von mir das Bändchen senden ›Wir erinnern uns‹: Eine Frau schildert die Pflicht des Dienens als sittliches Wollen und Sollen für die Lebenden in Notzeiten, ohne die Lebensfreude zu verlieren.« Ein wahrhaft gespenstischer Heidegruß aus der Vergangenheit.

Dagegen steht diese selbstkritische Stimme: »Auch ich – Jahrgang 1924 – war Arbeitsmaid von April 1943 bis April 1944; somit kann ich mich jenen Leserinnen zugesellen, die sagen: Ja, so war das Lagerleben im RAD. Mögen in meinem Fall glücklicherweise die äußeren Bedingungen und anderen Einzelheiten in unserem Lager weniger desolat gewesen sein als in dem Ihrigen, das Faktum bleibt: Wir waren eine irregeleitete, missbrauchte Jugend.

Auch mir war die Nazipropaganda in Fleisch und Blut übergegangen. Bis heute schäme ich mich vor mir selbst, dass sich so spät erst Zweifel am System des Nationalsozialismus in mir regten. Beim späteren Wiederlesen meiner Briefe aus dem RAD und meiner Tagebuchaufzeichnungen aus den Jahren 1939 bis 1945, mehr noch dann in Kenntnis der entsetzlichen Verbrechen des Hitlerregimes war ich fassungslos, versuche ich bis heute zu begreifen, dass ich als junger Mensch damals so unglaublich unwissend, unkritisch, verblendet und dumpf dahinleben konnte.

Gerade aus dieser Erfahrung heraus habe ich es in meinem Beruf als Lehrerin als wichtige Aufgabe betrachtet, die mir anvertrauten jungen Menschen zu wahrheitsliebenden, vor allem auch kritikfähigen Heranwachsenden zu erziehen. Es ist so wichtig, dass wir der heutigen Jugend mitteilen, was damals unter dem Begriff ›Pflicht‹ alles getan und verschuldet und erduldet wurde.« A. R.

Alles, was die NS-Jugend tat, sollte einen Sinn haben. Dieser lag nicht in der Existenz der Einzelheiten, sondern im Einsatz für das Volk, für den Führer, für den Endsieg. Noch 1985 lässt ein Brief erkennen, dass seine Schreiberin keine Distanz zu dieser Propaganda hat: »Ich war für meine Führerin ›eine Karikatur von Arbeitsmaid‹ und musste häufig die verstopften Klos säubern, aber das alles war nicht der bleibende Eindruck für mich. Der war für mich die Arbeit bei den Bauern. Wenn ich am Abend todmüde in mein Bett sank, dann hatte ich das Gefühl, nicht zu meiner Befriedigung gearbeitet zu haben, sondern zur Hilfe für andere, und dass es eine notwendige Hilfe war.« (G.H.) – Keine Spur der Erkenntnis, auf einen Trick hereingefallen zu sein. Freilich hätte sich die Briefschreiberin dann auch eingestehen müssen, dass ihre Generation unter dem Hinweis auf einen »höheren Sinn« benutzt wurde, dass sie so aber effektiv sinnlose Jahre durchlebte.

Dazu nun zwei Briefe, die eine genau entgegengesetzte Reaktion zeigen: »Zorn und Empörung steigen bei diesen Erinnerungen in mir hoch, denn bereits Ende 1944 war es gewissenlos, junge Mädchen aus der Geborgenheit der Familie zu reißen. Das Leben und die Arbeit in den Lagern waren wert- und sinnlose Kräfteverschwendung. Der Zeitpunkt und die Art, wie die Mädchen in das Chaos des Zusammenbruchs entlassen wurden, zeugt von größter Verantwortungslosigkeit. Wenn es heute ehemalige Führerinnen gibt, die es wagen, dies zu bestreiten, sollten wir ihnen mit allen Mitteln widersprechen.« R.Z.

»Ich habe es überstanden. Sicher hat die Arbeit nicht geschadet. Die menschenverachtende Art aber hat mich bis zum heutigen Tag allergisch gemacht gegen Leute mit Machtkomplexen. Dieses Fertigmachen am Tage und das zwangsweise Fröhlichseinmüssen am Abend mit Volksliedern und Volkstänzen passte zu dem autoritären Gehabe. Zumindest in meiner RAD-Zeit waren die Führerinnen politisch. Es gab abends nach dem Essen politischen Unterricht, und uns wurde alles nur Denkbare erzählt, ohne dass wir je eine Zeitung gelesen hatten oder Radio hören konnten. Was ja sicher auch nicht viel geändert hätte. Ich weiß nicht, wo die Führerinnen geblieben sind. Habe nach dem Krieg keine mehr erlebt. Es gibt aber heute noch Verhaltensweisen bei Leuten, von denen ich annehme, dass sie identisch sind mit dem, was meine Führerinnen so an sich hatten, und ich sage dann auch ›Wir sind nicht mehr im Lager‹ oder ›Typisch RAD!‹ Ob das Kennenlernen bestimmter Arbeiten für die Gemeinschaft gut oder schlecht ist, spielt hier keine Rolle. Die Art, wie sie vermittelt wurde, machte sie in jedem Fall schlecht. Es gab Erlebnisse, die ich allein nicht verkraftet hätte ...« S.P.

Die Leserbriefe setzten sich auch mit denjenigen Stimmen auseinander, die bis heute den RAD verteidigen: »Diese Frauen hatten sich so weitgehend mit Nazi-Deutschland injiziert und identifiziert, dass ein Aufgeben ihrer festgefahrenen Richtlinien einem Identitätsverlust gleichkommen musste. ›Das habe ich getan, sagt mein Gedächtnis. Das kann ich nicht getan haben, sagt mein Stolz – schließlich gibt mein Gedächtnis nach.‹ In diesen Worten Nietzsches kann man den Kern der Verdrängung sehen, der mit dem Intelligenzgrad wenig zu tun hat. Wer nicht rechtzeitig gelernt hat, sich selbst und seine Umwelt infrage zu stellen, wird es in späterem Alter kaum können. Bleibt nur zu hoffen, dass die möglichen Schäden, die sie in ihren späteren Berufen angerichtet haben, so gering wie möglich gehalten wurden.« A. L.

Ein Brief wies mich darauf hin, dass Stimmen, die den *Sonderappell* ablehnten, eigentlich zu erwarten gewesen wären. Diesen Brief liest man heute, über 35 Jahre nach seinem Eintreffen, nochmals mit andern Augen. »In welchem Land haben Sie in den letzten 40 Jahren gelebt? Was haben Sie in den letzten 40 Jahren gelesen? Haben Sie sich nie gefragt, wo denn all die jungen Neonazis herkommen? Haben Sie denn geglaubt, dass die Nutznießer des Nazisystems jemals über ihr Tun nachgedacht haben? In diesem unserem Lande haben nicht einmal die ›furchtbaren Richter‹ über ihr Tun nachgedacht. Ich wundere mich, dass Sie sich wundern. – ›Der Schoß ist fruchtbar noch, aus dem das kroch.‹« H. K.

Noch zweimal »auch ich ...«, zweimal ein Beweis, wie schwer es ist, sich zu Eingeständnissen durchzuringen, wie heftig man nach allem greift, was einen entschuldigt: »Auch ich (Jahrgang 1921) war damals überzeugt, dass unsere Form der sozialen Arbeit und das Zusammenleben von Mädchen aus verschiedenen Bevölkerungsschichten im Lager sinnvoll war. (...) Aber ich habe nach dem Kriege in einem schmerzhaften Prozess die Erkenntnis gewonnen, dass die Nachrichten über die Tötung von Millionen Juden und viele andere Naziverbrechen keine ›feindliche Gräuelpropaganda‹ waren, sondern bittere Wahrheit. Ich begriff, dass ich in einer Diktatur, wahrscheinlich der schlimmsten der europäischen Geschichte, gelebt hatte. Es bedrückt mich bis heute, dass ich damals politischen Unterricht im nationalsozialistischen Sinne erteilt habe. Ich hoffe allerdings, dass es in den von mir geführten Lagern keine Schikanen und größeren Ungerechtfertigkeiten gegeben hat.« I.K.

»Auch ich war Arbeitsmaid (nach dem Abitur 1936) und RAD-Führerin. Nach 1945 habe ich wie alle andern schwer verarbeiten müssen, was diese Jahre bedeutet haben für mich und für unser Volk. Wenn Erinnerungsbücher erschienen sind, die nicht nur Negatives herausstellten, sondern auch Positives beschrieben, das ohne Zweifel dem Gedanken des Arbeitsdienstes innewohnte, so heißt das nicht, dass unreflektiert die Entwicklung der Kriegsjahre hingenommen wurde.

Die Betonung des Weiblichen, die Aufgaben und Hilfeleistung bei Kleinbauern und kinderreichen Familien, das Erlebnis der Gemeinschaft, das Sich-Anpassen und Einordnen, aber auch das Miteinander-Fröhlichsein stand vor politischer Erziehung in der damaligen Richtung. Diese Richtung, die in einen Irrweg von Verbrechen und Dunkelheit führte, war auf den Dörfern, den ›Inseln‹ der Lager, nur schwer und langsam zu begreifen.« L.G.

Ein Bericht in Stichworten, als ob der Schreiberin immer noch der Zorn die Stimme verschlüge: »Drill und Gängelei. Innerhalb des Lagers gehörte es zu einem Schlüsselerlebnis, zu sehen, wie rasch – in wenigen Wochen – sich die Mehrzahl der Mitabiturientinnen dennoch ideologisch einfangen ließ, sodass die wenigen Widerstrebenden sich umso fester zusammenschlossen und Vorsichtsmaßregeln gegen die eigenen Mitmaiden ergriffen. Tagesablauf ohne sinnvolle Einteilung. Prinzip: dauernd in Trab halten. Grundtendenz der Erziehung: Angst und Unsicherheit verbreiten. Macht nur so weiter, mit einer Drei im

Führungszeugnis kommt ihr nicht auf die Uni ... Führerinnen inklusive Bezirksführerin, irgendwelche arbeitslosen Existenzen, die nur in diesem Machtapparat minderer Charaktere reüssieren konnten und nicht einmal den Anschein erwecken wollten, irgendwelchen Idealen nachzustreben. Auch feige und dumm, gelegentlich wichen sie zurück, wenn man ihnen begründet eiskalten Widerstand entgegensetzte. Diese Frauen führten ohne unser Wissen eine Kaderakte über uns, die dann bei der ANST (Arbeitsgemeinschaft NS-Studentinnen) vorlag, in deren Fänge wir bei der Immatrikulation unweigerlich gerieten. Die ersten Tage nach der Entlassung konnte ich nur ganz ungewöhnlich still und gedrückt in der Freiheit herumgehen.« W. A.

Kann dieser Briefauszug verständlich machen, woher das Schweigen und Verschweigen über den RAD kommt? Sicher erklärt er die Bedingungen des Weiter-Schweigens:

»Was Sie in Ihrem Buch anklingen ließen, aber vielleicht doch nicht genügend hervorgehoben haben, ist die sadistische Note lange nicht aller, so doch gerade der maßgebenden Führerinnen, die sich durch überstrenge einseitige Erziehung entwickelt, in der normale Willensäußerungen und Aggressionen unterdrückt worden sind. Sie äußerten sich bei den RAD-Führerinnen zum Teil im Herabsetzen der ihnen anvertrauten Mädchen, zum anderen Teil im Erfinden nur schlecht bemäntelter rein persönlicher Schikane. Ich selbst habe den RAD als eine ausgeklügelt geschickt arrangierte Gehirnwäsche empfunden, dazu angelegt, jede Individualität, jeden eigenen Gedanken in einem jungen Menschen zu ersticken. Bei meinen früheren Versuchen, Menschen aus meiner RAD-Zeit zu erzählen, bin ich auf krasses Desinteresse und Ablehnung gestoßen – man lachte auch über meine ›rege Phantasie‹. Immer wieder habe ich gehört: ›Die Jugend damals, die war doch viel besser dran als die heutige. Dieser Frohsinn, diese Kameradschaft und vor allem – diese Ideale.‹« L. A.

Eine letzte Stimme von einer Leserin, vermutlich aus einer Nachkriegsgeneration: »Ich habe Ihren Artikel mit großem Interesse und einiger Betroffenheit gelesen. Betroffenheit deshalb, weil ich über das Thema von Herrschaft im Geschlechterverhältnis, bezogen auf die konkrete historische Situation im Dritten Reich arbeite und mich natürlich frage, wie Frauen ihre damalige vom NS zugewiesene Rolle sehen. Erste Reaktionen waren ungläubiges Staunen, Bestürzung bis hin zur Wut. Doch damit ändert man nichts, sind doch die Reaktionen der Frauen Spiegelbild des allgemeinen Umgangs der Deutschen mit der NS-Zeit. Warum sollten auch Frauen fähiger sein, zu trauern? Hier hilft nur Aufklärung, und deshalb vielen Dank.« M.K.

Juli 1993/Februar 2020

Glossar

Ausgedinge	(mundartl.) Altenteil
BDM	Bund Deutscher Mädel (14–18 Jahre)
BV-Stelle	Bundesversorgungsstelle
Curfew	Sperrstunde
DRK	Deutsches Rotes Kreuz
Dulag	Abk. für Durchgangslager
EK I	Eisernes Kreuz erster Klasse
Fraternisierungsverbot	Verbot, sich zu verbrüdern, vertraut zu werden
geizen, ausgeizen	Entfernen unnützer Seitentriebe
HJ	Hitlerjugend
jeut	von jeu (frz.): Spiel, Glücksspiel
JM	Jungmädelbund (10–14 Jahre)
K	Abk. für Kameradschaft
KÄ	Abk. für Kameradschaftsälteste
KHD	Kriegshilfsdienst
kv	kriegsverwendungsfähig
Powidl	ostösterr., tschech. für Pflaumenmus
RAD	Reichsarbeitsdienst
S.M.	Abk. für: Seine Majestät
Soubrette	Sopranistin in Operette, Oper oder Singspiel
VDA	Volksbund für das Deutschtum im Ausland

Zum Weiterlesen …

Maria Nurowska
Briefe aus Katyn

Aus dem Polnischen
von Marta Kijowska

Roman, 240 Seiten
gebunden mit SU
ISBN 978-3-86915-208-0

Janina, rebellische Tochter aus gutem Hause, träumt vom Fliegen und lässt sich zur Pilotin ausbilden. Im Juni 1939 heiratet sie ihren Fluglehrer Mieczysław Lewandowski, für beide ist es die große Liebe. Doch kurz nach Kriegsausbruch gerät Janina in sowjetische Gefangenschaft. Die mutige Fliegerin ist die einzige Frau inmitten der polnischen Offiziere und gilt schon bald als »gute Seele« des Lagers. Ein kleiner Hund wird ihr treuester Begleiter. Regelmäßig schreibt sie Briefe an ihren Mann, die sie in ihr Tagebuch notiert. – Über ein halbes Jahrhundert später erhält Mieczysław, der im englischen Exil lebt, ein Päckchen aus Breslau …

– www.ebersbach-simon.de –

Valentine Goby
Kinderzimmer

Aus dem Französischen
von Claudia Steinitz

Roman, 240 Seiten
gebunden mit SU
ISBN 978-3-86915-140-3

Mila ist Mitglied der Résistance, als sie 1944 verhaftet und nach Ravensbrück deportiert wird. Sie ist Anfang zwanzig – und sie ist schwanger. Das Kind, das sie unter dem Herzen trägt, verleiht ihr ungeahnte Kraft, mit aller Entschlossenheit kämpft sie um sein Leben. Die Solidarität ihrer Gefährtinnen trägt sie bis zur Geburt ihres Sohnes und darüber hinaus. Ein zutiefst berührender, virtuos komponierter Roman, der auf Zeitzeugenberichten beruht, über den Mut einer Frau, die ihrem Schicksal entschlossen die Stirn bietet.

»Valentine Goby entwickelt aus dem bedrückenden Sujet ›Kinderzimmer‹ eine hoffnungsvolle Geschichte von Mut und Widerstand, von Solidarität und Freundschaft, von Menschlichkeit und Menschenwürde unter menschenverachtenden Bedingungen.«

Aus der Jury-Begründung des Annalise-Wagner-Preises 2017

– www.ebersbach-simon.de –

Sofia Mott

Dem Paradies so fern
Martha Liebermann

Roman, 336 Seiten
gebunden mit SU
ISBN 978-3-86915-172-4

Berlin 1941: Martha Liebermann, die Witwe des Malers Max Liebermann, kämpft, von zahlreichen einflussreichen Freunden unterstützt, um ihre Ausreise aus Nazi-Deutschland, wo ihr die Deportation droht. Ein verzweifelter Wettlauf gegen die Zeit beginnt …
Authentisch und atmosphärisch dicht erzählt Sophia Mott in Rückblenden die bewegende Geschichte der Liebermanns.

Sybil Gräfin Schönfeldt
Astrid Lindgren
Erinnerungen an eine
Jahrhundertfrau

blue notes 70, 160 Seiten
Abb., Halbleinen
Fadenheftung
ISBN 978-3-86915-151-9

Sybil Gräfin Schönfeldt schildert, gespeist aus ihren Erinnerungen an viele intensive Begegnungen mit Astrid Lindgren, deren ungewöhnlichen Lebensweg vom Bauernmädchen aus Småland zur weltbekannten und politisch engagierten Kinderbuchautorin. Ein einfühlsames Porträt und ein sehr persönlicher Blick hinter die Kulissen des bewegten Lebens der Ausnahmeautorin, deren Vita fast ebenso märchenhafte Züge trägt wie ihre fantastischen Geschichten.

1. Auflage 2020

Aktualisierte Neuausgabe der 1993 erschienenen Ausgabe

Covermotiv: © ullstein bild – Hedda Walther
Umschlaggestaltung: Lisa Neuhalfen, moretypes, Berlin
Satz: Birgit Cirksena · Satzfein, Berlin
Druck und Bindung: GGP Media GmbH, Pößneck
ISBN 978-3-86915-209-7
www.ebersbach-simon.de